UN HONORABLE ASESINO

Philip Gooden

Traducción y notas de:

Luis G. de Felipe Vila y Ana Martínez Sanchís

ediciones jaguar

Colección: «La Barca de Caronte»

Título original: An Honourable Murderer
Publicado por Constable & Robinson Ltd 2005

Laurel, 23, 28005 Madrid
jaguar@edicionesjaguar.com

Diseño de cubierta: Ascensión García
Ilustración de cubierta: Óscar Sacristán

ISBN: 978-84-96423-64-0
Depósito Legal: M-48132-2008

Impresión:
Impreso en España / Printed in Spain

Si queréis, un honorable asesino

Otelo, 5, 2

EL ENEMIGO INSOLENTE

El sol de agosto brillaba sobre las aguas. Las barcas se empujaban unas a otras en el oleaje como si, igual que los espectadores, intentaran tomar posiciones para ver mejor. El olor del río era siempre asqueroso hacia el final del verano, pero no creo que ninguno de nosotros nos diésemos cuenta de esa peste salvo en ocasiones. Teníamos la atención puesta en el enemigo.

Ambas orillas estaban abarrotadas de embarcaciones, vibrantes de expectación. Transbordadores y barcazas hacían sombra a pequeñas espadillas y esquifes. Había también barcas de pesca, momentáneamente apartadas de las anguilas y los arenques, y embarcaciones rudimentarias que parecían estar hechas de troncos y mantenerse a flote mediante vejigas, en las que yo no me hubiese embarcado ni para presenciar la llegada de la Reina de Saba. Todas estaban llenas de asombrados londinenses.

Estábamos amarrados en la orilla sur, entre el teatro Globe y el muelle de Molestrand. Y estábamos, nosotros, la compañía King's Men, en una especie de posición privilegiada, ya que ocupábamos la cubierta de nuestro propio barco. Dick Burbage y los otros accionistas del Globe habían aflojado unas cien guineas anuales para el alquiler de un barco de tamaño considerable. Este navío estaba atracado cerca del teatro y se usaba como medio para llegar a los sitios importantes del otro lado del río, como el palacio de Whitehall y la Casa Somerset, dándole así un cierto estilo a nuestras apariciones.

Nuestro barco estaba adornado con el símbolo de la compañía, que también se alza sobre el tejado de paja del teatro, una figura que representa al forzudo Hércules sosteniendo en alto el globo del mundo, para que todos viesen quiénes éramos y de dónde veníamos. A menudo, solíamos anunciar nuestras próximas representaciones con carteles que colgábamos por la borda.

Pero en esta brillante tarde de agosto nadie nos miraba a nosotros. Todos los ojos se dirigían al centro del río, donde una flota de barcazas engalanadas se abría paso corriente arriba en medio del retumbar de los tambores y el sonido de las trompetas. Los remos pintados atrapaban la luz al romper al unísono el agua, al tiempo que lanzaban una cortina de chispas líquidas con cada golpe. Las campanas de las iglesias repiqueteaban en ambas orillas.

– ¡Mirad a los señorones de España! –dijo la señora Burbage–. Mirad cuántos hay.

Dado lo especial de la ocasión, algunas mujeres habían sido invitadas al *Hércules*, que así se llamaba el barco del Globe. La mujer de Dick Burbage intentaba que su voz sonase natural, pero no pudo disimular un trasfondo que, tal vez, era un tono entre el miedo y la admiración.

–Es una armada como Dios manda –dijo su marido, y entre los más veteranos de la compañía se escucharon risas, las de aquellos cuya memoria alcanzaba a ese episodio.

Yo apenas era un adolescente aquella última vez que los españoles intentaron invadir Inglaterra. Fue durante el verano del año 88, del siglo que habíamos dejado atrás. Por supuesto, las noticias no llegaron hasta nuestra pequeña aldea de Somerset hasta días después, cuando ya todo había pasado y nosotros, sin saber siquiera el peligro corrido, estábamos sanos y salvos. Por la gracia de Dios (con una cierta ayuda del tiempo tormentoso y del buen hacer en la lucha de nuestros marineros), aquella enorme flota de extranjeros había sido reducida a astillas. Nos hemos reído en las barbas del rey de España, le hemos dado un buen puntapié en sus regias posaderas, recuerdo haber oído decir a mi padre. Fue inmediatamente antes de que cayese de rodillas y elevase una plegaria en agradecimiento.

Me sorprendió más la alegría de mi padre y su lenguaje que la derrota de los españoles, ya que yo era demasiado joven, o demasiado ignorante, para comprender el peligro al que habíamos estado expuestos. Empecé a hacerme una idea del alcance de la amenaza cuando las campanas de la iglesia comenzaron a sonar, y nuestros vecinos bailaron y bebieron junto al estanque de la plaza. Mi padre usó la derrota española como material para el primero de una fogosa serie de sermones.

Dejando a un lado mi ignorancia juvenil, si no hubiese sido por la gracia de Dios, por el tiempo y etcétera, los ingleses ya nos habríamos acostumbrado al espectáculo. Esto es, el espectáculo de una enorme procesión de naves flotando en *nuestro* río Támesis con la flor y nata de la nobleza española. Estaríamos tan acostumbrados que apenas le hubiésemos dedicado un segundo vistazo. En lugar de eso, habríamos estado intentando articular con nuestras lenguas las vocales españolas, en señal de sumisión a los mayores conquistadores de la época.

Por lo tanto, aquellos a quienes la señora Burbage se había referido como "señorones" eran recibidos como invitados, visitantes a los que Londres honraba. Venían en son de paz y no había ninguna razón para tener miedo. Aún así, sentí un escalofrío. Tal vez debido a la brisa que acababa de levantarse, y que rompía la luz reflejada en el agua en un millón de fragmentos de plata.

–Hace mucho tiempo, luché contra esa gente –dijo Abel Glaze.

–Y ahora les damos la bienvenida –comentó Jack Wilson.

–Con los brazos abiertos, en vez de con las armas desenvainadas –apuntó Laurence Savage.

Mis amigos se encontraban a mi lado junto a la reja y miraban hacia el río. Antes de la derrota de la Armada Invencible, Abel Glaze tomó parte en la campaña de los Países Bajos contra los españoles. Él también era apenas un adolescente. Pero en ese periodo, en el que yo era un ignorante sobre casi todo lo que había más allá de los límites de la parroquia de mi padre en Somerset, Abel se encontraba luchando por su vida y viendo a otros perderla al otro lado del Canal. Jack Wilson era un poco mayor y llevaba más tiempo en la compañía King's Men. De hecho, yo había aterrizado en la compañía debido a su ausencia temporal. Laurence Savage, un tipo afable con un remolino de cabellos negros coronando su rostro redondo, había huido de su infeliz hogar años antes, recalando también en la compañía.

–El enemigo –dije yo, por decir algo.

–Sí –confirmó Abel–. Aunque peor enemigo era el frío en los Países Bajos, el frío y la escasez. El general Helada y el sargento Hambruna acabaron con muchos más de los nuestros de lo que *ellos* fueron capaces.

Teníamos una buena vista de *ellos* en aquel momento. El *Hércules* era un gran barco, apropiado para la King's Men, y nos colocaba un par de pies por encima de la embarcación más cercana en el río. Podíamos ver a los caballeros españoles (y también a algunas damas españolas) de pie o sentados en las barcazas. Desde esa distancia, no parecía mucha la diferencia entre ellos y una representación semejante de nuestra corte real. Vestidos con elegancia, por supuesto, y con un aire arrogante en sus posturas. Se podría incluso decir que insolente.

Me pregunté si los españoles sentirían tanta curiosidad por nosotros como nosotros por ellos: con toda probabilidad, no. Las gentes de alcurnia están acostumbras a ser el centro de las miradas, no la periferia. Unos cuantos londinenses agitaban las manos intentando atraer su atención, pero nada en los extranjeros se movía en respuesta.

–Nueve… diez… once barcas… hasta donde veo… y hay más en camino –dijo Jack, los ojos entrecerrados ante el brillo de las aguas–. ¿Hasta dónde llegará esta procesión?

–Hasta el advenimiento del Juicio Final –dijo una voz a nuestras espaldas.

Se trataba de William Shakespeare. Nos dimos la vuelta y nos encontramos con nuestro accionista, dramaturgo y ocasional actor a nuestra espalda. Su semblante expresaba concentración. Incluso W.S., el amigo de los poderosos, un hombre acostumbrado a reyes y reinas (dentro y fuera de los escenarios), parecía impresionado por el desfile flotante, al menos en mi opinión.

–Debemos parecer unos andrajosos a su lado, Will –dijo Laurence Savage–. ¿Nos darán uniformes nuevos? ¿Se los habéis pedido al ministro Cecil?

–Seguro que ahora mismo tiene cosas más urgentes entre manos, pero se los podéis pedir vosotros mismos –dijo W.S., señalando con el pulgar una barcaza que se encontraba amarrada a unas cincuenta yardas. Era la embarcación más grande que había en esta orilla y, extrañamente, no lucía ningún distintivo. Desde donde estábamos, no podíamos ver su interior, espléndidamente cubierto de cortinas.

–¿Cecil está en esa barcaza? –preguntó Jack.

–No solo él, también el mando supremo del Almirantazgo, según creo… ah, y la reina.

W.S. sonrió ante la reacción que sus palabras causaron en aquellos que se encontraban más cerca.

–¿Pensabais que éramos los únicos en sentir algo tan vulgar como la curiosidad sobre estos nuevos amigos? –continuó–. ¿O que nadie más se habría preguntado si los españoles tendrían cuernos en la cabeza o escupirían fuego por la boca? Que el rey tenga que quedarse en Whitehall y esperar a que los grandes acudan a él no quiere decir que su esposa también esté obligada. Si prefiere ver la llegada de los españoles en la privacidad de su propio barco, que así sea.

–La reina Ana va a lo suyo –dijo Jack Wilson, aportando su granito de información privilegiada.

Hasta donde yo sabía (que no era tanto, ni mucho menos), cierto era. Después de haber sido gobernados un sinfín de años por una mujer sin consorte, nos resultaba extraño vernos convertidos en súbditos de un rey y una reina. Igual de extraño era que los ingleses estuviésemos ahora sometidos a una pareja que no era inglesa de nacimiento. Jacobo de Escocia gobernaba en el palacio de Whitehall y Ana de Dinamarca gobernaba en la Casa Somerset, a una milla al este. Actuaban por separado en muchas cosas: por ejemplo, los actores del Globe éramos los King´s Men[1], pero la reina obsequiaba con su patrocinio teatral a la Earl of Worcester's Men. Sin embargo, la pareja real había actuado conjuntamente al menos en tres ocasiones, y como resultado había dos príncipes y una princesa.

–Pudiera ser que Ana no tenga otro sitio donde quedarse en Londres –añadí.

La reina había prestado, voluntariosa, su residencia a orillas del Támesis cuando el embajador español dijo que era el único lugar de la ciudad lo bastante espléndido para acoger a los enviados de su país mientras estuviesen en Londres. Y se trataba de una decisión propia. En algunos barrios se murmuraba que Ana estaba de parte de los españoles.

–Ha vuelto al palacio de Whitehall durante estos días –informó Shakespeare.

–¿Y también a la cama del rey? –preguntó Abel.

–Se rumorea que primero tendrá que echar a Pembroke –dijo Jack.

–Un apuesto joven, el tal Pembroke –apuntó Laurence.

–Pues yo he oído que el rey piensa que el hermano de Pembroke es más apuesto –intervine.

¡Escúchennos vuestras mercedes hablar como si fuéramos cortesanas! Esperábamos que Shakespeare confirmase o negara los chismes difamatorios sobre nuestro rey, pero si algo sabía,

---

1 (n. del t.): El nombre de la compañía teatral, King's Men, se traduce literalmente como "Hombres del Rey".

nada dijo. De hecho, el dramaturgo se alejó con un gesto de ligera desaprobación en la cara, como si nuestros cotorreos estuviesen fuera de lugar. Otra extraña característica de este reinado era que, mientras con Isabel la mayoría de las habladurías tenían que ver con asuntos de Estado y con la sucesión, las actuales se ocupaban sobre todo de los favoritos de Jacobo. Se comentaba quién entraba, quién salía y quién se abría paso a codazos hasta los primeros puestos de la corte. Me daba la impresión de que aquello no era tan *serio* como solía serlo… o tal vez es que me estaba haciendo mayor.

Me di cuenta de que W.S. se había largado sin responder a la pregunta de Abel de si íbamos a recibir nuevos uniformes para las próximas celebraciones de paz. Para celebrar la coronación de Jacobo en el verano del año anterior, cada uno de nosotros recibió cuatro yardas y media de paño rojo, con los que hacer jubones y calzones para la procesión. Por aquel entonces, ya no éramos la Chamberlain's, sino la King's Men. Nuestro patrón enfermo, lord Hunsdon, había muerto, aunque no por culpa de la peste, sino de la viruela.

–Dieciocho… diecinueve… veinte barcos, veo –dijo Jack Wilson–, pero estos no son tan grandes como los primeros.

Podíamos ver cómo el desfile de la armada española estaba llegando a su fin. Dirigí la vista hacia la barcaza enorme y anónima, con sus magníficas cortinas. Tras ellas, por lo visto, se refugiaban la reina Ana, así como Robert Cecil, el jorobado primer ministro, y Charles Howard, el mando supremo del Almirantazgo. Todo el mundo sabía quién era Howard, incluso los londinenses recién llegados, como era mi caso. Había dirigido la flota inglesa contra la Armada Invencible y seguro que, por lo menos, sentía curiosidad por ver a un viejo enemigo, cuya llegada menos ceremoniosa él se encargó de impedir tantos años atrás. Yo tenía una razón más personal para reconocer su nombre, ya que cuando llegué a Londres, fui temporalmente contratado por la Admiral's Men, que actuaba bajo su patrocinio. Nunca vi al gran hombre en ninguna de aquellas representaciones. Se mantenía a distancia. En eso, se parecía a otros muchos patrones.

En ese momento ya solo pasaban un puñado de barcazas. Eran como las que se veían todos los días en el río, no tan brillantes como las anteriores, y sus remos solo estaban cubiertos con barniz. Incluso la cortina de gotas que hacían saltar parecía brillar mucho menos. Estaban llenas de asistentes vestidos de negro entre los que había soldados. Las últimas embarcaciones flotaban bajas en el agua debido a los baúles y cajas que transportaban, cubiertos por una lona.

La atención de los londinenses que ocupaban las aguas del Támesis también había menguado y crecía el rumor de voces. El acto principal había terminado. Los protagonistas de aquella tropa invasora (los marqueses, condes y duques extranjeros) iban en las embarcaciones en cabeza, que ya se encontraban río arriba, y se preparaban para atracar en la Casa Somerset, conocida oficiosamente como la Casa Danesa. Lo que ahora se desplazaba ante nuestros ojos era como los carros de aprovisionamiento de un ejército, sin ninguna duda importante para el sustento general, pero no muy interesante.

El *Hércules* se balanceó un poco cuando los veteranos y los accionistas de la King's Men desembarcaron. Nuestra pequeña congregación junto a la reja (Jack Wilson, Abel Glaze, Laurence Savage y un servidor) también le dio la espalda al río. El espectáculo acuático había concluido. Y no habría espectáculo nuestro en el Globe aquella tarde, ni en las siguientes. Disfrutábamos de una pausa en nuestras actuaciones. Había un aire festivo y vacacional. El sol se había puesto.

Nos abrimos paso hacia la plancha, con los otros en cabeza. Sentí una mano firme cerrarse sobre mi hombro. Reconocí la forma de agarrar. Solo había un hombre en toda la King's Men que tuviese semejante fuerza en sus dedos. Me di la vuelta para encontrarme de lleno con la mirada de maese Benjamin Jonson.

–Bien, Nicholas Revill, ¿habéis pensado en mi oferta?

–Sí.

–¿Y?

–Será un honor unirme a vos y a vuestros amigos.

–También son los vuestros. Buen chico. ¿Entonces vendréis esta noche?

–¿Adónde?

–Hay una taberna de pescado en Bread Street…

–La Sirena. La conozco.

–Buen chico –repitió Jonson con sincera aprobación–. Estaremos allí desde las siete, divirtiéndonos. '*Pine kai eufrainou*'[2], es lo que nos dice Paladas de Alejandría.

–Espero que así sea –dije yo.

–Bebed y sed feliz, Nicholas. Bebed y sed feliz. Nunca sabremos si mañana será nuestro último día.

Jonson apretó con más fuerza mi hombro, si cabe, antes de relajar la mano. Tenía el rostro picado de viruelas y la costumbre de hablar muy de cerca, aún cuando solo fuera para comentar el tiempo que hacía. Por supuesto, cualquier comentario de Jonson sobre climatología iba acompañado de un aderezo clásico, ya fuera una rodaja de latín o una hojita de griego, como entonces. Se enorgullecía de sus conocimientos y no perdía la oportunidad de mostrarlos. Pensaba que William Shakespeare era un hombre poco refinado y algo ignorante.

Como W.S., Benjamin Jonson era actor y escritor, aunque mucho más susceptible. Siempre estaba al acecho de una crítica desdeñosa. Nadie habría imaginado que era hijo de un albañil y que había trabajado como aprendiz en ese mester, o que, al igual que Abel Glaze, había luchado en los Países Bajos, o que

2 (n. del t.) "Regocíjate tú también", en griego clásico.

había matado a otro hombre en un duelo y escapado de la horca por lo pelos... al menos, nadie lo hubiese imaginado hasta haber experimentado la fuerza de sus manos.

En ese momento, desde nuestra situación ventajosa en lo alto de la plancha que unía al *Hércules* con la tierra firme, podíamos ver por encima de las cabezas de aquellos que pululaban por la ribera del río. Había un cierto revuelo junto a la barcaza anónima amarrada orilla arriba. Por supuesto, de anónima solo tenía el nombre, ¿cómo hubiera podido ser de otro modo cuando la reina de Inglaterra y Escocia iba en ella? Un puñado de alabarderos de uniforme nos bloqueaba la vista, pero entre sus hombros alcancé a atisbar una figura que era acompañada hasta un carruaje cerrado. El rostro de la figura estaba oculto por una elaborada máscara. Desde un punto de vista práctico, esto era una tontería. Si alguien quiere llamar la atención, basta con que se ponga una máscara. Si lo que se pretende es no ser reconocido, solo hay que ir a cara descubierta y cambiar algún pequeño detalle con respecto a la apariencia habitual. Sin embargo, se decía que la reina Ana gustaba de disfrazarse y tomar parte en bailes de máscaras.

Ben Jonson me tenía agarrado por el brazo cuando hicimos una pausa en la plancha, obligados por la fila de nuestros compañeros que desembarcaban. A nuestros pies había una caída de más de tres metros hasta el agua sucia, entre el barco y el muelle. Me temía que un movimiento descuidado pudiese precipitarme al río. Jonson hizo un gesto hacia uno de los individuos que había desembarcado de la barcaza real y seguía los pasos de la reina. Era un hombre de avanzada edad, que lucía un bigote elegante y airoso y una perilla bifurcada.

–Mirad a Howard, mirad al mando supremo del Almirantazgo –dijo–. Observad la ligereza de su paso. Eso es lo que consigue una esposa joven. Las esposas jóvenes son un buen conservante.

Como Shakespeare, Ben Jonson se sentía orgulloso de mostrar su familiaridad con las personalidades de la corte. Sin embargo, lo hacía de una manera mucho más abierta. No dejaba por ello de ser cierto que Charles Howard (o el conde de Nottingham, o el mando supremo del Almirantazgo) caminaba con una agilidad que desmentía su edad y el peso de los muchos títulos que soportaba. Había desposado recientemente a una mujer mucho más joven que él.

–Moveos, Ben –dijo alguien a nuestra espalda–. Estáis atascando a los que estamos aquí arriba.

–Me moveré cuando pueda, gracias –dijo Ben, quedándose quieto a propósito, pese a que ahora podíamos avanzar. Yo lo hubiera hecho, pero me tenía preso por el brazo.

–Y Cecil. ¿Conocéis a Cecil, Nick? Allí está.

Era bastante fácil reconocer a sir Robert Cecil, primer ministro del Consejo. Cecil era un hombre de corta estatura con una cabeza grande coronada por una enorme frente. Pero su emblema principal era la joroba que le acompañaba a todas partes. Aquel día iba a pie, aunque no era lo normal verle caminar en público, sino que fuese transportado en una silla. Al ver a Cecil sentí que mis tripas se revolvían.

–Sí, nos hemos encontrado antes.

–¿*Os* habéis encontrado antes? ¿Cuándo?

Recordé cuando fui conducido a ciegas, por las calles nocturnas de Londres, a presencia de Robert Cecil en los últimos días del reinado de la reina Isabel, cuando el conde de Essex preparaba su traición. Recordé la tarea que Cecil me había encomendado. Y el secreto que la rodeaba[3].

–No es algo digno de mención –dije–. No tengo ganas de volver a encontrármelo. Está muy ocupado con sus conjuras.

Me libré de la garra de Jonson y empecé a caminar por la plancha antes de que los que estaban detrás se impacientasen tanto como para tirarnos al Támesis.

---

3 Véase, *La muerte de los reyes.*

–¿Ocupado con sus conjuras? Tenéis que contarme eso algún día –dijo Jonson–. Puedo oler una buena historia.

–¿Quiénes son ese hombre y esa mujer? –pregunté para distraer su atención.

Un individuo delgado con unas prominentes orejas se inclinaba para que Cecil le pudiese decir algo al oído. Tenía un aire grave, como lo tendría cualquiera al que se estuviese dirigiendo el segundo hombre más poderoso del reino (hay quien diría *el más* poderoso). Cerca de ellos se encontraba una mujer alta.

–Ese es sir Philip Blake. Lo conozco, y bastante bien. La dama que está junto a él es su mujer, lady Jane. Ambos toman parte de nuestro oficio. Podría decirse que son patrones nuestros.

Para entonces ya habíamos llegado a tierra. Había un cierto interés entre los paseantes debido a la presencia de tan importantes visitas en la orilla sur pero, sofisticados londinenses como éramos, ninguno queríamos demostrarlo abiertamente. Un vistazo a la reina Ana apenas era comparable a la visión de la reina Isabel en los viejos tiempos. Y además, parecía que el gusto general por el espectáculo se había saciado con el desfile fluvial de los españoles. Busqué con la vista a Abel y los demás, pero habían desaparecido.

El carruaje negro en el que iba la reina estaba parado a una docena de yardas, cerrado como un sepulcro, los caballos enjaezados piafiando molestos por la espera. Era evidente que sir Robert Cecil se marcharía con Ana, pero se estaba permitiendo terminar con calma su conversación con sir Philip Blake. Era una señal de la posición de Cecil (de su arrogancia, algunos habrían afirmado) el hecho de permitirse hacer esperar a la reina.

El mando supremo del Almirantazgo se separó de la comitiva real. El educado caballero mayor había venido con la única compañía de su elegante gorguera. De cerca, su barba parecía más blanca que rubia.

–¿Qué os apostáis a que va a darse una vueltecita por este lado del río? –dijo Ben Jonson. Sus ojos siguieron la figura del almirante–. ¿Qué os decía?

Charles Howard había girado en dirección a Paris Garden.

–Él no tiene miedo de pasear a solas por este reino sin ley. Todo marino de agua dulce en Southwark, veterano o no, sabe quién es el que venció a la Armada española, y se sentiría honrado de ver cómo se sube a su barca. Y si ahora le siguiéramos, Nicholas, sin duda le veríamos entrar en los sacrosantos precintos de Holland's Leaguer… o de cualquier otro burdel.

–Donde cualquier mujer, veterana o no, se sentiría honrada de ver cómo se le sube encima –apunté yo.

–Bien, bien, Nicholas.

–Sentís mucha curiosidad por el mando supremo del Almirantazgo, Ben –le dije.

En cuanto a mí, me sentía sorprendido antes que curioso. No tanto por el hecho de que un hombre de la posición de Howard visitase uno de los burdeles locales (asumiendo que era eso lo que se disponía a hacer), sino por que lo hiciese de un modo tan despreocupado. Como Ben había dicho, Charles Howard podía ser reconocido fácilmente por la mayoría de los navegantes de entrada edad, muchos de los cuales eran antiguos marinos.

–Aquí tenéis un ejemplo a seguir por todos nosotros, que apenas hemos llegado a la mitad de nuestras vidas, Nicholas Revill –dijo Ben Jonson, regocijándose–. Mirad a Nottingham. Se casa cuando tiene casi setenta años, deja preñada a su joven esposa casi de inmediato, y mientras ella está, como se dice en francés, *hors de combat*, él se viene a los burdeles de Southwark porque lo necesita. Lo *necesita*.

–Yo no he llegado a la mitad de mi vida –fue mi débil réplica. Pero Jonson no me estaba escuchando.

–Creo que seguiré a mi admirable almirante. Me ha dado la pista de lo que hacer en esta calurosa tarde –dijo, moviéndose en la dirección que había tomado Nottingham, y haciendo una pausa solo para recordarme a gritos que, si así lo decidía, me presentase en la taberna de La Sirena aquella noche. Y así, Jonson se marchó, seguramente a uno de los burdeles que festoneaban Southwark, tantos como muchos botones hay en el vestido de una puta.

Supongo que podría haber hecho lo mismo. En otros tiempos, cuando mi amiga Nell trabajaba en Holland's Leaguer, solía ir por allí (disfrutaba gratis de aquello por lo que otros pagaban). Pero desde su triste muerte, había perdido el gusto por ese sitio en particular. Y dado que el mismo calor que producía ardores en Ben Jonson a mí me dejaba sin brío, decidí emprender el camino de vuelta a mis aposentos.

¿DÓNDE SE ALOJA?

La historia de mis alojamientos es parte de mi historia en Londres. A veces pensaba que mis cambios de dirección eran un reflejo de mis fortunas, más allá del mero sentido monetario y, si era así, ni el observador más favorable hubiera podido decir que mis fortunas fueran espléndidas. Sin embargo, recientemente se había producido un obligado aunque bienvenido cambio, o al menos un atisbo del mismo…

Entre mis primeros hospedajes en la capital estaba una pocilga en el tercer piso de un establecimiento en Ship Street. Pertenecía a una estirada mujer llamada Ransom, que llevaba una casa desastrada y se daba ínfulas. El único mérito de esa habitación era una vista sobre el río que se conseguía si arriesgabas el cuello estirándolo por una pequeña ventana. Hay varias razones por las que tuve que abandonar este lugar, razones relacionadas con un orinal vaciado sin cuidado y una desbocada hija de la dueña del establecimiento.

Luego caí aún más bajo, al alojarme con un peculiar cuarteto de mujeres en Broadwall que cobraban cuatro peniques por una "habitación" en la que agujeros y espacios vacíos ocupaban un lugar eminente frente a suelo, muros o techo. Mis caseras tenían por nombre los de los meses más soleados del año (April, May, June y July) y una reputación local de brujas. Una de ellas fue asesinada durante el alzamiento de Essex.

Y después de aquello pasé más de dos años en una habitación de una casa que pertenecía a maese Samuel Benwell, en la calle conocida como Dead Man's Place. Esta habitación, que era una mejora respecto a mis anteriores alojamientos, del mismo modo que puede decirse del purgatorio que es una mejora del infierno, tenía la ventaja de encontrarse cerca del teatro Globe. Maese Benwell y yo tuvimos nuestros más y nuestros menos (en un cierto momento, me encontré alojado en prisión en lugar de bajo su techo), pero se mantuvo fiel a su único huésped. No tanto por la guinea semanal que pagaba en concepto de alquiler, sino por los cotilleos del teatro con los que le alimentaba de tanto en tanto. Algunos de ellos incluso eran ciertos.

Pero ahora maese Benwell ya no estaba allí. Había muerto. No, no había sido asesinado, si eso es lo que piensan, tuvo una muerte natural. O todo lo natural que pueda ser el hecho de morir en la gran plaga que se produjo cuando nuestra gloriosa reina estaba en su lecho de muerte, y que se prolongó durante muchos y muy largos meses en el reinado de su sucesor escocés. De hecho, las altas cifras de mortandad hicieron que Jacobo retrasase su ceremonia de coronación (esa en la que estuvimos con nuestros uniformes de cuatro yardas y media de tela barata) hasta el verano.

Milagrosamente, nadie de la Chamberlain's se contagió de la peste. Cierto, en 1603 habíamos pasado largos períodos de tiempo lejos de la ciudad, en la carretera. Cuando la reina Isabel murió, nos encontrábamos actuando en la Golden Cross Inn de Oxford, aunque tampoco la sesuda villa escapó de la peste. Por consiguiente, volvimos a Londres, pero estaba claro que aún no habría negocio alguno en el teatro durante muchos meses. Por lo que partimos hacia lugares como Coventry y Bath, y en todo momento parecíamos estar acechados por una enfermedad que, como un jugador de ajedrez, hacía movimientos inesperados para ponernos en jaque y desesperarnos. Cuando llegamos a Bath, por ejemplo, supimos que la peste había hecho un movimiento de caballo hasta Bristol, diezmando la población local de esa villa.

Llegaron los meses de invierno y decidimos instalarnos en Mortlake, dado que Augustine Phillips, uno de los accionistas del Globe, había comprado recientemente una casa allí, junto al río. Mortlake parecía un lugar tan bueno como cualquier otro. Se encontraba a una distancia segura de la ciudad y los padres de familia hicieron venir a sus mujeres e hijos, mientras el resto de nosotros se conformó con cualquier alojamiento temporal que pudimos encontrar.

De todos modos, a principios de 1604 se autorizó la reapertura de los teatros y la King's Men pudo retomar su vida en Londres en todos los sentidos. Pero la ciudad había cambiado: los hierbajos crecían en muchas calles y las puertas de las casas infectadas colgaban, inútiles, de los goznes. Había boquetes sin reparar en techos y muros. El precio de la propiedad cayó en picado, al menos lejos de los sitios de moda como el Strand o Westminster. Pese a que había partes de la ciudad que parecían menos activas o menos animadas, nunca estuve seguro de si se debía a que la gente que habitualmente hubiese abarrotado esas zonas estaba muerta, o a causa del declive generalizado en el comercio y la actividad.

En lo que nos concernía a los actores, nuestra audiencia había resistido, pero no parecía sentir el viejo gusto por la comedia, o al menos por las comedias ligeras. Tal vez nosotros tampoco sintiésemos ese gusto, por lo que decidimos representar cosas más lúgubres. Shakespeare compuso una obra sobre los celos que protagonizaba un moro de África que sospecha de su mujer hasta asesinarla. Esta pieza atrajo a la audiencia. Las otras diversiones principales de Southwark (los fosos de lucha de animales y el negocio de los burdeles) también resistieron. Pero cierto es que se hubiese necesitado el fin del mundo para que cayese el telón de esos negocios.

Parece que me he desviado ligeramente del asunto de mi alojamiento en esos días pero, créanme vuestras mercedes, *está* relacionado con la peste y sus consecuencias. En aquel entonces, en agosto de 1604, yo me hospedaba con una familia llamada

Buckle en Thames Street. Esta vía corre paralela al río en su extremo superior y, aunque no en la misma medida que otras calles un poco más al norte o al oeste, disfruta de su propio olor, tal y como reza la expresión.

No mucho antes tuve yo una amiga cuyo lecho calentaba, llamada Lucy Milford, que vivía también en Thames Street hasta que el primer brote de la peste la hizo huir de la ciudad, por lo que estaba familiarizado con el lugar. Hospedándome aquí, supongo que había conseguido progresar en la vida.

Mi casera, la señora Buckle, había enviudado debido a la plaga y su casa quedó sin hombre que la guardara. Tenía una hija que aún no estaba emparejada y por tanto seguía en la casa, aunque yo apenas la había visto. Sus otras dos hijas estaban casadas y establecidas en Finsbury y Kingston, respectivamente.

Conocí a la señora Buckle y a su hija Elizabeth de manera harto curiosa. Podría decirse que acudí en su rescate. Fue al poco tiempo de que regresáramos a Londres desde Mortlake, al inicio de la temporada de primavera del teatro Globe. No habíamos actuado en nuestra casa desde hacía casi un año, y resultaba extraño volver a pisar las familiares tablas. Nuestra audiencia nos recibió con un calor que nos llegó al corazón.

Estaba ya avanzado un día de primavera (después de que hubiésemos representado una pieza llamada *El hombre de la melancolía*, un drama de sangre y disfraces de un autor satírico llamado Martin Barton) cuando salí por la entrada de actores y entré de lleno en un drama de la vida real. Nuestro sastre, Bartholomew Ridd, me había entretenido debido a una insignificante rotura en mi traje de la que me hacía responsable. Habíamos discutido a ese respecto, pese a que yo sabía que no conseguiría nada, y por eso fui de los últimos en abandonar el teatro. En contraste con mi temperamento, que sufría el agravio infligido por Ridd, la tarde era agradable. Flotaba en el aire la promesa de algo mejor aún por llegar. Dos mujeres se encontraban en seria conversación con una pareja bien vestida. La pareja me estaba dando la espalda, pero puede ver en las caras de las dos mujeres señales de angustia y confusión.

Al acercarme, oí por casualidad al hombre decir:

–He puesto todo mi empeño… pero era muy rápido… demasiado para mí.

Estaba sin aliento, y jadeaba de un modo que era muy obvio.

–Tengan la bondad de comprobar… que no les falta nada… mis damas… asegúrense… de que no han perdido nada.

–Mi marido tiene razón –dijo la dama que estaba a su lado–. Será mejor que lo comprueben.

Posó una mano sobre el brazo de la más joven de las dos mujeres, antes de volverse y darle unas palmaditas a su consorte en el hombro.

–Qué valiente eres, Anthony –dijo. Y luego para el resto–. Qué valiente es. Había oído que este sitio estaba lleno de villanos, ahora sé que es cierto.

Podría haber seguido mi camino y dejarlos con sus asuntos, pero algo me hizo aminorar la marcha y acercarme a este pequeño grupo. Tal vez fue porque me sentía obligado a quienes nos habían sido fieles pese a la larga ausencia. O tal vez deseaba sentirme bien después del varapalo que el sastre me había dado, porque Ridd me había amenazado con pedir a Burbage que me multase por un pequeño desgarro en la capa que yo vestía en mi papel de asesino. No es culpa mía que las capas se enganchen en los clavos que no deberían estar sobresaliendo, en primer lugar. O puede que fuera porque las dos mujeres, pese a su angustia y confusión, eran bastante atractivas.

Por lo que me quedé a corta distancia y observé la marcha de los acontecimientos. La pareja, en apariencia marido y mujer, estaban bien lejos de la flor de la vida. Se les estaban marchitando los pétalos, vaya. De sus trajes se hubiese deducido que este caballero y su dama no podían provenir de nuestro lado sur del río, mientras que sus *refinados* acentos contaban una historia similar. Él lucía un afeitado a la última moda y ella, unos pómulos blanqueados que eran el último grito. Las dos mujeres frente a ellos, las que eran bastante atractivas, tenían toda la pinta de ser madre e hija. Guardaban un cierto parecido la forma de sus bocas, de lo poco que yo podía ver bajo sus anchos sombreros, y había una cierta similitud en la postura de sus cuerpos.

–Ese bribón no se ha llevado nada, espero –dijo el caballero llamado Anthony–. Será mejor que revisen sus pertenencias. No se demoren.

En este punto, ya había recuperado el aliento. Me lanzó una mirada oblicua y la apartó sin demorarse mucho. La dama sonreía a madre e hija, centrando en ellas toda su atención e ignorándome deliberadamente.

Obedeciendo a la advertencia repetida, las dos mujeres hicieron una suerte de inventario con sus dedos de todo lo que vestían o portaban, deteniéndose sobre varios objetos o mostrándolos a la luz vespertina de la primavera. Objeto: un relicario colgando del cuello en una cadena de plata. Objeto: un monedero de seda mostrado durante un instante bajo un manto. Objeto: una poma de graciosa elaboración llena de algo que despedía un dulce perfume y sujeta a una faja. Y así sucesivamente.

Al ver que todo estaba en su sitio, se relajaron. Las sonrisas aparecieron. La mujer de la cara blanqueada volvió a tocar el brazo de la más joven, reconfortándola.

Por primera vez, la mujer que yo pensaba que era la madre habló.

–Creo que no echamos nada a faltar. ¿Cierto, Lizzie?

La más joven asintió con la cabeza.

–Soy la señora Buckle y esta es mi hija, Elizabeth. ¿A quién debemos agradecer esta buena obra?

–Yo puedo responder a eso –dije, adelantándome.

–¿Quién os ha dado vela en este entierro? –dijo el caballero.

–Todo ciudadano honrado vela por sus iguales –añadí, interponiéndome entre la pareja y las dos mujeres.

–Permitid que os presente al señor Anthony Thoroughgood, señora –proseguí–. Qué tal, Tony. Y aquí la dama es su esposa, la señora Charity Thoroughgood.

–Esto no tiene nada que ver con vos –dijo la mujer llamada Charity–. *Nada*.

Todas las sonrisas se habían esfumado. Podía sentir la hostilidad que emanaba de la pareja como el calor que sale de un horno.

–Estas buenas personas nos han ayudado –dijo la hija, hablando por primera vez. Tenía una voz dulce aunque sonaba recelosa, por no decir hostil, y no hacia la pareja, sino hacia mí.

–No os conozco, señor –dijo la señora Buckle–, pero no ocurre todos los días que un caballero arriesga su vida por perseguir a un malhechor. Un ladrón intentó robarnos cuando salimos del teatro y el señor, eh, Thoroughgood le dio caza.

–No creo que Tony haya corrido un peligro mayor que el de quedarse sin aire–repliqué–. En cuanto al ladrón que intentó robarles… ¿quién era esta vez, Tony? ¿Phil el Sigiloso? ¿O Dedos Largos Drinkell? ¿O acaso habéis reclutado a un nuevo amigo de lo ajeno?

–Oh, marchaos… quienquiera que seáis –dijo Charity Thoroughgood mientras un tinte púrpura asomaba a sus pálidas mejillas.

–Soy Nicholas Revill, actor y miembro de la King's Men.

–Vaya, ahora os reconozco –dijo con un estremecimiento muy convincente–. Erais el asesino disfrazado de la obra.

–La diferencia está en que yo no llevo disfraz fuera del escenario. Yo también os reconozco. Pensad en la noche del jueves, en la cervecería de La Cabra y el Mono. Yo estaba sentando en un rincón mientras los dos os vanagloriabais de vuestro último asalto y os bebíais el botín.

–¡A la mierda, *entrometío*!

Sus palabras y el tono, en los que la vehemencia pudo con su intención de disimular su acento, a punto estuvieron de dar por terminado el asunto. Vi cómo la gratitud y el alivio que habían aparecido en las caras de las dos mujeres se convertían en perplejidad y sospecha. Pero sus sospechas hacia mí seguían siendo mayores. Después de todo, acababan de verme haciendo de asesino. Unos cuantos paseantes se habían detenido para ver el desenlace de la pequeña escena.

Tony Thoroughgood decidió volver al ataque.

–¡Oh, esto es increíble! –dijo hacia nadie en particular–. Muy bien. Supongo que se trata de uno de esos trucos de Southwark de los que oído hablar. Es una estratagema de un actor de pacotilla para sembrar la desconfianza y librar a estas honradas gentes de sus propiedades, poniendo la honestidad en entredicho. *Mi* honestidad.

–De acuerdo, es una estratagema –contraataqué–. Dejen que les explique cómo funciona. Un espectador choca accidentalmente con alguien al salir del teatro. Un instante después, un caballero sale corriendo detrás de ese alguien, al grito de "¡Al ladrón!" o similar. Mientras, la acompañante de este caballero (suele ser una mujer porque inspira más confianza) se queda atrás para reconfortar a la víctima e impedir que se marche. Y al rato regresa el perseguidor, con la lengua fuera. "Cielo santo, el ladrón ha conseguido escaparse. Espero que no les falte nada." Y no falta nada *todavía*. Sin embargo, es mejor asegurarse. Será mejor que comprueben sus pertenencias, y que exhiban todo aquello de valor que porten vuestras mercedes. Y ahí es donde empieza el robo.

Vi que mi relato calaba por razones de peso en la señora Buckle y su hija. Así era como había sucedido, estarían pensando. De un modo distraído, ambas repasaron con los dedos sus pertenencias de nuevo.

–Esta es la recompensa que recibe la virtud, las calumnias de un actor. ¡Un vulgar actor! –dijo Charity Thoroughgood.

–Renunciaré a la honestidad en un futuro, visto que así se nos agradece –dijo Anthony Thoroughgood.

–La honestidad y vos lleváis años sin dirigiros la palabra, Anthony –afirmé.

–Por Dios que eso es cierto –añadió otra voz–. El señor Thoroughgood no reconocería la honestidad ni aunque la encontrase en una bolsa ajena. En cuanto a la virtud de *ella*... bien, creedme cuando os digo que hace tiempo que se la quitaron.

–No fuiste tú, Bartholomew Ridd –soltó Charity–. No podrías quitarme ni el vestido. Ni siquiera sabes *dónde* hay que meterla.

Me di la vuelta al oír el nombre de Bartholomew Ridd. El sastre se estaba marchando del Globe, después de haber terminado de cepillar los trajes, colgarlos y decidir quién debería ser multado por los nimios daños ocasionados. Pese a que podría haberlo despedazado minutos antes, ahora me alegraba de verle. Éramos dos del teatro contra el matrimonio de cazadores de incautos.

Las Buckle, las incautas e inocentes madre e hija, miraban a los Thoroughgood y a Bartholomew Ridd y a mí, y luego otra vez a los primeros, sin decidirse a quién creer pero con el resultado inclinándose a nuestro favor, sobre todo después de la última intervención de Charity. Pero la mujer de las mejillas blanqueadas aún no había dicho su última palabra.

–Vámonos, querido –dijo la señora Thoroughgood–. Somos impotentes ante semejante desvergüenza.

Con una altiva muestra de indignación, la pareja hizo ademán de marcharse. Estábamos a solo unas cuantas yardas del callejón conocido como Brend's Rents. En un segundo, girarían la esquina y pondrían sus experimentados pies en polvorosa. Pero fui más rápido. Tiré del manto de Charity Thoroughgood. Era una prenda larga, mucho más larga y pesada de lo necesario en un tiempo tan benigno como el de aquella primavera. Bajo el manto, enganchado en un elaborado cinturón lleno de ganchos y cintas, había una poma ornamentada. El objeto me resultaba familiar. Me resultaba familiar porque era familiar. Un momento antes, colgaba de la cintura de la joven Elizabeth Buckle. Lo agarré al tiempo que Charity salía disparada. Por fortuna, no había tenido tiempo de asegurarla y la poma se quedó entre mis dedos.

En la confusión, los Thoroughgood consiguieron escapar por Brend's Rents. En una zona más respetable, los que estaban mirando habrían montado un revuelo y agarrado a la pareja, pero el robo estaba a la orden del día en nuestro distrito y el perseguidor podía terminar tan mal, o peor, que el perseguido. Incluso era posible que entre los mirones que comenzaban a dispersarse se encontrara el cómplice al que Tony Thoroughgood había "dado caza", que habría vuelto a observar la conclusión exitosa de su montaje.

Las Buckle se quedaron boquiabiertas ante este último giro de los acontecimientos. Mientras, yo mantuve firmemente agarrada la poma. Vendida a uno de los prestamistas de Southwark, que nunca hacen preguntas, ella sola hubiese mantenido ebrios a los Thoroughgood durante una semana. Por lo que pude ver del cinturón vacío de Charity, la poma era lo único que había sido capaz de birlar en este hurto. Sus dedos eran mucho más hábiles que los de su marido, cuya tarea solo consistía en perseguir al "malhechor" y en distraer a la víctima a su regreso con las manos vacías, mientras su sacrificada dama se ocupaba de escoger y recolectar entre los artículos que acababan de ser expuestos. La gente es menos precavida con una mujer, sobre todo si esa mujer se deshace en sonrisas y gestos reconfortantes. Y si creen vuestras mercedes que les acaban de robar, para comprobar con alivio que *no* han sufrido un hurto después de todo, su guardia ya está baja.

–Bien hecho, Nicholas –dijo Bartholomew Ridd–. Señoras, les dejo.

El sastre se marchó calle abajo. Me sentí extrañamente complacido por la felicitación de un hombre que momentos antes me había dado un buen tirón de orejas. Si esperaba gratitud por parte de las mujeres, me equivocaba. Madre e hija parecían desconfiadas bajo sus enormes sombreros. Supongo que pensaron que esto solo era una nueva escena de un elaborado plan para privarles de sus posesiones. Creían que, a no mucho tardar, un tercer (o cuarto) bribón aparecería para desenmascararme… y tras ese vendría otro a desenmascararle a su vez… y etcétera, etcétera.

Devolví a toda prisa la poma a su propietaria. Del perfume que dejó en mis manos, deduje que contenía clavo. La joven recogió la esfera ornamentada sin hacer ningún comentario. Era sensato portar algo así después de una epidemia de peste y, para algunos de nuestros clientes más delicados, era la manera de enfrentarse a los efluvios del populacho. La examinó cuidadosamente, como si pensase que al devolvérsela podía haber hecho algún juego de manos. Luego levantó la cabeza y me miró por debajo del ala de su sombrero. Pensé en un pequeño animal, tal vez huraño, asomándose desde su madriguera.

No les sugerí que comprobasen sus pertenencias por segunda vez. Hice una reverencia, bueno, incliné la cabeza ligeramente y me marché. Ya había hecho la buena acción del día. ¿Para qué esperarme por si se decidían a agradecérmela?

Mi camino me alejaría del teatro hacia el sudeste de la ciudad. Desde que la compañía regresó de Mortlake, me había alojado con mi amigo Abel Glaze en su casa de huéspedes de Kentish Street. Empezaba a anochecer.

No la oí venir tras mis pasos, solo sentí un leve roce en mi hombro. Era la madre, la señora Buckle.

–Debo daros las gracias, maese… *Servil*, ¿así era? –se rió de su ocurrencia, con risa de joven, y se tapó la boca con la mano–. No, debo haber oído mal. ¿No era Servil, verdad?

Su piel era pálida en aquella penumbra, pero sus ojos brillaban bajo el ala del sombrero. A lo lejos, donde había sucedido todo, estaba su hija.

–Es *Revill.* Y no hay de qué, señora. Solo una cosa, cuando volváis a visitarnos al Globe, puedo sugeriros que, eh, tengáis mucho cuidado. La señora Thoroughgood tenía mucha razón en algo que dijo.

–¿Y qué dijo?

–Que hay mucho amigo de lo ajeno por aquí… aún cuando ella sea uno de ellos.

–Es la primera vez que Elizabeth y yo hemos venido a un teatro.

No me sorprendí al oír esto, prefería preguntarle si les había gustado *El hombre de la melancolía*, de Martin Barton.

–Sí, por lo sangrienta. No nos lo esperábamos. Mi marido no lo habría aprobado –dijo ella.

–Mucha gente no lo aprueba. No es raro.

–Tal vez nos merecemos lo que nos ha ocurrido por… por haber venido hoy.

–Seguro que vuestro marido no cree que os merezcáis que os roben –dije, pese a que no estaba tan convencido como parecía. La gente es extraña.

–Mi marido está muerto –añadió ella. Sus ojos parecían brillar acuosos bajo la escasa luz.

–Siento oír eso, señora Buckle.

–En la última epidemia.

–Yo también perdí a mis padres por culpa de la peste, hace años. Pero fue en otro lugar, muy lejos de aquí.

Se produjo una pausa.

–Pensábamos volver a la luz del día –dijo ella–. Si no hubiese sido por este feo asunto, habríamos llegado.

–¿Volver?

–Al otro lado del río.

–¿Vivís allí?

–Sí, en Thames Street, junto a Skinner's Hall.

–Entonces permitid que os acompañe de vuelta al hogar.

–Es demasiada molestia, maese… Revill. Sería vuestro segundo favor.

–No es nada –dije yo.

–Os equivocáis –apuntó ella.

–Entonces es un favor tan nimio que no deberíais volver a mencionarlo.

–¿Sois tan caballeroso con todos vuestros espectadores?

–Con todos y cada uno de ellos. Así nos aseguramos de que volverán felices a visitarnos.

Fuimos juntos hasta donde se encontraba Elizabeth Buckle. No tenía ningún motivo apremiante para hacer lo que estaba haciendo, pero tampoco ninguno deshonesto. No me iba a causar un gran inconveniente cruzar desde allí hacia Thames Street. Tal vez quería enseñar a estas dos inocentes del lado norte del río que también éramos honestos (no todos) los de la orilla sur. Por otra parte, Elizabeth Buckle y su madre eran bastante atractivas.

En aquel momento me confiaba la madre en voz baja que, si hubiese ido ella sola, podría haber vuelto sin problemas por los callejones que separan el Globe del río, pero su hija le preocupaba. Elizabeth sonrió al ver a su madre, que rápidamente le explicó que me había ofrecido a escoltarlas hasta su casa. Se produjeron las habituales protestas sin mucha convicción, pero sentí que ambas mujeres respiraban aliviadas. El encuentro con los Thoroughgood les había afectado más de lo que creían. Tal vez pensaban que nuestro barrio era un hervidero de embaucadores de labia fácil (y no se hubiesen equivocado mucho en esa creencia). Me pregunté si la señora Buckle no habría tocado mi fibra de caballero a propósito con sus palabras sobre lo tardío de la hora y la vuelta al otro lado del río.

Para cuando alcanzamos las escaleras junto a St. Mary Overy, ya era casi de noche. Los barqueros habían encendido sus lámparas y sus embarcaciones parecían un baile de luciérnagas. A nuestra derecha, las luces brillaban en la mole de color azul oscuro del Puente de Londres. Nos llegaba a los oídos el rugido del agua, obligada a pasar entre los grandes pilares. Llamé a uno de los barqueros, y una de las luciérnagas cambió de rumbo y empezó a desplazarse hacia nosotros a través del aire. Fuimos recogidos por un fornido barquero (los tipos que suelen trabajar en esta parte del río necesitan ser más fuertes de lo habitual, debido al empuje del agua a través de los pilares del puente) y nos apretamos en la popa. Me senté entre las dos mujeres. Hacía tiempo que no me sentaba entre dos mujeres, tan apretados. Enseguida estuvimos en confianza.

Sucedió así.

Apenas unas yardas después de haber dejado la orilla, mientras el barquero luchaba entre resoplidos contra el embate de la corriente armado solo con sus remos, me confesaron que el difunto señor de la casa Buckle había sido pastor. Que había servido generosamente en su parroquia de St. Thomas durante la epidemia, al contrario que muchos otros clérigos que o bien habían huido de sus puestos o se habían negado en redondo a salir de sus hogares. El reverendo Buckle enfermó mientras daba el sacramento en la iglesia. Volvió a casa y murió en la intimidad al día siguiente (que fue un jueves). La mujer mayor, cuyo nombre era Ursula, vertió la historia en mis oídos y la más joven hizo algún comentario ocasional. Fue como si se hubiese abierto una esclusa.

Para cuando nos aproximamos a la orilla norte, con las luces del puente brillando trémulas sobre nuestras cabezas, relaté a las dos mujeres cómo su situación me traía recuerdos de la mía. También mi padre había sido pastor, allá en las lejanas tierras de Somerset. Se encontraba ausente de la villa cuando la peste la asoló, pero regresó, arriesgando su vida, en auxilio de su rebaño. Él y mi madre murieron junto a muchos de sus feligreses.

Por el modo en que Ursula Buckle apretó mi rodilla y por los suspiros amargos de Elizabeth, supe que había encontrado a quien confiar mi doloroso pasado. Pero así como mis heridas eran viejas y casi habían cicatrizado, las suyas aún estaban frescas. Sabían que eran afortunadas por haber sobrevivido. Pienso que sentían extraños remordimientos por seguir con vida cuando tantos a su alrededor habían perecido. Nada dijeron al respecto, como es natural, pero yo había sentido la misma combinación de culpa y alivio.

Al desembarcar en las escaleras de Old Swan, ya éramos amigos de toda la vida. No nos llevó mucho tiempo llegar andando hasta su casa y menos todavía encontrarme sentado a su mesa, donde me ofrecieron vino y pan de jengibre, y apenas un rato después de esto ya habíamos decidido que yo debía acomodarme en esa casa en calidad de huésped.

Es posible que yo lo estuviese deseando. Es posible, a su vez, que ellas estuvieran deseando que hubiera un hombre en sus dominios. Era una casa bastante grande (con toda probabilidad, hecha construir por un comerciante, como muchas de las casas cercanas al puente) que le alquilaba a la Sra. Buckle un primo lejano de su marido, el reverendo Hugh. En cierto modo, madre e hija tenían la suerte de seguir teniendo un techo sobre sus cabezas. Si hubiesen vivido en la casa del pastor de St. Thomas, podrían haberse visto desalojadas en beneficio de un nuevo inquilino. De cualquier modo, Ursula y Elizabeth vagaban por su propiedad alquilada en Thames Street como lo harían dos guisantes sueltos por una vaina. Se habían traído sus propios muebles, pero los escasos objetos no alcanzaban para la tarea de llenar la casa. También habían empleado a una criada, una chica joven con una nariz que siempre goteaba. Los otros sirvientes, incluyendo a un cocinero, habían muerto en la epidemia de peste o se habían marchado en busca de aires mejores.

Cuando le dije a Abel Glaze que me marchaba de su casa de huéspedes de Kentish Street, que en ningún caso era más que un alto en el camino, mi amigo comentó:

–Una madre y su hija, ¿eh, Nick?, solas en el mundo.

–Se trata de gente respetable.

–Pensé que estabas más a gusto con la gente menos respetable que hay por aquí.

Abel estaba un poco dolido porque le abandonaba. Por otra parte, me dijo, ¿no había dicho yo siempre que prefería el aire de Southwark antes que eso tan refinado que soplaba en los confines del centro de la ciudad?

–Hay otros que viven en la orilla norte –dije, en referencia a un pequeño grupo de la compañía, veteranos en su mayoría.

–No te dejes atrapar por la madre y la hija –me advirtió.

–¿Qué podría ser mejor que dejarse atrapar por el lote completo? –repliqué–. Espero que así sea.

Como suele ser habitual en este tipo de disputas, había una cierta verdad en las pullas que nos lanzábamos. Era posible que yo anhelase una cierta respetabilidad… por el amor de Dios, estaba acercándome a los treinta, y no poseía nada de lo que muchos hombres a mi edad ya tenían (como mujer, hijos y una propiedad). En cuanto a Abel, en mi opinión, nada le habría gustado más que ser "atrapado" por una madre y una hija. No era muy afortunado en el amor, mi buen amigo.

En fin, no tardé en trasladarme a la Casa Buckle en Thames Street. Era muy conveniente su ubicación junto al puente y, por lo tanto, lo bastante cerca del teatro y de la otra orilla.

También era muy conveniente que de nuevo se ocupasen mujeres de uno. Yo era algo así como un amigo, un huésped y un pariente. Me impusieron una renta asequible que se veía más que justificada por las comidas. Con un poco de insistencia, la señora Buckle vino al teatro Globe y disfrutó de algunas actuaciones, siempre y cuando yo hubiese prometido antes acompañarla luego a casa. Discutíamos de poesía y de dramas. El reverendo Buckle había sido un buen hombre pero, como tantos otros hombres buenos, e incluyo a mi padre, no aprobaba el teatro, ni a los actores, ni las obras. Nunca arremetió contra el gremio desde el púlpito, o no mucho, pero mostraba su desdén con bastante claridad prohibiendo a su mujer e hija acudir a esos lugares. No me di cuenta hasta más tarde de lo mucho que Ursula y Elizabeth tuvieron que armarse de valor para aventurarse en Southwark e ir a ver *El hombre de la melancolía* en el Globe. Ursula me confesó que fueron a verla solo porque el título contenía la promesa de algo galante y reflexivo. No se esperaban el festín de venganzas, sangre y humor rudo que Martin Barton, el dramaturgo, les tenía preparado.

Mis primeros meses en la casa de Thames Street habían sido placenteros. Por primera vez desde que pisé Londres, estaba contento de encontrarme donde estaba. Como ya he dicho, había conseguido progresar en la vida.

Pero no solo se debía a un cambio de residencia. Está claro, me había enamorado, aunque solo ligeramente. No de la joven Elizabeth Buckle, a quien veía poco, sino de Ursula. Era bastante mayor que yo, aunque no tanto como para poder ser mi madre. Mi amor no era correspondido, no es necesario decirlo, y esperaba que tampoco fuese advertido. Era mi pequeño secreto.

Yo diría que la señora Buckle se estaba acostumbrando a la viudedad, tal vez antes de empezar a buscar un nuevo marido. Pero ella también tenía su pequeño secreto, que me confió una tarde cualquiera. Le había parecido ver unas cuantas veces al fantasma de su difunto marido, el reverendo Hugh Buckle, en varios lugares de la casa.

DADME VUESTRA MANO

La taberna de La Sirena, en la que Ben Jonson me había emplazado a encontrarnos después de haber presenciado el desfile por el río de la delegación española, se encuentra en Bread Street. Esta vía discurre en perpendicular a Thames Street en la zona que queda al este de St. Paul's y no muy lejos de donde yo me hospedaba con las Buckle. La taberna de La Sirena es un lugar bien llevado, y por lo tanto ofrece algo muy distinto a los tugurios habituales de los actores, como La Cabra y el Mono. Su pescado y su vino son recomendados por aquellos que aprecian la buena comida y bebida.

Cuando llegué allí en una agradable tarde verano, Ben Jonson ya estaba instalado en el extremo de una mesa, su ubicación invariable.

–Ah, Nicholas, sentaos ahí... y servíos de esto y probad también estas.

Jonson era una persona de autoridad informal y también muy generosa, consigo mismo tanto como con los demás. William Shakespeare rara vez asumía el mando de semejante manera. Pero es cierto que W.S. tal vez no necesitase hacerlo.

Jonson volvió a gesticular. Frente a él se encontraban "esto" y "estas": una gran jarra de vino y una fuente de ostras abiertas. Me pregunté si el dramaturgo necesitaría recuperar fuerzas después de una noche derrochando energía en los burdeles de Southwark. Pero la verdad es que era un hombre de apetitos insaciables, en cualquier ocasión. En ese momento alcanzaba una de las ostras e inclinaba la cabeza. Vi cómo su nuez subía y bajaba mientras la ostra se deslizaba por su garganta.

También sentado en un lado de la mesa se encontraba un pelirrojo llamado Martin Barton, al que solo conocía de vista. Era poeta y dramaturgo, un prometedor escritor satírico. Había escrito hacía no mucho la obra llamada *El hombre de la melancolía*, que representamos la tarde que conocí a Ursula y Elizabeth. Y también estaban allí Jack Wilson y Laurence Savage. Esperaba que estuviesen presentes. Pero no que Abel Glaze se sentase en el lado opuesto de la mesa. Me sorprendió que mi amigo no me hubiese dicho nada previamente de esta reunión en la taberna, pero la verdad es que ya no estábamos tan pendientes el uno del otro.

–Hablábamos del cachorro –dijo Ben Jonson.

–¿El cachorro?

–El cachorro que dio a luz Elizabeth en la torre de Londres –apuntó Abel.

–Oh, la leona –dije. Entendí a qué se referían. Había una leona entre los animales de la Torre. Debía su nombre a nuestra antigua reina.

–Fue una cosa extraña, ese alumbramiento –dijo Abel.

–Y el cachorro ha muerto –dijo Ben Jonson.

–Murió sin ser bautizado –terció Martin Barton–. ¿Pensáis que irá por eso al purgatorio?

–No seas frívolo, Martin –respondió Ben. Se tomaba muy en serio la religión y, según decían algunos, se había convertido al catolicismo en una de sus estancias en la cárcel.

Vi que los ojos de Barton brillaban por un momento al oír la reprobación de Jonson. Barton tenía un temperamento mercurial, muy acorde con el color de su cabello y que se decía que había heredado de su madre italiana. Él y Jonson habían tenido sus encontronazos en el pasado, y aunque habían sellado una tregua momentánea, podía romperse en cualquier momento y volverían a dedicarse los más bellos epítetos.

–Sin embargo, aún queda un *león* en la Torre, y también una leona –siguió Barton, tal vez deseoso de mostrar que no le importaba llevar la conversación por derroteros peliagudos–. Walter y su Elizabeth siguen juntos aún en cautiverio.

Ninguno tuvo que preguntar a qué *león* se refería, ya que hablaba de sir Walter Raleigh, que en la actualidad se pudría en una celda por decisión real tras ser hallado culpable de traición. Había sido uno de los favoritos de la reina Isabel pero, al contrario que muchos otros, no había tenido éxito en la ardua tarea de transferir con suavidad (hay quienes dicen que con ungüento) el favor de un monarca al de su sucesor.

En ese momento se unió un recién llegado a nuestro grupo. Era un tipo atildado que nos dirigió una amplia sonrisa a los cuatro antes de sentarse a la mesa. Jonson lo presentó como Giles Cass. Se frotaba los labios sin cesar, como si quisiera limpiarse algún trozo de comida que se le hubiese quedado pegado en ellos. Más tarde supe que desempeñaba alguna función poco clara a las órdenes de Robert Cecil, una suerte de correveidile del ministro entre el rey Jacobo en Whitehall y la reina Ana en la Casa Somerset.

No obstante el papel que tenía asignado, era muy poco discreto. Tal vez debido a que había oído el comentario de Martin Barton sobre Raleigh, llevó la conversación en esa misma dirección. ¿Habíamos visto, nos preguntó, a la delegación española esa tarde? ¿Qué nos había parecido la impudicia con que navegaban río arriba a plena luz del día? Esto nunca se hubiese visto en tiempos de la reina Isabel, exclamó. Antes se habría dejado arrancar el corazón que darles la bienvenida.

Pensé que Giles Cass estaba un poco sobreactuado, demasiado protestón. Tal vez su intención era provocar una respuesta por nuestra parte, pero si así era, no podía imaginarme por qué.

–He oído –dijo Laurence en una pausa que hizo Cass para servirse vino– que algunos de los españoles se pusieron tan malos en la travesía que tuvieron que detenerse en Dover antes de poder viajar a Gravesend.

–Es cierto –dijo Cass, frotándose la boca.

–¡Menuda Armada que nos mandan esta vez!

–Por mi parte, yo he sabido que han traído dos bloques de hielo en sus barcazas –comentó Jack Wilson.

–El hielo es para el vino –dijo Giles Cass–. Para el del condestable de Castilla, para ser precisos. Los españoles, en su país, se lo ponen al vino.

Y nos quedamos boquiabiertos al saber que los extranjeros ponían hielo en su vino.

–Caballeros –dijo Ben Jonson–, ya hemos hablado mucho de los hábitos bebedores de los españoles. Manos a la faena.

A Ben no le gustaba dejar de ser el centro de atención, o más bien, siempre estaba dispuesto a asumir el mando de cualquier conversación. De cualquier manera, esta era su reunión en La Sirena. Íbamos a discutir la representación de una mascarada dentro de unos días en la Casa Somerset.

Las mascaradas eran una de las especialidades de Ben. Son una combinación de canciones, bailes y versos, y también de elegantes trajes y efectos que cuestan una buena cantidad de dinero.

–Traigo noticias buenas y mejores, Benjamin –dijo Giles Cass–. Sir Philip y lady Blake están ansiosos de participar en vuestra *Mascarada de la paz*. Han ofrecido su residencia para los ensayos.

Recordé al hombre delgado y a la mujer alta que habíamos visto esa tarde junto a Robert Cecil junto al río.

–Buena cosa. ¿Y las mejores noticias?

–Oh, nada en particular. Solo que la propia reina está deseosa de participar.

Hubo exclamaciones de sorpresa, incluso de asombro, entre los seis que allí estábamos.

–Eso es mejor, mucho mejor –dijo Jonson, muy complacido–. Gracias, Giles. Ahora, ¿qué papel debemos asignar a nuestra soberana?

–El de los Celos –dijo Martin Barton–. Podría aparecer y alejar a esa hueste de nuevos caballeros de su marido escocés. Esos célebres parásitos, sir Duncan McSanguijuela y sir Lennox Chupasangre.

Miré a Cass para ver su reacción ante la arriesgada sugerencia, pero se rió tanto como el resto de nosotros.

–Ana podría ser la reina del Ártico, de lo fría que dicen que es –apuntó Abel Glaze.

–Entonces los españoles podrían pedirle hielo a ella –añadí yo.

–Y *nosotros* podríamos contener un poco nuestras lenguas –dijo Jonson, lanzando una mirada por la taberna, pese a que nadie parecía prestarnos atención.

–Por supuesto, Ben. Olvidaba que tienes razones para temer por parte de tu anatomía. Por tu lengua y por tu pulgar –dijo Martin Barton.

–Pensaba en la ley de calumnias, que se aplica incluso a las reinas. Sin embargo, hay una diferencia entre el miedo y el respeto debido –replicó Jonson.

–Da lo mismo, enséñanos tu pulgar, Ben Jonson –pidió Martin Barton.

–No a ti –contestó Jonson.

–Yo no lo he visto –terció Giles Cass–. Dadme vuestra mano, por favor, buen Benjamin.

Con expresión resignada (pese a que creí detectar un toque de orgullo en esa acción), Jonson dejó el vaso de vino que sostenía en su mano izquierda y puso su palma al descubierto sobre el tablero de la mesa.

Sobre el montículo de la base del pulgar, había grabado algo oscuro. Consistía en una pequeña barra cruzada en su parte superior por otra aún menor. La carne alrededor de esa 'T' estaba pálida y arrugada. No necesité preguntar a qué hacía referencia la letra.

–No queda tan mal –comentó Barton–. Podrían haberte puesto una 'M', que ocupa más espacio.

–Una 'M' hubiese sido apropiada en tu caso, Martin –dijo Ben.

–¿Por qué? ¿Qué quieres decir? ¿No me estarás acusando de…?

–Quiero decir que con una 'M' llevarías la inicial de tu nombre bien a la vista, por si se te olvida quién eres.

–Creo que eres tú quien se olvida de quién eres, Ben –replicó Barton.

–Eso no os lo hicieron con un hierro en frío –dije, incapaz de apartar los ojos de la 'T' irregular que había en la palma carnosa de Jonson, e incapaz también de hacer ningún tipo de comentario jocoso. Sentí un pequeño escalofrío en mis entrañas. De pronto, el vino renano de La Sirena sabía avinagrado en mi boca. Como Cass, yo nunca había visto antes la marca de Jonson.

–Claro que no me lo hicieron con un hierro en frío –dijo Jonson, y de nuevo se pudo apreciar en su voz un ligero orgullo–. ¿Pensáis que la ley es piadosa? Pasé por un infierno… y esta es la marca del fuego. No importa. *Fiat justitia.* Que se haga justicia. ¿Satisfechos?

Cerró su mano como si fuesen las tapas de un libro. Fuera esa su intención o no, al mostrarnos la marca dejada por el hierro al rojo vivo, Jonson trajo una suerte de seriedad en la mesa de la taberna. Seguimos discutiendo la mascarada de la Casa Somerset, y ya no hubo más bromas sobre la reina o sobre cualquier otra persona.

Sobre los restos de las ostras y el vino, decidimos quién iba a interpretar qué papel, o más bien Jonson nos hizo decidir de acuerdo con sus deseos. El argumento de la *Mascarada de la paz* era bastante sencillo. La figura de la Paz llegaría a través del mar desde España, para ser recibida por su hermana gemela a este lado de las aguas. Este uso de gemelas era un modo claro de sugerir que los dos países eran iguales en su deseo de paz. Las dos Paces serían asistidas por la Plenitud, la Tranquilidad y otras cualidades deseables. Sin embargo, hasta en las mascaradas más positivas tiene que haber algo de inquina, y por eso, figuras como la Ignorancia, la Sospecha y la Obstinación vagarían por los márgenes, intentando impedir fútilmente que las gemelas se uniesen. Pero serían vencidas por la Paz española y por la Paz inglesa, y al final de la representación, la imponente figura de la Verdad descendería desde lo alto para bendecir la armonía recién instaurada entre las naciones.

Estuvimos discutiendo, una hora o más antes de que cada uno tomásemos caminos separados, después de acordar un ensayo en los días siguientes. Giles Cass fue encargado de consultar con los seguidores de la reina si ella estaría dispuesta a desempeñar el papel de la Paz inglesa, habiéndose descartado otros epítetos menos aduladores para Ana de Dinamarca. Sin importar lo que pensásemos de Ana, esta parte de la conversación provocó una ligera excitación. No todos los días se encuentra uno actuando codo a codo con un monarca.

Salí de la taberna de La Sirena. Era una agradable tarde de verano. Aún persistía un cierto ambiente festivo en las calles abarrotadas, una especie de resaca de la atmósfera reinante entre el gentío que se había reunido para presenciar la llegada de los españoles.

Mientras volvía por Bread Street, de camino a la casa de la señora Buckle en Thames Street, mis pensamientos seguían puestos en la mascarada, cuyo propósito era celebrar el fin de las hostilidades entre Inglaterra y España. Aún no estaba muy seguro de por qué Ben me había escogido. Cierto, mis amigos más cercanos, como Jack Wilson y Abel Glaze, iban a tomar parte. Los tres ostentábamos una posición en la King's Men a medio camino entre los ya consolidados y los recién llegados. Tal vez Jonson sabía que los más antiguos, los miembros veteranos de la compañía, habrían rechazado su propuesta.

La masa de gente comenzaba a dispersarse de las calles a medida que avanzaba la tarde. Absorto en mis pensamientos, apenas me daba cuenta de a dónde me dirigía. Como una pista, el nombre de Thames Street apareció flotando ante mis ojos. Se encontraba a media altura en una pared, expuesto en el punto en el que Bread Street se unía a la vía principal. El nombre estaba tallado en una piedra angular. Me detuve y lo miré. La mugre de la ciudad se había solidificado dentro de las letras. Empezó a picarme la nuca, como si una cuerda estuviera rozándola. La 'T' de 'Thames' parecía querer llamar mi atención, como lo había hecho la figura en 'T' que lucía Jonson en la base de su pulgar.

La letra de su mano era la 'T' de 'Tyburn', la cárcel de la que Jonson tuvo la buena fortuna de, o la educación necesaria para salir. En lugar de la 'T' podría haber sido marcado con una 'M', como apuntó Martin Barton. La 'M' de asesino[4]. Unos años antes, Jonson había tenido un duelo con otro actor en Hoxton Fields. Ben consiguió librarse de su oponente (un hombre llamado Spencer del que se decía que era un individuo violento y de mal carácter) asestándole un golpe fatal en el costado. Pese a que había sido una lucha honorable, Jonson fue arrestado y acusado de asesinato.

No era esta la primera vez que entraba en prisión, pero nunca se había enfrentado a una acusación tan grave. Jonson podría haber terminado pendiendo de una cuerda, pero sabía leer. Alegó el beneficio del clérigo y, tras seleccionar lo que los entendidos llaman el verso del cuello, leyó en voz alta el pasaje de la Biblia ante el tribunal. Sé todo lo que hay que saber sobre los versos del cuello, no en vano soy hijo de un pastor, y fue para preservar a los pastores que se inventaron, allá en los buenos tiempos antiguos, cuando el pastor y el señor eran los únicos que sabían leer y escribir en un pueblo. El pastor o el señor culpables de homicidio podían librarse de la horca pero, como Caín, llevarían

4 (n. del t.) Asesino, en inglés, es: "murderer".

el resto de sus vidas la señal de su crimen. A diferencia de Caín, marcado por Dios en la frente, nuestros jueces son más humanos y permiten que el asesino lleve su vergüenza oculta en la palma de la mano.

De nuevo sentí un picor en la nuca. Tal vez fuera un recordatorio del destino fatal que Ben Jonson había burlado gracias a su sencilla capacidad de leer unas cuantas líneas de la Biblia. O tal vez el picor se debía a algo que no tenía nada que ver…

Anduve unos pasos más. La sensación en mi nuca se mantuvo. Los síntomas ya me eran familiares. Alguien andaba tras mis pasos. Estaba siendo vigilado. Esperé un momento antes de girar mi cabeza de golpe, como si alguien me hubiese tocado en el hombro. A una docena de yardas, más o menos, había aproximadamente seis personas que paseaban o caminaban detrás de mí. La calle estaba llena de sombras, las primeras candelas ya titilaban en las ventanas cercanas. En la penumbra, era difícil averiguar si alguna de las figuras desviaba su mirada precipitadamente, o si aminoraba el paso, como haría por instinto alguien que es descubierto mientras sigue a otra persona. Creí detectar un estremecimiento en un tipo barbudo que caminaba por un lado de la calle. Vestía un jubón rojo. Y hubo una mujer, que lucía un sombrero de color claro, que se echó a un lado y se metió en un portal.

Miré al frente de nuevo y seguí calle abajo, intentando aparentar indiferencia. La sensación de estar siendo observando persistía, aunque tal vez con menos vigor. Unas doscientas yardas más adelante, volví a girar la cabeza por un momento. Vi fugazmente un jubón rojo. Y también un sombrero claro flotando en el crepúsculo. ¿Pero por qué no podía tratarse de honrados ciudadanos que daban un paseo, como yo? ¿Y por qué habría de estar siguiéndome nadie? No me hallaba envuelto en ningún tipo de intriga. No podían estar interesados en mis idas y venidas, como si fuese uno de los actores famosos de nuestra compañía, tales como Dick Burbage o Bob Armin, el payaso.

El malestar en la región de mi nuca no se marchaba y de nuevo miré hacia atrás. Pese a la oscuridad creciente, tanto el hombre del jubón rojo como la mujer del sombrero claro aún eran visibles. Temiendo desvelarles dónde me alojaba en el caso de que realmente me estuviesen siguiendo, me desvié de Thames Street y me dirigí hacia Candlewick Street. Hice una pausa allí, junto a la Piedra de Londres, que se encuentra en una zona abierta en mitad de esta amplia vía y de la que se dice que fue traída a nuestra ciudad por Brutus, que era descendiente de Eneas de Troya.

Es un sitio popular entre los visitantes y, como un turista cualquiera, me detuve junto al bloque cuadrado y bajo de piedra, e hice como que lo examinaba bajo la exigua luz. Dicen que mientras la Piedra de Londres esté a salvo, la ciudad florecerá. Tal vez tengan razón. Habíamos sobrevivido, solo en el último año, a la peste y a un cambio de monarca, y al contrario que Troya, seguíamos en pie. Había una leve muesca en la cara superior y pasé mi dedo por ella. ¿En verdad era tan antigua? ¿Había conocido las llanuras soleadas de Troya? Estas especulaciones cruzaron mi mente mientras me mantenía alerta en busca de señales de alguien, sobre todo de alguien con un jubón rojo o un sombrero claro, emergiendo en aquella zona abierta. Pero todo lo que vi fue un puñado de formas oscuras, y a ninguna pude identificar con certeza.

Al final, volví sobre mis pasos y caminé un poco más por Thames Street hasta la puerta de mi morada. Me sentía un poco idiota. Podría haber llegado diez minutos antes.

Conforme abrí la puerta, Ursula Buckle apareció en el vestíbulo. Aún bajo la incierta luz del interior, parecía estar pálida.

–Nicholas –dijo.

–Sra. Buckle. ¿Os encontráis bien?

–¿Cenaréis conmigo?

Quitando las pocas ostras que chapoteaban en mis tripas con el vino renano de La Sirena, no había comido nada desde la mañana, por lo que acepté agradecido su oferta. Era bastante tarde. Me pregunté si había estado esperando a que yo volviera antes de comer nada. Por cortesía, expresé mi deseo de que no hubiese sido así, mientras que en mi interior deseé lo contrario. Pregunté dónde estaba Elizabeth, y me dijo que en la casa de al lado, visitando a la señora Morris, también viuda debido a la peste, pero cuya edad rondaba la de Elizabeth y cuya posición económica era, con diferencia, mejor que la de sus vecinas.

La madre de Elizabeth y yo nos sentamos a la mesa en la cocina (no existían formalidades entre nosotros cuando había que comer) para dar cuenta de un poco de cerdo frío, pan y queso que nos trajo la criada de la nariz moqueante. Dejó las fuentes con poca delicadeza, no sin antes haber estado a punto de volcar su contenido en el suelo. Yo me había acostumbrado a su torpeza y mi casera nunca la regañaba. La señora Buckle era muy gentil, otra de las razones por las que me gustaba.

Mi casera era una comensal muy delicada. Yo usaba el cuchillo o los dedos mientras que ella se servía de un tenedor para separar los trozos de carne y llevarlos a su boca. También tenía una boca delicada, con una pronunciada hendidura que iba de la base de su nariz hasta su labio superior. Me recordaba a la muesca que había en la parte superior de la Piedra de Londres y que yo acababa de recorrer con el dedo. Había otras líneas en su cara, tal vez menos favorecedoras, pero que en mi mente lo único que hacían era realzar su atractivo. De todos modos, yo la llamaba "Sra. Buckle" aunque ya hacía varios meses que nos conocíamos. En mi cabeza podía ser "Ursula", pero por alguna razón, me gustaba referirme a ella por su nombre de casada, disfrutaba con el sonido de esas palabras en mi boca. Mientras, ella aludía a mí como Nicholas en lugar de Nick, y por desgracia lo hacía en el mismo tono que lo hubiese hecho mi madre, aunque más afectuoso.

Estuvimos hablando de los españoles y de su llegada a Londres. Como yo, ella había presenciado el desfile de la comitiva, aunque desde este lado del río. Sin embargo, supe que algo más rondaba su mente, y que no tenía nada que ver con España. Podía adivinar qué era lo que la atormentaba.

–¿Algo no va bien, señora Buckle?

–Le he visto otra vez, le he visto. Esta tarde, justo antes de que vos regresáseis.

Pese a que solo nos iluminaban unas pobres velas, la tensión y la palidez de su rostro eran fáciles de percibir. Por segunda vez en esa tarde, sentí un cosquilleo en la nuca.

–¿Dónde ha sido esta vez?

–En el mismo lugar que la vez anterior. A mitad de la escaleras. Empezaba a hacerse oscuro y yo me encontraba en el recibidor. Iba a hacer algo, o iba a algún sitio, no puedo recordarlo ahora. Miré hacia arriba y vi el repulgo de un abrigo familiar desapareciendo por el rincón donde las escaleras dejan de verse. Entonces levanté aún más los ojos y vi un cogote que me era muy conocido.

–La luz era mala. No podéis estar segura de lo que visteis. Tal vez una cortina revoloteando…

Al instante dejó su tenedor sobre la mesa, ni siquiera disimulaba que no tenía hambre. Quise poner mi mano sobre la suya, para reconfortarla, pero no osé moverme.

–Estoy segura. Era él.

–¿No le visteis la cara?

–No. ¿Acaso habría alguna diferencia?

Podrías saber por su expresión si estaba triste o contento, quise decir. Pero los fantasmas por definición están tristes, ¿cierto? Sobre todo el de un marido que ha sido fulminado por la peste. Si un espíritu regresa, es porque anda buscando algo. Y si no algo, a alguien.

–¿Habría alguna diferencia? –repitió la señora Buckle.

–Es posible que no, pero no lo sé –dije–. Intentad no pensar en ello, señora Buckle. Contadme otra cosa.

Y volví a concentrar mi atención en la cena. Pensé que era mejor no darle alas a su creencia de que veía a su marido muerto. También es probable que no me conviniese que aquello fuera verdad. Ya eran varias las ocasiones en que había visto a su marido, a su fantasma, quiero decir.

–No puedo contaros más que malas nuevas –dijo–. Sabéis la difícil situación que Lizzie y yo atravesamos.

Hizo un gesto vago hacia la habitación, refiriéndose a la casa por entero.

–Pero pagáis la renta. Y de todos modos, el casero es primo de vuestro difunto marido, si no recuerdo mal.

–Era primo de Hugh, cierto. Y no pagamos un alquiler muy elevado. Pero siendo honesta, Nicholas, el dinero que vos aportáis no alivia en mucho lo que él nos exige. Además, ahora... ahora nos pide más, mucho más.

–¿Pero por qué?

–Dice que las cosas han cambiado desde la epidemia del año pasado. Ha pasado el tiempo, y la propiedad está volviendo a encarecerse. Podría obtener más beneficio alquilándosela a otras personas. Por supuesto, si pudiésemos pagar ese precio, podríamos quedarnos.

Su voz sonaba derrotada antes que afligida. Quise ayudarla. Y lo habría hecho, caso de ser capaz, ¿pero qué puede hacer un actor que cobra por día de trabajo una guinea y tres peniques? No obstante, mi corazón se solidarizaba con sus preocupaciones, y esta vez, llevé mi mano por encima de la mesa a posarse sobre la suya. Ella se dejó confortar durante un buen rato antes de deslizar su mano fuera de la mía.

–Casi lo olvido, alguien vino a visitaros hoy –dijo la señora Buckle.

–Vaya, ¿de quién se trataba?

–No me dijo su nombre. Solo pregunto si vivía aquí Nicholas Revill, el actor.

Me detuve, con el cuchillo en el aire camino de mi boca.

–¿No dijo por qué me buscaba?

–No. No parecía un hombre muy hablador.

–Pero sabía que yo vivo aquí.

–¿Acaso es un secreto?

Ahora me tocaba a mí sentirme ligeramente incómodo, aunque no podría haber dicho por qué.

–¿Qué aspecto tenía?

–Nada fuera de lo común.

–¿Vestía un jubón rojo?

–Sí, ahora que lo decís. Un jubón rojo. ¿Entonces os ha encontrado?

–No… yo… es que creo saber de quién pueda tratarse.

Pero, por supuesto, no tenía ni idea de quién se trataba, salvo que él y a quien había visto detrás de mí en Thames Street, podían ser la misma persona.

¡OH, TOSCA IGNORANCIA!

Ben Jonson había organizado un ensayo de su *Mascarada de la paz* a la mañana siguiente, en casa de sir Philip Blake. Algunos de los actores estarían allí (aunque no la reina, asumí). Salí de casa de la señora Buckle y atravesé Ludgate Hill y Fleet Street. Se estaba formando niebla por culpa del calor y las figuras en la distancia se volvían formas sin sustancia, puros fantasmas. Pensé en lo que mi casera me había dicho, en su visión de su difunto marido subiendo las escaleras. Era la tercera o cuarta vez que me contaba que le había visto. El detalle de no ver más que el repulgo de su abrigo y su nuca daban una curiosa veracidad a la historia. Pero no por eso estaba yo seguro de creérmela. No pensaba que me estuviese mintiendo, aunque nunca se puede saber. Los muertos, en mi opinión, no suelen ausentarse del más allá para divertirse, haciendo incursiones en nuestro mundo.

Tal vez debido a la luminosidad de la mañana, yo también me sentía como si estuviese faltando a clase. No había actividades programadas en la King's Men durante los próximos dos días y aún así, al participar en este asunto de Ben, de algún modo me estaba escaqueando.

Volvía la cabeza de tanto en tanto y mantenía los ojos bien abiertos por si atisbaba un jubón rojo por las calles, sobre todo después de lo que la señora Buckle me había contado sobre el visitante del día anterior. Pero no me parecía lógico: ¿por qué iba alguien a seguirme, si ya sabía dónde vivía? De todos modos, si hubiese visto a alguien parecido al tipo del jubón rojo, le habría abordado. Pero no había nadie que se ajustase a la descripción.

Por eso, centré mis pensamientos en lo que tenía entre manos: la pieza de Jonson en la que iba a actuar.

La idea de una mascarada como celebración había sido muy hábil por parte del dramaturgo. La King's Men se encontraba "a la espera" de la delegación española en la Casa Somerset solo en un sentido ceremonial. Pero se le ocurrió a Ben que podía hacerse algo más para dar énfasis a la ocasión que pasearnos por el palacio con nuestro paño rojo de saldo. Por eso se le ocurrió que podría hacerse una mascarada en privado para una audiencia selecta. Y, más que para una audiencia selecta, la *Mascarada de la paz* iba a ser llevada a escena por un reparto de lo más selecto. No se puede conseguir nada mejor que a la reina de Inglaterra.

La representación estaba programada para dentro de una semana. Nuestra mascarada anunciaría el inmediato inicio de la paz, lo que era una conclusión de Perogrullo. Realmente, la delegación española no se encontraba en Londres para negociar (un grupo tan numeroso e importante nunca hubiese partido de España si el resultado hubiera sido incierto), sino para sellar un tratado. No necesitaba dirigirme a Giles Cass para saberlo. El juramento de paz, el verdadero, tendría lugar en la Capilla Real de Whitehall en presencia del rey. La representación en la Casa Somerset iba a ser el primer plato de ese evento. No conocía los detalles más allá de las apariencias, pero me imaginé que Ana de Dinamarca hacía así su particular contribución, uniendo dos de sus pasiones. Su inclinación por España y por el drama eran de sobras conocidas.

En este punto, llegué a Temple Bar, junto a las escuelas de juristas. Cerca de aquí, en la escuela de Middle Temple, en los últimos días del reinado de Isabel, cuando aún se nos conocía por la Chamberlain's Men, representamos la obra de Shakespeare *Troilo y Crésida*. A espaldas de Temple Bar se encontraba el Strand, con sus elegantes mansiones, incluida la Casa Danesa o de Somerset, convertida en nido temporal de españoles. La mansión de los Blake se encontraba varios cientos de yardas antes que la Casa Somerset. No era tan grande, pero nos serviría para los ensayos.

Me identifiqué como uno de los actores en la caseta del guarda y este me hizo entrar. Tenía una gigantesca verruga llena de pelos en la mejilla, y si vuestras mercedes me preguntan qué aspecto tenía el hombre, o incluso si tenía dos cabezas, no podré contestarles. Solo puedo describir la gigantesca verruga llena de pelos. Un amplio patio se extendía ante una exquisita fachada. Pese a que no lo hubiera admitido ante nadie, me sentía un poco intimidado por el tamaño del lugar, por lo que me alegré de vislumbrar a Ben Jonson en un rincón en sombras del patio. Estaba enfrascado en una conversación con otro hombre. Juntos examinaban una hoja de papel.

No queriendo molestarlos, tosí en lugar de llamarlo por el nombre y Jonson levantó la vista. Entrecerró los ojos al verme caminar hacia ellos.

–Ah, sois vos, Nicholas. Esperad ahí un momento.

Me detuve obediente. El otro hombre era bajo y su cara mostraba profundas arrugas. Jonson le dio un codazo con suavidad y dijo:

–¿Y qué me decís de *él*, Jonathan Snell?

El hombrecillo me miró de arriba abajo.

–Yo diría que unos sesenta.

Hubo una pausa.

–Bien, Revill –dijo Jonson–. ¿Está en lo cierto? Sí o no.

–Podría responder con más precisión si supiera de lo que estáis hablando, Ben.

–De vuestro peso, hombre. ¿De qué iba a ser si no? ¿De vuestra edad?

–¿El caballero es un verdugo? ¿Para qué necesita saber cuánto peso?

–¿Os parezco un verdugo? –preguntó el tal Jonathan Snell. Su voz sonaba divertida antes que ofendida.

–No sé qué deciros –respondí–. El único verdugo que he conocido parecía un pastor. Sin embargo, su verdadero oficio era el de carnicero.

–No divaguéis, Nicholas. ¿Está en lo cierto? ¿Pesáis sesenta quilos?

–Tampoco sé qué decir, Ben. Espero que sí.

–Maese Snell dice que es capaz de adivinar el peso de un hombre con solo mirarlo.

–Debe ser algo muy útil.

–Lo es, señor, lo es. Mirad.

Snell me mostró la hoja de papel que, vista de cerca, contenía una masa de líneas y círculos.

–Oh, vos sois el hombre de la máquina –le dije.

Snell sonrió abiertamente. Transfirió la hoja de papel a su otra mano y ofreció la derecha para que se la estrechara. Tenía un pulgar muy largo que, extrañamente, parecía enrollarse sobre el dorso de mi propia mano.

–Jonathan está construyendo la silla que bajará a sir Philip Blake de los cielos como un *deus ex machina*. Sir Philip hará del dios que llega a la tierra para solucionar los problemas de los mortales. Este es el plano que ha hecho maese Snell del artilugio.

–Lo recuerdo, sir Philip va hacer de la Verdad en nuestra mascarada –dije.

–La Verdad debe descender con solemnidad, claro –dijo el pequeño hombre–. No sería muy decoroso que cayese de bruces. Debe tenerse en cuenta el peso del modelo en estos cálculos, y ya he dilucidado el de sir Philip con solo verle.

–Siempre y cuando tenga tiempo para recitar un par de versos, al menos, en su descenso –dijo Jonson–. Será lo mejor que podrá hacer, no es un actor.

–Yo mismo me ocuparé de los controles, maese Jonson –dijo Snell–. Lo bajaré poco a poco y con cuidado.

Hizo como si girase una rueda.

Las mascaradas, incluso las que son bastante sencillas como la de la *Paz*, no pueden prepararse en un día y me di cuenta, después de oír a Jonson y Snell hablar sobre este chisme, que esta ya llevaba preparándose un tiempo.

–¿Cómo va la construcción? –dijo el dramaturgo, señalando con su pulgar hacia la Casa Somerset por encima de su hombro. No me escapó el detalle de que, a propósito o no, utilizaba su mano derecha en el gesto, la no marcada.

–Va sobre ruedas. Estaremos listos en dos días. Listos y a punto.

–Bien, bien. No es necesario algo muy elaborado.

–Nada que haga sombra a vuestras valiosas palabras, queréis decir, maese Ben –apuntó Snell.

Miré Jonathan Snell inspirado por el respeto. No sabía cuánto tiempo llevaba en tratos con Ben Jonson, pero había entendido a la perfección al hombre y su susceptibilidad, mostrando además que no le impresionaba. Jonson no se mostró ofendido por la leve ironía que ribeteaba las palabras (cosa que sí hubiera hecho en mi caso, por ejemplo).

–Debo irme a inspeccionar las olas –dijo Snell–. Una de las manivelas tiende a atascarse. Me despido, maeses Benjamin y Nicholas. Por cierto, ¿cuál es vuestro papel?

–Soy la Ignorancia –dije.

Snell podría haber hecho una broma fácil a este respecto, pero se limitó a rematar su despedida con un gesto de cabeza y se marchó hacia la entrada. En el camino, se cruzó con Abel Glaze, Laurence Savage y Jack Wilson que entraban en el patio en ese momento. Después de habernos saludado, los cinco nos dirigimos al interior de la casa, con Ben Jonson en cabeza.

Era esta una gran construcción y, una vez en el interior, fuimos conducidos a través de varias habitaciones por varios lacayos, todos vestidos con libreas amarillas. Tenían algo de peces en su modo de deslizarse de estancia en estancia con expresiones vacías, activamente desinteresados en nuestras personas. Al final, nos dejaron en una gran sala con vistas al río. Nos pasamos un rato admirando la vista, los muebles y los tapices. Había un silencio confortable. Los únicos sonidos que llegaban de fuera eran los gritos de las gaviotas y los barqueros, y llegaban amortiguados como si no quisieran faltar al respeto. Nuestras voces fueron cayendo hacia el susurro, menos la de Jonson. Mucho después, entraron cuatro personas en la habitación. Reconocí a sir Philip Blake y a lady Blake ya que los había visto el día anterior en el río. Los otros dos, un hombre y una mujer, no sabía quiénes eran.

Ya que los cuatro van a jugar un papel destacado en la historia, haré aquí una pausa para presentarlos, adelantando a vuestras mercedes lo que yo descubrí después.

Sir Philip Blake era un cortesano de los pies a la cabeza. Se le había confiado un papel menor en las actuales "negociaciones" con España, pese a que en el pasado se había opuesto a ese tratado, como muchos ingleses. Blake era un hombre relativamente delgado, con unas orejas bastante prominentes. Su barba en punta resultaba afilada y sus rasgos vestían severidad, lo que le hacía bastante apropiado para el papel de la Verdad en la *Mascarada de la paz*.

Así como su marido era delgado y con apariencia de asceta, lady Jane Blake era corpulenta y afable. Parecía la mujer de un tabernero, igual de encantada de ver a los amigos y a los desconocidos. Descubrí más tarde que era de origen humilde, la hija de un apotecario. De hecho, si no hubiese sabido quién era, la habría tomado por la doncella personal de la dama mucho más elegante que se encontraba a su lado. En realidad, era esta la sirviente y la corpulenta señora, la dueña. La mujer alta y graciosa se llamaba Maria More. Al entrar en la habitación, arqueó las cejas y miró alrededor con una suerte de desdén, como queriendo decir "Vaya, así que *estos* son los actores, ¿no?".

El último miembro del cuarteto se mantenía detrás de sir Philip. Su nombre era William Inman. Tenía un cierto parecido con Ben Jonson y ostentaba también un ruidoso buen humor, pero su cara estaba más enrojecida. Sospeché por instinto que, así como en Jonson, el buen humor desaparecería si se lo contrariaba. Así como el día anterior vi a Cecil susurrarle algo al oído a Blake mientras estaban junto al carruaje de la reina, ahora vi como Blake se giraba y susurraba algo a la oreja de Inman.

Inman sonrió levemente y asintió con vigor a lo que fuese que su señor le dijo. Este hombre de rostro purpúreo mantenía con Blake la misma relación que la dama elegante con su esposa, algo entre un asistente y un secretario. Después de un primer vistazo a los cuatro, se hubiera dicho que la noble dama y el caballero tenían relaciones más estrechas con sus servidores personales que entre ellos. Más corteses, más receptivos.

Ben Jonson dio un paso adelante para saludar a Blake e inclinar la cabeza hacia las damas. Se movía con desenvoltura entre la deferencia y la familiaridad. Este hijo de albañil siempre decía que nunca apreció a nadie solo por su origen nobiliario, y creo que era cierto. Entonces, con un gesto de la mano que abarcaba toda la estancia, Ben hizo un elogio del buen gusto y la fortuna que se concentraban en una sola habitación. Lo dijo en inglés antes de añadir un adecuado comentario en latín. La primera parte del elogio agradó a los patrones y sirvió para romper el hielo.

En este punto, Giles Cass, el correveidile, y Martin Barton, el autor satírico, fueron llevados a la habitación. Nuestro grupo de ensayo estaba para entonces al completo, pese a que no todos los actores se encontrasen allí. Cass era un conocido de los Blake, por supuesto, y Barton se los metió en el bolsillo con habilidad. Para alguien que solía despreciar a la corte y todos sus hechos, Barton era inesperadamente bueno metiéndoselos en el bolsillo.

Entonces llegó el momento de empezar.

Ensayar una mascarada es muy distinto de ensayar una obra. La acción es mucho más breve, no hay tantas líneas que aprenderse y nadie espera, de todos modos, un gran derroche de arte dramático. Pese al comentario del hombre de la máquina sobre las "valiosas palabras" de Jonson, son la música, los trajes y los efectos los que importan más que la acción dramática. La música y demás quedan en manos de profesionales, como es justo. Ya que los papeles principales son asumidos por gente tan importante como la reina de Inglaterra, y ya que esta gente tan importante siempre dispone de mucho menos tiempo libre que los mortales ordinarios, cualquier ensayo es por necesidad corto.

Ben Jonson sacó un fajo de papeles y los distribuyó entre la compañía. Todos los que estábamos en la habitación tomábamos parte en la *Mascarada de la paz*. Yo estaba acostumbrado a los gruesos rollos del teatro, sobre todo desde que había empezado a recibir papeles más importantes, por lo que el par de hojas que ahora sostenía se me antojaban intervenciones cortas. Ninguno teníamos grandes discursos que recitar. Me preguntaba porqué hasta que Abel señaló que íbamos a actuar ante una audiencia en la que la mitad serían españoles. ¿Qué sentido tendría, dijo, que Ben escribiese páginas y páginas de diálogo si estaban destinadas a pasar sin pena ni gloria por las orejas del público?

–No es algo que le haya importado con anterioridad –dije.

Pero seguramente Abel tenía razón. ¿Para qué escribir una gran obra si no va a ser entendida?

Ben había asignado los papeles con mucho arte... o con mucho cinismo, si lo prefieren. En general, los papeles más atractivos, como los de la Paz y la Abundancia, los asignó a los actores ocasionales que eran los nobles a tiempo completo, mientras que los menos enjundiosos, como la Ignorancia y el Rumor, los puso en manos de los verdaderos actores.

Yo no tenía mucho que hacer en mi papel de la Ignorancia, excepto parecer inútil (sí, está bien, ahórrense vuestras mercedes los comentarios). Nunca había hecho de un concepto simple y sin cualidades, y me sentía bastante emocionado ya que suponía un cambio después de tantos personajes. También lo estaba por vestir mi traje, que había sido ideado por el sastre del Globe, Bartholomew Ridd, y que, como todos los trajes de una mascarada, era una especie de emblema andante.

En suma, la mascarada debería ser como un descanso del trabajo ordinario. No se requería mucho empeño o esfuerzo.

Qué poco sabía yo. En verdad que era ignorante. La Ignorancia personificada.

Para que se hagan una idea de mis líneas, que no podían haber ocupado mucho tiempo a Ben Jonson en su creación, vean la obertura:

No sé dónde me ubico,
Ni cómo aquí he llegado,
En la oscuridad habito,
Ignorancia me llamo.

La función de la Ignorancia era temblar ante la perspectiva de la llegada de los españoles. Del mismo modo, la Sospecha debía erizarse como un gato y la figura del Miedo adoptar una pose amenazante, mientras el Rumor iba corriendo de oreja en oreja. Estas "malas" cualidades debían ser absurdas y motivo de risa. Pero lo gracioso es que así era como se sentían la mayoría de los ingleses respecto a los españoles, y muy orgullosos que estaban de ellos. Es probable que también fuese como se sentían los españoles respecto a nosotros: ignorantes, llenos de prejuicios, suspicaces y hostiles.

Mientras examinábamos nuestros papeles, sir Philip Blake se dio una vuelta por la estancia, preguntándonos a quién íbamos a encarnar. Le dije que yo era la Ignorancia y por tanto, algo así como lo contrario de su Verdad.

–La Verdad prevalecerá –dijo, aclarándose la garganta.

–Debe prevalecer. Así está escrito –contesté, ya que mi verbo puede ser tan sentencioso como cualquier otro.

–Y en verdad, ¿quién se esconde tras la máscara de la Ignorancia?

–Nicholas Revill, señor, un actor.

–¿Revill? ¿Sois de los Revill de Norfolk?

–No, soy de Somerset.

–Creo que no os conozco. ¿Estáis emparentados con los otros?

–Si lo estamos, el parentesco es como el que pueda tener una rama con la que está al otro lado del tronco.

Hubo una pausa mientras sir Philip procesaba esta información, al tiempo que hacía sonidos con la garganta, aclarándosela, con frecuencia. Aunque puede que solo estuviese preguntándose qué le había dicho. Yo también me lo preguntaba.

–Muy bien –dijo al fin, siguiendo su camino.

¿Los Revill de Norflok? Tomé nota en mi mente de que debía preguntarle a mi amigo Jack Wilson, cuya familia era de Norwich, si conocía a algún Revill en Norfolk. Tal vez estábamos emparentados. A lo mejor éramos primos; a lo mejor eran ricos.

–¡Nicholas!

–¿Qué ocurre? ¡Oh, lo siento!

Se trataba de Ben Jonson, llamándome al orden. Además de ser el autor de la *Mascarada de la Paz* hacía de lo que se llama el "conductor" de la producción.

–Quiero que hagáis de ignorante ahora –me dijo–. Poned una cara apropiada. No, esa no. No es lo mismo el ignorante que el idiota, Revill. No hace falta que se os caiga la baba sobre el pecho. Mi señora, si sois tan amable de ocupar vuestra posición ahí –se dirigía a lady Blake–. Coged la cornucopia en vuestras manos. Un imaginario cuerno de la abundancia por el momento, me temo. La noche apuntada, estará lleno de frutas y flores.

–Espero que no sea muy pesado de llevar, Benjamin –dijo lady Blake. Tenía una voz agradable, con una risa apenas contenida bullendo en su timbre–. No estoy segura de cuánta abundancia voy a poder soportar.

–El contenido estará hecho de alambre, trapo y papel, mi señora. Ligero como el aire.

Si era deliberado, Ben había sido muy ladino al asignar a lady Blake la parte de la Abundancia (una de las bendiciones de la Paz), ya que el aspecto de la dama no invitaba a creer que se privase de mucho. Me di cuenta de que Ben controlaba a los miembros de la casa Blake con una mano menos firme que la que usaba con los actores profesionales. A los primeros pedía las cosas "por favor..." y se las sugería con un "tal vez...". De todos modos, se salía con la suya.

Durante la mañana, Ben nos hizo ensayar nuestras líneas, posturas y movimientos. Resultaba sencillo, acostumbrado al complicado mundo de los escenarios. Gran parte del trabajo en una mascarada implica quedarse de pie, o sentarse, o quedarse tumbado. También durante la mañana conocí un poco mejor a Maria More, que hacía de doncella de la Abundancia. (¿Y qué otro puesto debía ocupar More, sino atendiendo a la Abundancia?) Pese a que parecía una dama más que su señora, me había equivocado al creer que era una estirada. Más bien era combativa. Combativa, alta y graciosa.

En una pausa del ensayo, mientras Jonson consultaba con los patrones y nosotros nos habíamos dividido en grupos que charlaban, la señorita More me dijo que había visitado el Globe en dos o tres ocasiones. Entonces me hizo una extraña pregunta.

–Se nos deja tomar parte en estas mascaradas, pero no se nos permite subirnos a un escenario. ¿Por qué?

–¿Nos? ¿Os referís a, esto... gente de alcurnia como los aquí presentes?

–Me refiero a las mujeres.

–Oh, *mujeres*. Mujeres en un escenario. No sería apropiado.

–Pero hay quien dice que es menos apropiado que los niños se vistan de mujer.

–Semejantes opiniones suelen venir de los enemigos del teatro. A esos les parece objetable cualquier cosa que hagamos. Por otra parte, eh... he oído decir que los niños representan mejor a las mujeres que las propias mujeres.

–¿Esa es vuestra opinión?

–No tiene por qué ser mi opinión. Lo he oído decir, sin más.

–¿Sois siempre tan cauto?

–No quisiera ofenderos.

–Claro, se me olvidaba que también es propio de una mujer ofenderse con facilidad –dijo–. Pero aún no habéis contestado a mi pregunta. *¿Por qué* no sería apropiado que nosotras hiciésemos de mujeres en un escenario?

–Es una respuesta difícil –dije yo, buscando en mi mente razones que argumentar y no encontrándolas. Si se piensa bien, ¿por qué no deberían actuar mujeres en los teatros? No estaría bien visto si lo hiciesen, eso es todo. Maria More me miraba en parte divertida, en parte retadora.

–Cierto, es difícil –dijo tras una pausa.

Me salvó de ella la aparición oportuna de William Inman, el hombre de cara alegre que servía a sir Philip Blake.

–Ejem –dijo–. Creo que me haré actor, estoy disfrutando con esto.

–¿Cuál es vuestro papel? –pregunté, pese a que lo sabía muy bien.

–Soy el Océano –dijo Inman.

En nuestra pieza había olas, tal y como supe por Snell, diseñador y maquinista. Las audiencias de las mascaradas disfrutan viendo olas y viajes, y en la *Mascarada de la paz* había por lo menos la excusa para poner un poco de mar, ya que los españoles tenían que atravesarlo para llegar hasta nosotros.

–Tened cuidado de no hundir a los españoles –le dije.

–Ya no estamos en el 88 –replicó Inman–. Tendrán un viaje en calma, con brisa favorable. La brisa favorable será interpretada por sir Fabian Scaridge. Es el amanecer de una nueva época. La época de la Paz.

Sus palabras sonaron como el típico comentario diplomático que habría hecho su señor. Sospecho que Inman se mofaba de semejante lenguaje.

–¿Llevaréis algas, William? –dijo Maria More–. ¿Conchas, estrellas de mar y cosas así?

–Tengo que insistir en que me den un tridente. Vuestro jefe Jonson dice que el sastre vendrá esta tarde para tomarnos medidas.

–Bartholomew Ridd es como se llama –dije–. Pedidle cualquier cosa que queráis. Es muy complaciente.

Ridd era exactamente lo opuesto, muy quisquilloso y peculiar. Pero quise que lo descubrieran por sí mismos. William Inman siguió recitando los placeres de la vida de un actor, como si *él* fuese el experto y yo el ignorante. Qué maravilloso debía ser viajar por el país, qué divertido vestirse con las ropas de otros, decir las palabras de otros, dar vida a gente que solía estar muy por encima de nuestras vidas mundanas. Había que hacer tan poco por uno mismo siendo actor.

–Sí –contesté–, estáis en lo cierto. A los actores rara vez se nos pide que hagamos algo por nuestros medios. Solo que demostremos talento para hablar en verso, bailar, la esgrima, la comedia y el canto. Nada del otro mundo.

–Solo bromeaba –dijo Inman–. No os ofendáis.

–No me ofendo con facilidad –repliqué, mirando a Maria More–. Agradezco los comentarios honestos.

–Ese soy yo en dos palabras –dijo Inman–. Bill Inman dice las cosas como las siente.

No sé por qué, pero suelo desconfiar de quienes se refieren a sí mismos en estos términos. No hubo oportunidad de prolongar la charla, ya que Ben Jonson nos volvió a reunir para repasar nuestras líneas y movimientos de nuevo. Hubo varios saltos en la trama durante el ensayo, ya que la reina no se hallaba presente para recitar los versos de la Paz, y tampoco se encontraba allí sir Fabian Scaridge, que iba a encarnar al viento favorable, pero salimos de la mansión Blake con una idea mucho más clara de la acción.

Y después de eso, no ocurrió nada más digno de mención en el resto de la jornada. Pero el atardecer se ocupó de arreglar esta situación. Fui a un burdel y luego me atacaron.

¡OH, DISTINGUIDA MERETRIZ!

Primero, el burdel.

Sucedió que me encontraba al sur del río a altas horas. Si se considera el poco tiempo de que disponía para las tabernas de Southwark, como La Cabra y el Mono o el Caballero de la Alfombra, es sorprendente cuán a menudo me encontraba allí de jarana con mis compañeros.

Y si se considera que antes he declarado haber perdido el gusto por los burdeles de Southwark como Holland's Leaguer, es sorprendente cuán a menudo mis piernas traspasaban los portales de semejantes casas del placer.

Bueno, tal vez no tan a menudo. Tenía que equilibrar el peso de mi monedero con mis, eh, picores. Y un cierto sentido de la delicadeza me impedía regresar a Holland's Leaguer, ya que allí era donde mi vieja amiga Nell trabajó y vivió… y también donde murió. Por eso frecuentaba un sitio menos elevado y más barato llamado La Mitra, que también se encontraba en el interior de Southwark. Tal vez debido a la resonancia eclesiástica del nombre, la madame del lugar (una mujer pulcra y hermética llamada señora Bates) tenía un aire lo bastante severo como para dirigir un convento. Las chicas también se divertían con el incongruente nombre de La Mitra, aunque era de sobra conocido que la palabra no hacía referencia a lo que cubría las santas cabezas, sino a un apéndice bien distinto ubicado en zonas más bajas del cuerpo de un obispo.

Se lo estaba explicando a la chica morena a quien solía requerir cuando iba a La Mitra. Fue la noche después de nuestro primer ensayo de la mascarada. Mi chica morena, a la que conocía por Blanche, parecía inexperta e inocente, aunque sin duda era solo una ilusión. Además, era de origen francés. Así que quizá se debiese a que apenas entendía.

–Oh, Nicholaaas… –me dijo–, así que quiegues decig que esta mansión que llamamos La Mitga…

–La Mitra, sí

–La… mitga… ees también otga cosa. Es lo que… ¿cómo lo desís?… un pastog, ¿no? Se lo pone en la cabesa, ¿sí?

–Un sombrero alto con una especie de surco cruzándolo que un obispo o un cardenal llevan –dije, en mi mejor estilo didáctico. Estábamos tumbados en la cama, y no llevábamos sombreros ni otro tipo de prendas.

–Y eeese también es el nombge de esta casa, ¿vegdad? La Mitga. ¡Oh, Nicholas!

Sus bonitos ojos estaban muy abiertos, y se llevó la mano a la boca, pero no dejaba de reírse y dar grititos. Tenía una risa muy contagiosa. Lo que había sido una vieja broma londinense se convirtió de pronto en algo nuevo también para mis propios oídos y empecé a reírme con fuerza y luego, una vez que pudimos controlarnos, ella me preguntó *cómo* podían compartir nombre un burdel y el sombrero de los obispos, y tuve que explicarle a qué hacia referencia, también, la palabra de marras. Mejor aún, tuve que demostrárselo y así fue que nos dedicamos a otro tipo de cosas.

Blanche era un encanto. Creo que yo le gustaba, pero al revés que con Nell, con ella el placer era un negocio, y nada más. Placer por dinero, dinero por placer. Si quería visitarla más a menudo, necesitaba engordar mi monedero, para que ella me lo aligerase, dándole una parte a la señora Bates, la madame de la casa.

No sabía mucho de Blanche, en realidad no sabía nada, quitando el hecho de que creía haber nacido en Bordeaux. Cómo y por qué había terminado prostituyéndose a orillas del Támesis, nunca me lo dijo. A veces, las chicas de los burdeles ignoran cualquier detalle sobre sus orígenes, a veces se hacen las misteriosas para atraer la atención de los posibles clientes.

Luego, el asalto.

Sucedió mientras volvía a casa después de esta última sesión en La Mitra. Era otro atardecer de verano, muy luminoso, y mi sombra se proyectaba lejos de mí mientras caminaba por la orilla del río. Me sentía a gusto con el mundo, no pensaba en nada en concreto, iba ligero de espíritu (y con el monedero aligerado, obvio).

A mi izquierda se encontraba el *Hércules*, el barco que pertenecía a los accionistas del Globe. Solo había pasado un día desde que abarrotáramos la cubierta, curiosos, mirando a los españoles. Ahora el río estaba casi vacío, la mayor parte del comercio diario había finalizado, y solo se oía anunciarse a unos cuantos barqueros.

Miré por encima de mi hombro izquierdo en dirección a la Casa Somerset. El palacio de la reina Ana destacaba, era una joya incluso entre las otras suntuosas mansiones de la orilla opuesta. Pronto estaríamos allí, primero para ensayar y luego para representar la *Mascarada de la paz* de Ben Jonson.

Solo había un puñado de personas junto a la orilla a mis espaldas. Si el individuo del jubón rojo de la tarde anterior hubiera estado entre ellos, me habría dado cuenta, supongo, aunque era un poco difícil ver algo contra el brillo del sol poniente.

Pero mientras miraba por encima del hombro, algo me hizo volver la cabeza hacia delante de nuevo. Tal vez fuese una sombra moviéndose a mayor rapidez de lo que cabría esperar en una tranquila tarde de verano. Tal vez poseo un sexto sentido para el peligro. Tuve el tiempo justo de ver una figura cubierta por una capa cayendo sobre mí. No pude reaccionar. Sentí el aire silbar a mi derecha y luego mi cabeza recibió un golpe lateral.

Sin haberme dado cuenta de la caída, me encontré extendido de espaldas en el suelo. El cielo oscureciéndose se desplegaba ante mis ojos, cruzado de haces de luz semejantes a meteoros. Los meteoros zigzagueantes persistían, pero de pronto el cielo se cubrió con la figura de la capa que parecía haber crecido como un coloso. Se apartó un poco de mi visión aturdida. Oí un gruñido y cómo una mujer gritaba: "¡Pégale! ¡Pégale!", antes de experimentar un dolor lacerante en las costillas. Luego otro gruñido y un poco más de dolor, y de nuevo lo mismo. ¡El bastardo me estaba pateando, tal y como le ordenaban!

Sonará extraño, pero lo que sentí con más fuerza en ese instante, por encima del mareo que zumbaba en mi cabeza, y la sensación de que todo el aire había salido de mi cuerpo con violencia, lo que más sentía era alivio. Al menos mi asaltante no pretendía matarme, sino darme una buena tunda. Si alguien quiere matar a otra persona, no lleva a cabo la faena en un lugar público, ni siquiera en el barrio sin ley de Southwark. Pese a que no podría haber articulado estas reconfortantes ideas en ese preciso instante, se movían por algún lugar de mi apaleada cabeza mientras me hacía un ovillo contra el pateo que sufrían mis costillas. Por instinto, mantuve los ojos cerrados aunque era consciente del movimiento de las sombras a través de mis párpados.

Entonces se produjo un inconfundible revuelo de gritos y pies en polvorosa. Las patadas remitieron. Momentos después, sentí el aliento cálido de alguien en mi cara.

Abrí un ojo y luego el otro. La cabeza elegante de un hombre barbudo flotaba sobre mí.

–¿Cómo os encontráis, señor?

Abrí la boca, pero nada más detallado que un gemido consiguió salir.

Intenté sentarme y volví a caerme al suelo. Hice un nuevo intento, y otra vez lo mismo. Conseguir sentarme me iba a llevar un rato. Mi nuevo amigo se puso de cuclillas. Pasó su brazo por detrás de mis hombros para ayudarme. Resultaba extraño ver la orilla del río tan pacífica y tranquila, el agua quieta deslizándose hacia el puente. El violento episodio no podía haber durado ni un minuto. Un puñado de gente se había detenido a observar la escena.

Conseguí ponerme en pie, apoyándome en mi rescatador. Era regordete pero firme como una pilastra baja. Me di cuenta de que vestía un jubón rojo que llenaba sin reparo.

–Vos… vos sois…

Luché por recuperar el aliento. Me dolían los costados y tenía una ligera nube sobre mi ojo derecho, cerca de donde me habían golpeado al inicio del ataque.

–Han huido –dijo el otro, respondiendo a una de las preguntas que yo era incapaz de formular–. Huyeron cuando me acerqué.

–Vos… vos…

–Dejadlo por ahora, señor. Será mejor que os consigamos un reconfortante. Aquí al lado se encuentra El Barquero Puro.

Aún sujetándome con firmeza al extraño, me arrastré cojeando hasta la taberna. Los escasos curiosos se alejaron. Entramos en la taberna. El Barquero Puro, un edificio cuadrado de Bankside, debe su nombre bien a la ironía (ya que los barqueros son casi siempre impuros, al menos de palabra) o bien al deseo de complacer a la clientela, barqueros en su mayoría, a quienes poco les importan los de fuera. Aún así, no era un mal sitio para recuperar la compostura y reordenar las ideas. Con mucha discreción, el samaritano del jubón rojo me condujo hacia una esquina oscura y llena de humo. Miré a mi alrededor, aún aturdido. La taberna estaba abarrotada. En lugar de esperar a que se diesen cuenta de nuestra presencia, mi rescatador se alejó en busca de algo con lo que recomponerme.

El hombrecillo corpulento regresó bastante rápido. Dejó una pequeña jarra de peltre enfrente de mí y le di un buen trago con avidez, para luego desear no haberlo hecho. Tosí y empecé a tragar aire con avidez. Él me miró preocupado.

–Tened cuidado, bebed despacio. El tabernero me ha dado su palabra de que esto es su mejor *aqua vitae.*

El agresivo líquido abrasó mi garganta antes de seguir camino abajo, hacia mis tripas.

–Le pedí un reconstituyente –siguió, sentándose y bebiendo con mayor moderación de su propia jarra.

–Ya me… ah… siento… mejor.

Y así era. Mi ojo derecho recuperaba la visión normal. Mis costillas me dolerían durante unos cuantos días, y podía imaginarme los moratones formándose como pequeña nubes tormentosas mientras estaba allí sentado, pero algunos movimientos y giros tentativos me confirmaron que no había nada roto, casi con seguridad.

–Ha sido un ataque despiadado –dijo, gesticulando en dirección al río.

Me encogí de hombros con virilidad y sentí un agudo dolor en mi costado.

–¿Sabéis quién era? –me preguntó mi rescatador.

–¿Quién?

–Vuestro asaltante. Había una mujer, pero fue un hombre quien hizo todo el trabajo.

–No, no lo sé.

–¿No le visteis la cara? –insistió.

–No. ¿Se la visteis vos?

–Como ya he dicho, huyeron. Sin embargo, *él* llevaba una capa con la que se cubría el rostro.

Añadiendo la acción a la palabra, mi rescatador levantó su brazo de tal modo que le oscureció la mitad inferior de la cara. Me observaba por encima de su codo doblado. Tenía los ojos marrones y la mirada penetrante, y parecía estar examinándome de algún modo.

–¿Un enemigo? –me preguntó.

Por un instante, pensé que se refería a si mismo, pero luego me di cuenta de que estaba hablando de la persona que me había atacado. Le di un trago mucho más cuidadoso a mi jarra de *aqua vitae* y le dije:

–Por lo visto. Señor, he cometido el pecado de no ser cortés. Puede vuestra merced achacarlo a la, eh, sorpresa que me acaban de dar. El caso es que aún ignoro el nombre de mi salvador.

–Y yo ignoro el nombre de la persona a quien acabo de salvar.

–Creo que sí lo sabéis –repuse.

Él no contestó.

–Pero en aras de la educación, os diré que soy Nicholas Revill, actor y miembro de la compañía King's Men.

El caballero no dio señal alguna de reconocimiento, aunque tampoco me preguntó por qué suponía yo que él ya sabía mi nombre. En vez de eso, siguió mirándome con sus ojos astutos y calculadores. Hubo un silencio. Silencio que mis nervios terminaron por romper.

–Bien, señor, si no queréis decirme a quién debo mi gratitud, al menos podríais darme una cierta información.

–¿De qué se trata, maese Revill?

–Contadme por qué me habéis estado siguiendo estos últimos días. Decidme quién sois.

METE DINERO EN TU BOLSA

Así que hablamos, mi rescatador y yo, y al final me encontré escuchando una propuesta. Y luego me encontré accediendo a esa propuesta, a regañadientes.

A la mañana siguiente casi me había olvidado del ataque, pese a los moratones y a la punzada en mi costado si me giraba bruscamente. Me preocupaba más la conversación que habíamos sostenido en El Barquero Puro. No podía librarme de la idea de que podía tratarse de una empresa peligrosa, pese a que parecía bastante sencilla en apariencia.

Por una parte, estaba cumpliendo con mi deber para con mi país.

Por otra, ya era otro favor más que anotarme para con los poderosos.

Y luego, además del deber y de los favores hechos, estaba el dinero.

Ah, el dinero... golpeé mi bolsillo y sentí el volumen inusual de mi monedero. Como muestra de su buena fe, el caballero del Barquero Puro me había dado tres soberanos, con la promesa de que vendrían más. Tres soberanos para mí. Los conté... no uno, ni dos, sino tres círculos pesados. Era el equivalente a casi dos meses de paga.

El dinero es serio, debería ser escuchado a menudo.

Así fue cómo se desarrolló mi conversación con este caballero.

Nicholas Revill: Contadme por qué me habéis estado siguiendo estos últimos días. Decidme quién sois.

El otro hombre: Me llamo John Ratchett. No os he estado siguiendo realmente, maese Revill, sino esperando la oportunidad de poder hablar con vos.

Nick Revill: ¿Pasasteis por mi alojamiento hace poco?

John Ratchett: Habíais salido.

NR: Y me seguisteis por Thames Street ayer por la tarde, si no me equivoco. ¿Qué queréis de mí?

JR: Que me escuchéis.

NR: Bien, estoy en deuda con vos y así lo haré.

JR: *Nosotros* esperamos estar en deuda con vos en breve.

NR: ¿Nosotros?

JR: Nicholas, ¿puedo llamaros así?, hablo en nombre de un cierto grupo que está interesado en la King's Men.

NR: Si queréis que hagamos una función privada, entonces deberíais hablar con uno de los hermanos Burbage. Creo que nuestros precios son muy razonables.

JR: Nuestro interés se centra en la mascarada que vuestro hombre, Jonson, pretende organizar en la Casa Danesa.

NR: Ben Jonson se sentirá halagado.

JR: ¿El propósito de la mascarada es celebrar la paz entre ingleses y españoles?

NR: Eso no es un secreto.

JR: ¿Habéis estado ensayando en la mansión de sir Philip Blake?

NR: Sí

JR: ¿Qué opinión os merecen los españoles?

NR: No me meto en asuntos de Estado. Los españoles fueron enemigos nuestros hace tiempo, eso es todo lo que sé. ¿Qué clase de grupo es ese al que representáis, maese Ratchett?

JR: Nos interesa determinar la naturaleza de los lazos entre España e Inglaterra.

NR: Inglaterra y España están a punto de convertirse en amigas íntimas, ¿no es así? Si no recuerdo mal, se pondrá por escrito en un tratado, por lo que así será.

JR: Para ir al meollo de la cuestión, os diré que hay gente interesada en romper esos lazos.

NR: Los viejos enemigos de España, supongo. Este es un terreno peligroso, maese Ratchett.

JR: No os preocupéis, estáis bien protegido.

NR: "Protegido". Ahora sí me habéis preocupado. ¿Cómo y por qué? ¿En nombre de quién habláis?

JR: Pues…

NR: ¿Habláis en nombre de…?

JR: No puedo decirlo.

NR: Entonces os lo diré yo… el Consejo del Reino, ¿verdad?

JR: Por favor, Nicholas, bajad un poco la voz.

NR: De acuerdo. Pero me niego. Cualquiera que sea vuestra propuesta, me niego. Ya trabajé una vez para maese Robert Cecil, o más bien seguí sus instrucciones mientras él se sumergía en conspiraciones. Recuerdo muy bien el peligro que esas instrucciones me acarrearon. Si me excusáis…

JR: Sentaos, Nicholas, y esperad hasta que hayáis oído lo que os proponemos. Sentaos. Gracias. Lo que os proponemos no es nada… o algo casi tan bueno.

NR: ¿Entonces qué queréis de mí?

JR: Habéis mencionado las conspiraciones, pero no hay ninguna en este caso. Lo que hay más bien son… direcciones y tendencias. Sombras y luces.

NR: En mi idioma, por favor.

JR: Estamos interesados en el… color concreto de ciertos individuos con los que vos estáis en contacto. Por ejemplo, sir Phillip Blake y su esposa. Y también hay un tal Giles Cass. Deseamos tener información más concreta sobre sus sentimientos, sus comentarios.

NR: ¿Y también de la reina? ¿Debo informaros de ella? ¿Sabéis que va a participar en la mascarada?

JR: Su presencia es una de las razones por las que es tan importante que estemos informados, debidamente informados.

NR: ¿Por qué yo?

JR: Porque vos ya habéis trabajado antes para el ministro Cecil. Vos mismo lo habéis dicho.

NR: Pero el ministro Cecil tiene trato directo con esas mismas personas. Justo ayer lo vi hablando con sir Phillip Blake. ¿Por qué razón querría reclutarme?

JR: Cuatro ojos ven más que dos. Escuchad, Nicholas. Solo os pedimos que vigiléis y que escuchéis. Luego escribidnos… una especie de informe… sobre los preparativos para esta *Mascarada de la paz*, ese material solo será leído en círculos privados. Describidnos a la gente y los hechos menudos que sucedan en la mansión de Blake o en la Casa Danesa, tal y como vos los presenciéis. Giles Cass, por ejemplo, estará siendo vigilado…

NR: ¿Cass? Pensé que trabajaba para Cecil.

JR: Hay círculos mayores y círculos menores.

NR: Círculos, sombras, tendencias. ¿No contáis con nada más solido, maese Ratchett?

JR: ¿Puedo meter dinero en vuestroa bolsa, Nicholas? ¿Os parece lo bastante sólido? Estas monedas son círculos, después de todo.

Bien, todo lo que se me pedía era que escribiese unos cuantos informes sobre lo que sucediese alrededor de la producción de la *Mascarada de la paz*. Nada importante. Como dije antes, parecía bastante sencillo. John Ratchett también insinuó que estaría prestando un servicio a mi país (o al menos, al Consejo del Reino). Trabajaría bajo su "protección". Tendría que haber sido más cauto.

El cuento sobre el Estado sonó bastante plausible en aquel momento. Pese a que yo me había declarado ignorante cuando se me dirigió, sabía más de lo que dejé traslucir. Por ejemplo, cuando Ratchett dijo que había quienes estaban interesados en romper los lazos entre Inglaterra y España, no me lo estaba contando todo. Había muchas más personas temerosas de los españoles que deseosas de su amistad. De hecho, en los días de la antigua reina, era el deber de todo inglés con dos dedos de frente considerarlos el enemigo. Si no estábamos enzarzados en abiertas hostilidades, se mantenían encarnizadas luchas ocultas, siempre. Vaya, solo unos años atrás, hubo una conjura de necios para asesinar a la reina Isabel poniendo veneno en la perilla de su silla de montar. Y ahora todos teníamos que alborozarnos y lanzar nuestras gorras al aire mientras los españoles navegaban por el Támesis.

Y sin embargo, ¿quién era yo (que interpretaba a la Ignorancia en la mascarada de Ben) para poner en duda la sabiduría de nuestros ministros y hombres de Estado? La paz era una bendición, ¿no? Y si yo podía desempeñar un pequeño papel que la favoreciese, ¿no era mi deber hacerlo? De esta suerte eran las elevadas ideas que hincharon de orgullo y llenaron mi cabeza.

Y también estaba el dinero. "¿Puedo meter dinero en vuestra bolsa, Nicholas?", me preguntó, como si yo le hiciese un favor al aceptarlo. John Ratchett estaba dispuesto a pagarme tres libras esterlinas por cada uno de mis informes. Yo no sabía que la escritura pudiese ser tan lucrativa, pero luego consideré que el Consejo del Reino debía tener un monedero bien pesado.

La visión del metal no me cegó del todo pero, cambiando de metáfora, era la zanahoria que le faltaba al caballo. Y si se trataba de dinero, no pensaba solo en mí mismo. Por ejemplo, Ursula Buckle lo necesitaba para permanecer en su casa de Thames Street. Con un aporte extra, que yo le daría sin mucha ceremonia, podía comprarle un poco más de tiempo al insensible primo que quería ponerlas de patitas en la calle, a ella y a Lizzie. Incluso podría abrirme las puertas de su corazón. Aunque no era probable, ella no era de esa clase. En cuanto a mí, si quería seguir visitando a mi amiga francesa Blanche en La Mitra, necesitaba tener la bolsa llena.

Y por otra parte, estaba ese pequeño detalle (el pequeño detalle halagador y fatal) de que sir Robert Cecil leería aquello que yo escribiese. Pese a lo que le había dicho a Ben Jonson junto al río, que no deseaba volver a toparme de nuevo con el ministro, la verdad es que yo era tan poco inmune a una petición de mis dignatarios como cualquier otro hombre pueda serlo.

Por lo que le dije que sí a Ratchett. Sí, les informaría de los preparativos de la mascarada.

Necio.

¿NO HABÉIS OÍDO UN GRITO?

Descubrí que el barbudo maese Ratchett no era el único interesado en la *Mascarada de la Paz*. William Shakespeare no tardó en abordarme.

–Ah, Nick, buenos días –me dijo, y por su tono supe que vendría algo más después del saludo.

Yo me encontraba en el escenario desnudo del teatro Globe. W.S. hizo su aparición por la entrada izquierda del escenario. Si hubiese hecho una entrada en un drama verdadero, el estilo de su acercamiento se habría encontrado entre lo casual y lo intencionado. El suelo del escenario, despojado de todo lo que solía soportar en las representaciones, hizo resonar los pasos del dramaturgo.

La compañía no tenía obras en cartel por el momento. Los días calurosos de agosto se convierten en secos y polvorientos para el negocio. También las energías de la King's Men estaban concentradas en su papel de Grooms of the Outer Chamber durante la visita de los españoles. Nos habíamos convertido en "camareros"[5] casi al mismo tiempo que recibimos la patente real. Por esta posición en la corte apenas recibíamos dinero, pero sí prestigio. Sin embargo, son los espectadores, y no el prestigio, los que pagan el alquiler. Y los espectadores necesitan que se les atraiga hacia el teatro, sobre todo cuando la emoción provocada

5 (n. del t.) El título "Grooms of the Chamber", equivalente al español "camareros" se otorgaba de manera honorifica a aquellos que servían a la casa real de algún modo, p. ej., la King's Men obtuvo esta mención honorífica dado que actuaban para el Rey. "Groom" es asimismo el vocablo inglés que designa al novio.

por nuestro retorno después de la epidemia se había evaporado. Los espectadores (o los de mejor clase, de cualquier manera) disfrutan en los ambientes frescos y brillantes. Por eso los accionistas aprovechaban la oportunidad brindada por los días calurosos de agosto para adecentar el teatro.

Había escaleras y andamios por el escenario. Colgados a unos seis metros por encima de nosotros, un par de artesanos estaban retocando las nervaduras doradas y las estrellas del techo del escenario. Uno estaba sentado a horcajadas sobre una plancha y el otro estaba tumbado sobre su espalda. Solo una de sus piernas era visible, danzando tranquilamente por el lado de la plataforma como si no tuviese que temer una caída mayor que la de una cama.

Me giré hacia Shakespeare y gesticulé por encima de mi cabeza.

–Mirad, ese espléndido firmamento allí suspendido… o eso volverá a ser pronto –dije citándole, aunque solo en las primeras palabras.

–Adornado con brasas de oro –dijo Shakespeare, citándose a sí mismo.

–No escogería yo ese trabajo –dije.

–¿Miedo a las alturas?

–Miedo más bien a caerme de las alturas.

–En cuanto hubiese pasado un día, tu miedo se habría evaporado –dijo Shakespeare.

–Espero que sir Philip Blake no sufra de vértigos –solté de inmediato–. Ben le ha asignado el papel de la Verdad en su mascarada y tiene que descender del techo en una silla.

W.S. esbozó una sonrisa. Traje a colación el tema de la *Mascarada de la paz* de Jonson porque, la verdad, no me sentía muy cómodo participando en ella. Supongo que quería la aprobación de Shakespeare. Pese a que los veteranos tenían que haber dado su beneplácito a la representación en la Casa Somerset, aunque fuese tácita, no podía quitarme la impresión de que Ben Jonson estaba formando una pequeña compañía en el seno de la compañía. Era gratificante que me hubiese pedido tomar parte, pero no quería sacrificar por eso la buena opinión (eso creía) que los accionistas del Globe tenían de mí.

Tal vez W.S. vió algo de esa ansiedad reflejarse en mi rostro, porque puso su mano en mi hombro. Su apretón era firme, pero distinto de la férrea garra de Jonson.

–Has dado con la cuestión que quería tratar contigo, Nick. ¿Cómo van los enmascarados?

–Solo hemos ensayado una vez.

–¿Y aún así…?

–Creo que nuestra noble audiencia tendrá que aprender a ser, ejem, menos fastidiosa que nuestro público habitual.

–Ya lo son, has actuado delante de la corte lo bastante para saberlo. Solo hay una razón por la que no hayan pagado bien. Los espectadores no están pendientes de los actores, de todos modos. Contemplan al rey o a la reina.

–O están aburridos o duermen –dije, apuntándome al ingenio de la conversación.

–Representaremos Otelo en Whitehall dentro de unas semanas –dijo W.S.–. Esperemos que para entonces se hayan despertado… y que estén sobrios.

Pensé en *Otelo*, la obra sobre el Moro de Venecia. Si había algo que pudiera despertarlos, seguro que sería ese drama. La King's Men había presentado esta obra de W.S. poco después de nuestro regreso primaveral al Globe. Habíamos conseguido atraer un buen número de público. Mis partes no habían sido muy largas: un senador veneciano (con barba blanca) y un soldado borracho en la isla de Chipre (con barba negra). Me preguntaba si conseguiría algo un poco más enjundioso la próxima vez.

Sentí que Shakespeare y yo aún no habíamos dado por terminada nuestra conversación. Sobre nuestras cabezas, los andamios y las planchas crujieron y gimieron al cambiar los pintores de posición. Uno de ellos estaba justo encima de nosotros. En vez de una pierna, todo lo que podía ver ahora era un brazo moviéndose por esos "cielos" que, con su luna, estrellas y constelaciones, formaban el tejado de nuestro escenario.

–Nick –dijo W.S.–, si te pidiera que me informases de cualquier cosa... perjudicial... que sucediese mientras preparáis la mascarada de Ben, no supondrás que te estoy pidiendo que me hagas de espía.

–¿Perjudicial?

Seguramente parecí confundido. Era la segunda vez que me hacían una petición así en menos de doce horas. ¿De qué se trataba esta vez en concreto? Di un paso a ciegas.

–¿Acaso el buen nombre de la King's Men podría verse perjudicado?

–Es una posibilidad. Ben es uno de los nuestros... al menos, a tiempo parcial. Y tú y algunos otros tomáis parte en la mascarada.

–Abel, Laurence Savage y Jack Wilson –dije, como si quisiera demostrar que no era yo el único implicado. Tal vez le apuntaba a Shakespeare que podía pedirle a cualquiera de ellos que fuese su "espía".

–Un resultado desafortunado no sería beneficioso para la compañía –apuntó el dramaturgo.

"Un resultado desafortunado". La expresión sonaba a indirecta, de un modo diplomático. Por lo que le pregunté si tenía algún motivo para esperar que hubiese problemas.

–Esta situación es como un caldero donde se vierten todo tipo de ingredientes –dijo W.S.–. Por ejemplo, los patrones de Ben, sir Philip y lady Blake. La frialdad que existe entre ellos. Y Jonson tiene contactos con ese hombre, Giles Cass, que es una veleta. Hace no mucho, apuntaba hacia Raleigh. Ahora ha cambiado el viento, y apunta hacia Cecil.

–Lo sé. No me fio de él.

–Y luego están los españoles que hay en la Casa Somerset. Me interesaría que me informases de ellos.

–Tendré los ojos abiertos… pese a que no sé muy bien lo que estoy buscando –le dije.

–Gracias –contestó W.S., marchándose. Me di cuenta de que tampoco él se sentía muy cómodo pidiéndome aquello. Entonces se detuvo de golpe y miró hacia abajo, pensativo.

–¿Te has cortado, Nick?

–¿Qué? No, no lo creo.

Los ojos de Shakespeare estaban fijos en las tablas. Una salpicadura de manchas rojo sangre había aparecido en el suelo, entre nosotros. Por instinto, dimos un paso hacia atrás. Mientras mirábamos, una nueva gota cayó para dejar su impronta sobre el escenario. Levanté los ojos, y también el dramaturgo.

–¡Ey, los de arriba! –llamó W.S.–. Tened cuidado con las brochas.

Después de un momento, la cara de una gárgola se asomó por encima del borde de la plataforma suspendida y lanzó una mirada lasciva en nuestra dirección.

–¿Qué *sus* ocurre, maestro?

–Tened cuidado, hombre. Nos pondréis perdidos de pintura roja.

–¿Pintura roja?

La cara adornada con una enorme nariz desapareció. Al volver a comparecer, lo hizo acompañada por una mano que sostenía una brocha.

–*Nostamos* usando rojo.

Hasta desde allí abajo, donde nos encontrábamos, podía verse que la brocha estaba manchada de pintura azul oscura. Nada sorprendente, si se está pintando un cielo nocturno.

–Solo tenemos azul, veis.

Como si quisieran confirmarlo, un par de gotas azules volaron hacia la mancha roja que había en el suelo.

–Tenéis razón –dijo W.S.–. Sentimos haberos interrumpido.

–*Tá* bien, maestro.

La cabeza volvió a desaparecer.

–Y no puede haber sido el otro, ahora que me fijo –dije, apuntando al segundo pintor que seguía sentado a horcajadas sobre la plancha a una distancia y que, con sumo cuidado, pasaba su brocha por las nervaduras que dividían el techo en segmentos–. Está usando pintura dorada.

–Un misterio. Como los que a ti te gustan, Nick –dijo W.S. al tiempo que volvía a mirar la mancha de gotas rojas. El suelo de madera parecía haberlas absorbido, y habían perdido algo de su brillo. El dramaturgo dijo esto en voz baja y se marchó. Como hombre acostumbrado a medirse con los grandes misterios de la vida, tal vez no se sentía inquieto por uno de menor importancia.

Pero yo tampoco, no demasiado.

Aunque si bien las gotas rojas como sangre sobre las tablas del teatro no eran un gran misterio, sí que eran un presagio.

Aquella noche me desperté con un sobresalto en casa de la viuda Buckle. Me senté en el lecho. ¿Qué me había despertado? ¿Algún ruido? No. La casa estaba en silencio excepto por los pequeños sonidos que nadie percibe salvo en esas horas. ¿Una pesadilla? Tal vez. No podía recordar qué había pasado por mi cabeza en esos momentos, si es que algo pasó.

Tampoco podía conciliar de nuevo el sueño. Así que me quedé tumbado y recordé la conversación sostenida con John Ratchett en El Barquero Puro. Había participado en otro ensayo de la *Mascarada de la paz* y, no con mucho entusiasmo, escribí mis observaciones sobre el evento. Me sentía incómodo espiando. Lo hacía por dinero, ¿cierto? Pero también estaba prestándole un servicio al Estado, ¿verdad? Deber y beneficio. ¿Acaso estaba haciendo algo malo?

Y entonces me vino a la cabeza la expresión de maese Ratchett. *¿Puedo meter dinero en vuestra bolsa, Nicholas?* (Vaya, por supuesto, John Ratchett. Podéis llenarlo con cuantos soberanos le quepan dentro. Seré capaz de soportar el peso, no importa si es mucho). *Meter dinero en vuestra bolsa.*

Esas eran las palabras del maléfico Yago en *Otelo*, la obra de Shakespeare de la que el propio autor me había hablado sobre el escenario del Globe. Pese a que solo había tenido dos breves intervenciones en la representación anterior, conocía bien la historia de *Otelo*.

Los actores ordinarios no suelen disponer de una visión general de las obras en las que trabajan, a no ser que sus partes sean tan jugosas como las que suele interpretar Dick Burbage. Pero en la primavera de este año, Geoffrey Allison, el tenedor de libros del Globe, me pidió que recogiese los manuscritos en limpio de la última de Shakespeare de nuestro escribano, un caballero de Paul's Yard que se pasa la vida inclinado sobre los garabatos de otros hombres y que mira a quien entra con ojos sorprendidos de búho. Shakespeare debe ser en comparación fácil de copiar, ya que me han dicho que no hace borrones ni tacha sus líneas. A lo que iba: antes de regresar al Globe con mi valiosa carga de copias en limpio, me atrincheré en una esquina de St. Paul's y le di una rápida lectura a la obra. Por supuesto, me imaginaba en uno o más de los papeles principales.

Pero sabía que nunca los conseguiría. *Otelo* trata de un duelo de talento entre el moro y su retorcido lugarteniente, Yago, que hace germinar en su capitán la semilla de los celos haciéndole creer que su esposa, Desdémona, le es infiel. Solo tres personajes, Otelo, Yago y Desdémona, son vitales en este triángulo vicioso. Dick Burbage sería el elegido para dar vida al moro, mientras que el voluble villano sería encomendado a otro de los veteranos (así fue, el papel de Yago fue representado por Henry Condell), y Desdémona no podía ser propiedad sino de uno de los actores más jóvenes. El resto de los personajes apenas resultaban atractivos ya que eran como arcilla en las manos de Yago. No me hubiese importado hacer del apuesto Cassio, el honorable favorito de las damas. Podría haberme encargado del inocentón Roderigo. Al final, tuve que conformarme con el senador de la barba blanca y el soldado borracho.

Insomne y yaciente en mi habitación de la casa de la señora Buckle, fantaseé con bolsas y el hecho de meter dinero en su interior. Me pregunté si John Ratchett, que me estaba pagando para mantenerse informado de la *Mascarada de la paz* de Jonson, habría visto *Otelo* cuando la representamos por primera vez, en primavera, en el Globe. ¿Se había quedado con la frase de Yago y, olvidando su origen, usó una versión de la misma para tentarme? *Meter dinero en vuestra bolsa.*

Tal vez debía devolver los tres soberanos y negarme a escribir informes de espionaje, no teniendo intención de volver a mezclarme con John Ratchett. Hacer eso podía granjearme la antipatía del Consejo del Reino. ¿Pero qué podía hacer el Consejo contra un inglés libre e inocente? La respuesta era que podía hacer mucho. Mucho por amargarme la vida, e incluso peor que amargármela.

Estas eran mis cábalas nocturnas. En aquel momento, deseé no haber escuchado nunca a maese Ratchett. Cierto, me había salvado de llevarme una buena paliza a orillas del río. Podía sentir los moratones en mi costado, dolían más de noche. La llegada del hombre del jubón rojo había sido oportuna. Muy oportuna. ¿Y si...?

Pero no pude continuar con mis especulaciones porque el silencio de la noche se vio roto de repente por un sonido entre un grito y un reniego. Vino del otro lado de la puerta de mi estancia.

Sin prender ninguna luz, salté de la cama, crucé la habitación y abrí la puerta. Mis aposentos estaban en el piso superior.

Los dormitorios de la señora Buckle y Elizabeth estaban abajo. La chica de la nariz acuosa dormía en algún lugar detrás de la cocina. Vi a mi casera en la zona abierta que había al final de las escaleras que llevaban abajo. Llevaba su ropa de noche, sostenía una vela y sus ojos estaban fijos en la esquina superior de las escaleras. Aunque los tenía bien abiertos, no estoy seguro de que en realidad estuviese viendo algo.

En una taberna cercana a los muelles de Bristol, vi una vez como un hombre que bajó de un barco puso en trance a una joven. La mirada de aquella mujer, en blanco, que se parecía a la de la señora Buckle en aquellos momentos, duró hasta que el marino la devolvió a la realidad al chascar los dedos y susurrarle unas palabras al oído. Sin saber bien qué hacer, estaba a punto de dejar a la señora Buckle a solas. No había ni rastro de Elizabeth. Entonces un gemido afloró a los labios de la viuda y la mano que sostenía la vela se agitó. La llama cobró vida y de repente temí que pudiese prender en su camisón. Casi antes de darme cuenta de lo que hacía, ya estaba descendiendo las escaleras que conectaban los dos pisos.

La señora Buckle no hizo nada que diese a entender que me había visto u oído, pero la llama dejó de moverse. Ahora volvía a estar quieta como una estatua, y su mirada había vuelto a posarse en el ángulo vacío al final de las escaleras. La vela iluminaba una expresión curiosamente plácida en su cara, que seguía inmóvil. Apenas un metro nos separaba.

Con cautela, extendí una mano abierta. La luz de su vela se derramó sobre mi palma, y las sombras se desplazaron a nuestro alrededor. De golpe, la señora Buckle volvió en sí. No puedo describirlo de otra manera que diciendo que sus ojos, que estaban vacíos, de repente se llenaron. Fue como llenar de vino una copa.

–Nicholas, sois vos. ¿Qué estáis haciendo?

–¿Estáis bien, señora Buckle?

–Mi marido me decía… me decía…
–Vuestro marido…
–Me decía… algo.
–¿Cuándo?
–Ahora mismo.
–Está muerto, señora Buckle.
–Cierto que lo está.

Miró su camisón, como si se diese cuenta por primera vez de que estaba vestida con su ropa de dormir, y luego miró el espacio que nos separaba. Tras un momento, dijo:

–Debo volver a mi habitación.

Y se dio la vuelta y entró en su dormitorio, con la vela iluminándole el camino hacia la cama. Cerró la puerta. Yo volví a trepar los empinados escalones y cerré la puerta de mi propio dormitorio. Me tumbé en la cama.

No sé si la señora Buckle consiguió conciliar el sueño con facilidad, pero yo ya estaba despierto del todo en aquel momento. Aún quedaban unas cuantas horas hasta el amanecer.

Prendí una candela y examiné las notas que había tomado durante el ensayo de la *Mascarada de la paz* de ese día, en la amplia estancia de la mansión de los Blake que se asomaba al río.

Las notas no tenían conexión, ni resultaban muy reveladoras. No estaba seguro de cómo iba a elaborar a partir de ellas un "manuscrito" que justificase las tres libras esterlinas prometidas por el Consejo a través de maese Ratchett. Todo lo que tenía era un puñado de trozos sueltos de conversaciones oídas o pullas lanzadas por la habitación en las pausas de los ensayos. Hubo otros individuos en este ensayo, como los Scaridge o los Fortune (resulta extraño lo fácil que uno se acostumbra a mencionar estos nobles apellidos, como si todos los días anduviésemos con ellos). Pero voy a concentrarme nada más que en aquellos que sean relevantes en esta historia.

Por ejemplo, había tomado nota de un comentario antiespañol de William Inman, el secretario de sir Philip Blake. Sí, un comentario antiespañol, como las docenas de comentarios que uno podría oír quedándose en una esquina cualquiera de una calle cualquiera de Londres durante media hora. A su manera franca y campechana, Bill Inman dijo algo sobre que prefería abrazarse a una española antes que abrazar la paz de los españoles, pese a que en ambos casos vigilaría que no le clavasen un puñal por la espalda. Acompañó el comentario con un gesto grosero. Entonces se dio cuenta de que la señorita Maria More le miraba con reprobación. Era una información importante, que no podía obviarse en un informe a Robert Cecil.

Martin Barton, el pelirrojo dramaturgo de sátiras, estaba hablando de arte. Había estado pavoneándose ante Abel Glaze y Maria de la magnífica acogida que tuvo su reciente tragedia *El hombre de la melancolía*. Pero pienso que lo hizo para fastidiar a Ben Jonson, que estaba lo bastante cerca para oírle, cuya última tentativa de escribir una tragedia cortesana se había saldado, de manera lamentable, en una pieza llamada *Sejanus: His Fall*. Barton no era un actor (había algo en la combinación que exhibía de pelo rojo y piernas delgadas y cortas que lo condenaría a los papeles de payaso), pero Jonson le había dado el papel de la Poesía y el Drama en la mascarada. Tal vez con maldad, Jonson apenas había escrito intervenciones para este personaje. De todos modos, Barton parecía satisfecho observando la situación. Supuse que estaba haciendo acopio de materiales para su próxima sátira y pensaba cuán infinitamente mejor hubiese él gestionado este asunto de la mascarada. Era una de esas personas que son felices sintiéndose superiores.

Giles Cass, el atildado mensajero, también estaba hablando de arte. Estaba ensalzando a la reina Ana, asegurándonos que los actores profesionales encontraríamos en ella a una mujer de gusto que, si el destino no le hubiese dado el papel supremo en la vida pública, como reina consorte, habría sobresalido en cualquiera de las artes. Se pasó la lengua por la boca mientras mencionaba a la reina, como si solo pudiese hacerlo con los labios limpios.

Disfruté de una charla con sir Philip Blake que, cuando él se aclaró la garganta, se desarrolló por entero tal y como sigue:

Sir Philip Blake: Oh, esto… ¡Ignorancia!

Nicholas Revill: Ah, sir Philip.

Sir Philip Blake: Muy bien.

De hecho, no vi ni oí nada significativo durante el tiempo que estuvimos con los Blake. Nada excepto un par de conversaciones. Una era inofensiva, eso creo, o al menos predecible. Y no supe muy bien qué pensar de la otra.

Martin Barton se acercó a mí en un momento dado. Agitó la mano hacia la habitación y me dijo:

–¿Qué pensáis de todo esto?

–¿Qué pienso?

–¿Pensáis que hay honestidad entre estas paredes?

–Tanta como en cualquier otro sitio –respondí.

–Pues os diré que hay mucho más honor y honestidad en el pulgar de un artesano que en todos estos cadáveres vestidos con elegancia.

–Si vos lo decís.

Pero Barton no buscaba mi acuerdo o mi desacuerdo. Solo se me había dirigido para desahogarse. Tal vez ya había tenido bastante con que silenciasen casi por completo su Poesía. Me invitó a escuchar su perorata sobre la corrupción de la corte y la era que nos tocaba vivir, que podría haber salido de una de sus obras. Esto era inmundo y decadente. Aunque pudiese parecer elegante a simple vista, si se escarbaba un poco, saldría a la luz la podredumbre escondida, alimento para gusanos. Asentí con educación, no queriendo privar al escritor de su disfrute, pero al final tuve que excusarme. Ya saben, una llamada de la naturaleza.

Estuve fuera de la habitación un momento, respondiendo a la llamada de la naturaleza. En un entorno menos grandioso, podría haber meado en una chimenea escogida al azar, como haría en una hospedería, pero me daba en la nariz que semejante comportamiento no parecería apropiado en un sitio así. Por lo que fui a los excusados del servicio en la parte de atrás de las instalaciones. Incluso aquí los baldes parecían brillar más de lo habitual, sin duda debido a la nobleza reflejada en los dorados residuos de los criados. En los dormitorios principales, escaleras arriba, lo más probable era que los orinales fuesen de plata.

Volví a la habitación principal donde estábamos llevando a cabo los ensayos. Un hombre y una mujer se encontraban junto a la puerta, enfrascados en una conversación. Parecía tratarse de una de esas discusiones en las que un tercer sujeto no sería bienvenido. Estaba a punto de toser para alertarles de mi presencia cuando me detuve. La mujer era lady Jane Blake. El hombre me daba la espalda, pero algo en él me resultaba familiar.

La luz era débil en el pasadizo que llevaba a la sala de ensayos y había un gran tapiz colgando de la pared a mi lado. Siempre he tenido una cierta tendencia a escuchar las conversaciones ajenas desde detrás de un tapiz, lo mismo que hizo Polonio, con resultados fatales para su persona, en *Hamlet.* Me moví bajo la sombra del tapiz, pero sin ocultarme del todo bajo su superficie. No me consideré tanto un cotilla como alguien de paso. Entonces presté oídos y me llegó el sonido de un papel desplegándose.

–Y el asiento –dijo la voz de lady Blake. En su tono había una risita contenida–. ¿Estáis seguro respecto al asiento?

–Del todo, mi señora –dijo el otro.

Reconocí la voz, la había escuchado no hacía mucho. ¿Pero a quién pertenecía?

–¿Pero soportará el peso?

–Lo soportará. No queremos que nadie caiga por accidente del dispositivo, ¿cierto? –dijo el hombre.

El hombre y la mujer se rieron de un modo que me pareció, allí perdiendo el tiempo entre los dobleces del tapiz, algo inapropiado. Como si fuesen niños burlándose de los asuntos de los adultos. Me arriesgué a mirar por el borde del tapiz. Con las cabezas juntas, la pareja examinaba una hoja de papel. Esta vez, sí reconocí al hombre.

–Y luego esto se vendrá abajo –dijo lady Jane, clavando un índice regordete en el papel.

–Oh, vaya que se vendrá abajo –dijo Jonathan Snell–. Todo se vendrá abajo.

Jonathan Snell, el hombre que estaba diseñando las máquinas y los efectos de la *Mascarada de la paz* de Jonson. El caballero al que el dramaturgo había retado a adivinar mi peso en el patio. Ahora estaba demostrándole algo a Jane Blake, en el mismo estilo confidencial con que había mostrado el diagrama de la silla *deus ex machina*. Estaba claro que hablaba de un artilugio de su invención, ¿pero en qué consistía?

Mi impresión de que había algo subyacente en este encuentro se vio reforzada por cómo los dos (la noble dama y el ingeniero del pulgar largo) reaccionaron cuando uno de los lacayos de la casa se deslizó hasta ellos. Por fortuna, el tipo del uniforme amarillo apareció por otra parte, no por donde yo estaba. Los lacayos de los Blake eran muy silenciosos y esto, combinado con sus miradas vacías y sus trajes dorados, les confería el indiscutible aire de peces en un gran estanque. Este pez en particular estaba casi encima de lady Blake y maese Snell antes de que lo vieran. Y al hacerlo, la pareja se separó con brusquedad y Snell dobló a toda prisa la hoja de papel. El lacayo pasó de largo, demasiado bien educado como para observar la reacción de sus superiores. Si me vio a mí mientras estaba observándolos, no dio muestras de ello. Después de un momento, lady Blake volvió a la sala de ensayos y al poco, Snell la siguió. Tuve la certeza de que no querían que se los viese entrar juntos.

Adoptando mi mejor aire de "solo pasaba por aquí", abandoné la protección del tapiz y regresé al ensayo de la mascarada. No tenía mucho más que hacer, ya que me sabía al dedillo mis líneas de Ignorancia (nada encomiable considerando lo pocas que eran) y la energía de Ben Jonson estaba concentrada en pulir el desempeño de los actores no profesionales. Lady Jane Blake se presentaba como la Abundancia, apretando una jarra contra su amplio pecho en lugar de una cornucopia. Sir Philip tarareaba y se aclaraba la garganta y entonces recitaba sus versos como la Verdad, pese a que no podía resistirse a dejar escapar un "muy bien" de cuando en cuando. Maria More era la graciosa asistente de la Abundancia, mientras que Bill Inman se movía ondeándose como el Océano. Giles Cass hacía de Sospecha: deduje que él le habría pedido a Jonson ese papel en concreto.

Jonathan Snell estaba sentado a una mesa en un lado de la habitación, haciendo bocetos y garabatos en unas hojas de papel y de tanto en tanto, cruzaba la estancia para consultar con Jonson. Me imaginé que estaba puliendo los detalles finales de la maquinaria para la mascarada. Inclinó la cabeza hacia mí, indicándome que recordaba nuestro encuentro de uno o dos días antes. Parecía un tipo muy honesto, pero me seguía preguntando por qué él y lady Jane habían sostenido esa conversación con tanto secretismo al otro lado de la puerta, y por qué hacían creer que no tenían nada que ver el uno con la otra dentro de la habitación.

La luz en el pasadizo era mala pero, por lo que había podido ver, la hoja de papel estaba cubierta con líneas y círculos. Se parecía mucho a la que Snell nos había mostrado a Jonson y a mí en el patio. El hecho de que su conversación hubiese girado en torno a "asientos" y "pesos" parecía confirmar que el hombre de la máquina estaba explicando a lady Jane el dispositivo con el que su esposo sería bajado a tierra durante la *Mascarada de la paz*. Estas sillas, en las que los dioses y otras elevadas figuras son traídos a tierra, figuran en el equipamiento estándar de los teatros modernos. En el Globe tenemos el mecanismo de una, albergado en una pequeña cabina sobre los "cielos".

Tal vez, como amante esposa, lady Jane estaba preocupada por la seguridad de su marido en el momento del descenso. *Y luego esto se vendrá abajo*, había dicho, y *Oh, vaya que se vendrá abajo*, le contestó Snell. Pero el tono jocoso y conspirador del diálogo hacía posible una menos… inocente… interpretación de estas palabras. ¿Y no había dicho Shakespeare que las relaciones entre los Blake eran frías?

¿Pero qué podía poner en mi informe para John Ratchett? ¿Que había oído a dos personas hablando en secreto de un dispositivo *deus ex machina*? ¿Que William Inman había hecho una broma antiespañola? ¿Que Giles Cass interpretaba muy bien a la Sospecha?

No me sentía muy feliz en mi papel de informador. Más aún, no estaba teniendo éxito en mi misión, no tenía mucho de lo que informar. Decidí esperar hasta el próximo ensayo, que tendría lugar en la Casa Somerset, y rezar para que ocurriese algo más significativo con lo que justificar mis tres libras esterlinas ante el Consejo.

¡OH, UNA SILLA, UNA SILLA!

–Ah, Nicholaas, ven aquí. Pagueces muy fatiguedo, *mon chéri* –dijo Blanche, la chica del burdel de La Mitra–. Tan cansado.

–Ha sido un día muy duro –dije.

–Ven aquí, deja que tu Blanche te alivie –dijo ella, tomándome con firmeza del brazo.

No sé cómo pudo adivinar que estaba cansado, ya que mantenía su habitación iluminada con luz tenue, pero me sentía más que dispuesto a que me aliviasen. Más tarde, después de que mi cansancio desapareciese tras un buen alivio, me quedé tumbado acariciando sus cabellos oscuros, desparramados sobre la almohada, mientras no pensaba en nada.

–¿Qué hay? –le dije.

–He descubiegto aalgo sobge ti, Nicholaas –dijo Blanche.

–¿De vegdad?

–¿Te guíes de mi fogma de hablag? No es justo.

–¿Y pog qué, Blanche?

–Pogque tú egues el que me enseña.

–¿Yo?

–Apgendo de los caballegos ingleses.

Era un modo muy indulgente de referirse a sus clientes, por lo que le dije:

–A mí me gusta como hablas. En serio, Blanche. Dime qué es eso que has descubierto.

–*Non.*

El mohín y el movimiento de hombros que acompañaron al rechazo fueron más expresivos que este.

–De acuerdo, pues no me lo digas –le dijo yo.

–Ahora sí te lo voy a decig. Vives con una... ¿cómo desís?... *une veuve*...

–Si eso se traduce por una viuda, sí, vivo con una viuda.

–¡Lo sabía!

–¿Cómo lo supiste?

Complacida con su perspicacia, Blanche se tocó la nariz.

–Tengo un pájago, que me cuenta cosas.

–De acuerdo, tu pájaro acertó esta vez.

–Una... viuda... joven... *elle est belle?*

–Seguro que tu pájaro también te lo habrá contado.

–¿A lo mejog le gustas, a *la veuve?*

–¿Celosa, Blanche? ¿Cómo se dice *eso* en francés? *Jaloux, n'est–ce pas?*

Por toda respuesta, ella miró el reloj de arena que medía el tiempo en este lugar. Y el mío se había terminado. Por lo que me levanté de la cama y arreglé cuentas con Blanche, usando parte del dinero que John Ratchett me había dado. Experimenté un cierto placer al usar las monedas del Consejo del Reino en un burdel de Southwark, pero seguro que no fui el primero. La mano de Blanche se cerró sobre las monedas. No se molestaba en ocultar la naturaleza mercantil de nuestras transacciones o en fingir que le sorprendía recibir el dinero.

Para ser honestos, me gustaba mantener las cosas en el terreno de los negocios con la mujer francesa. Aún así, me pregunté cómo habría averiguado Blanche dónde me alojaba. Tal vez no le había resultado muy difícil. Otros actores frecuentaban La Mitra. Por ejemplo, yo sabía que Laurence Savage lo hacía. Era posible que también se acostase con Blanche. Pero el solo hecho de pensarlo no me resultaba grato y aparté la idea.

Blanche me había dicho que parecía *fatiguedo* al llegar. Si así era, la razón se encontraba en el dramático día que acababa de pasar en la Casa Somerset o Casa Danesa, donde nos habíamos reunido para un ensayo *in situ* de la *Mascarada de la paz*.

Quedamos para ir el grupo del teatro: Laurence Savage, Jack Wilson, Abel Glaze y yo, conscientes e incómodos por adentrarnos en territorio enemigo al traspasar la puerta de entrada.

En el interior, nos esperábamos un enjambre de españoles. Lo que descubrimos fue un lugar abarrotado, en el que el gobierno se había dividido, con tiranteces, entre los nativos y los recién llegados. Al marcharse al palacio de Whitehall para que la embajada española pudiese disponer de un lugar donde dormir en Londres, la reina Ana había dejado parte de su servidumbre para atender a los invitados. Tal y como vimos en la procesión por el río, los españoles traían consigo un considerable séquito propio. Por lo que cada esquina del palacio parecía rebosar de exóticos extraños mientras los pálidos funcionarios ingleses revoloteaban por allí.

Giles Cass nos recibió y nos condujo por pasillos y salas de espera. Parecía sentirse como Pedro por la suya en la Casa Somerset, saludando con un cabeceo a los individuos e incluso intercambiando saludos en español, *buenos diassing* (si lo entendí bien) como un loco. Por lo visto, se había tragado el recelo hacia la presencia española del que hacía gala en la taberna de La Sirena.

Oímos fragmentos ininteligibles de conversaciones que salían de grupos apiñados, un galimatías de voces bajas y roncas y una forma de reírse que era imposible que fuese inglesa. Fuimos a parar a una de las salas de audiencia, donde se reciben visitantes importantes, no audiencias como las que acuden al teatro. Los cinco nos detuvimos un segundo en el umbral. Personalmente, desconozco el aspecto habitual de esta sala, pero era evidente que estaba en plena metamorfosis. Era como si se estuviese construyendo una casa de madera en el interior de la estancia. Había andamios por todas partes, para los asientos y para sostener el escenario de la mascarada y las máquinas. Los martillazos y el sonido de las sierras llenaban el aire polvoriento. Los pintores estaban trabajando sobre una enorme tela que había sido dispuesta en una zona libre del suelo. Vi a Bartholomew Ridd, nuestro sastre, prendiendo con alfileres un traje de aspecto elaborado que vestía una dama de aspecto magnífico cuyo nombre era Sybil Fortune. Ella haría de Esperanza, y su traje estaba adornado con el símbolo de la esperanza, el ancla.

–¿Entonces, vendrá hoy la reina? –preguntó Abel a Giles Cass.

–No lo creo.

–Oh, es una lástima –dijo Laurence.

Pero nos sentíamos aliviados antes que apenados. Hay algo intimidatorio en el hecho de ensayar con la reina de Inglaterra, aunque luego fuésemos a actuar junto a ella.

–Su dicción será perfecta, no temáis –dijo Cass.

–Solo tiene un verso –susurró Jack.

–Dos como poco, maese Wilson –dijo Cass.

Jonathan Snell se materializó de repente delante de nosotros.

–Justo a tiempo, caballeros –dijo.

El ingeniero de largos pulgares nos estrechó la mano a todos. Lucía un delantal de mecánico, lleno de grasa. Tenía el pelo lleno de serrín, y también las líneas de la cara.

–Necesito un ayudante –añadió, paseando los ojos por nuestro reducido grupo–. ¿Qué tal vos, Nicholas? Creo que me serviríais.

–¿Para qué?

–Ya lo veréis.

Extendió el brazo y me lo pasó por el hombro, no dándome otra opción que la de acompañarlo. Miré hacia atrás y levanté las cejas hacia los demás.

–El tipo delgado es demasiado ligero –dijo Snell, que levantaba la voz por encima de los martillazos y las sierras.

–¿Demasiado ligero? ¿Abel Glaze? –dije mientras empezaba a sentirme incómodo.

–Si así se llama el delgado. Los otros, al contrario, me parecen un poco pesados. Pero vos, vos sí que me serviréis.

Ahora ya estaba muy incómodo.

Sorteamos planchas y pasamos bajo guirnaldas de satén que colgaban de soportes improvisados hasta llegar a una zona en sombras tras el estrado sobre el que representaríamos la mascarada. Maese Snell hizo un gesto hacia una escalera que estaba apoyada en un entramado de andamios.

–¿Queréis que suba por ahí?

–Si sois tan amable, Nicholas. Tenemos tiempo de sobra hasta que empiece el ensayo.

Miré hacia arriba y bajé la vista de inmediato. La escalera se perdía en la oscuridad, los últimos travesaños no se veían.

–¿Qué hago cuando llegue arriba?

–Volvéis a bajar. Pero en la silla.

–¿Queréis que haga de *deus ex machina*?

–Necesito hacer una prueba, pero solo de los pesos y de las tensiones –dijo Snell–. El cuerpo en la silla es inmaterial, por decirlo así. Sir Philip Blake será quien baje en la representación real. Él es la Verdad, ya lo sabéis.

–Mientras que yo solo soy la Ignorancia, y por tanto prescindible.

Lo que pretendía ser un comentario casual, debido a mis nervios, afloró como uno resentido.

–Oh, ya veo –dijo el hombre de la máquina, con sorpresa–. Os preocupa que no sea seguro. Es totalmente seguro. Lo he construido yo, y yo mismo he bajado en esa silla varias veces. Pero sería conveniente colocaros a vos.

–¿Conveniente?

–Vos y sir Philip pesáis aproximadamente lo mismo.

–Yo diría que él es un poco más ligero.

–No tanto, diría yo –replicó Snell, volviendo a señalar el pie de la escalera.

–De acuerdo –dije, alargando despacio una mano para asir el travesaño más próximo, y esperando con desesperación que algo (el fin del mundo, por ejemplo) sucediese para impedirme subir por la escalera.

–Por supuesto, si no queréis…

Snell dejó la frase inacabada. Muy listo. Ya no podía echarme atrás sin quedar como un cobarde. Me ofrecía una elección que no era tal. De todos modos, ¿qué era lo peor que podía suceder? (Lo peor que podía suceder era que yo cayese y me rompiera el cuello).

–Yo estaré aquí, ocupándome del cabrestante.

En mi distracción, había pasado por alto un artilugio muy elaborado que se encontraba a corta distancia de la escalera. Era como un enorme barril alrededor del que se enrollaba una cuerda de cáñamo y que tenía largos radios proyectándose hacia fuera en sus extremos. Arriba en la penumbra había más cuerdas, algunas tensas y otras flojas, enredadas en varias poleas. No podía imaginarme cómo funcionaba nada de aquello.

–Hecho con el mejor olmo inglés –dijo Jonathan Snell, yendo hacia el cabrestante y dándole palmaditas como si fuese un caballo–. Se necesitaron seis hombres para ponerlo en posición.

–Y solo uno para manejarlo.

–Se requiere poca fuerza. Vos seréis la fuerza motriz, Nicholas. Ahí es donde reside la belleza de esto.

–¿Belleza?

–Algunos encuentran bella una cara, o una figura, o una flor –dijo Jonathan Snell–. Pero yo veo la belleza en una máquina donde todo se ensambla y no hay partes superfluas. En concreto, será vuestro peso el que haga descender la silla, Nicholas. Mi trabajo es asegurarme de que descendéis a la velocidad adecuada.

–Mi vida está en vuestras manos –sentencié al tiempo que ponía el pie en el travesaño más bajo y comenzaba a subir por la escalera.

El ingeniero me gritó algo, por lo que pude entender, sobre encontrar a Jonathan en lo alto, pero seguro que le oí mal porque él, Jonathan Snell, estaba esperándome abajo, ¿no? Él iba a accionar el cabrestante y a proteger mi vida, ¿verdad?

¿Miedo a las alturas? Eso me había dicho W.S. hacía poco, y yo le contesté con una vaguedad. Pero era cierto. No me gustaban mucho las alturas. Miré hacia abajo. Ya me encontraba a una buena distancia del suelo. Snell, sujetando la parte inferior de la escalera, movía la cabeza animándome. La escalera se balanceaba y temblaba bajo mi peso. Sentía las manos resbaladizas cuando apresaban un nuevo travesaño. Al subir entré en una región mucho más oscura, una que estaba cubierta con cortinas y pantallas. Una maraña de viga y cuerdas se entrecruzaba en la oscuridad con verticales y diagonales. Me arriesgué a mirar hacia arriba y casi me caí de la escalera por la sorpresa.

Una cara con lentes asomaba por encima del borde de una suerte de galería o plataforma donde terminaba la escalera. Una mano asía con firmeza el extremo de la escalera mientras la otra se tendía hacia mí para ayudarme a coronar el último tramo.

–Bienvenido al paraíso, señor.

Puse un pie vacilante en la galería con barandas, sujetándome al brazo del hombre que allí me esperaba.

–Tu padre me envía, Jonathan –dije. Me gustó comprobar que, teniendo en cuenta la situación, mantenía mi voz razonablemente firme. No había mucha iluminación aquí arriba, en el reino de los dioses, solo unas pocas lámparas de aceite, sin duda más seguras que unas velas desnudas, pero me bastó para detectar el parecido entre el hombre de abajo y la versión más joven y sin arrugas que me esperaba arriba.

–Me dijo que enviaría a alguien.

–Bien, pues aquí estoy.

–Venid por aquí, esto…

–Nick.

El joven Jonathan Snell cogió una de las lámparas. Como si fuese un sereno, abrió el camino por la galería. Sus gafas le conferían a su cabeza un aspecto sabio sobre un cuerpo joven, y caminaba encorvado como si comprobase el camino a seguir. Pero sin duda conocía bien la plataforma, ya que se movía con seguridad. Era mucho más estable bajo mis pies de lo que esperaba, aunque cualquier cosa me habría parecido estable después de la escalera tambaleante. Observé que había un par de nubes algodonosas, hechas de tela extendida sobre un soporte de madera, apiladas a un lado de la galería. Junto a ellas estaba la pálida esfera de una luna llena, a poco más de un metro.

–¿La figura de la Verdad descenderá entre estas nubes? –pregunté señalando los decorados.

–No, son para la travesía marina de los españoles –explicó el joven Snell, ondeando su mano libre. Exhibía en ella la prueba de paternidad, un pulgar tan largo como el de su padre–. Tened cuidado, Nick.

No me había olvidado de que estábamos suspendidos a diez metros del suelo, pero la novedad de nuestro entorno me había hecho apartar por un instante este hecho de mis pensamientos. Ahora volvía con fuerza mientras me acercaba al borde la plataforma junto a Jonathan hijo. Debajo, había una caída libre hacia el suelo del improvisado escenario. Había gente yendo y viniendo, llevando objetos, hablando en grupos, silbando mientras trabajaban, al parecer ignorantes de que los estábamos observando desde arriba.

Atada a la baranda exterior de la galería, había una silla… una sencilla silla de madera que colgaba de unas cuerdas que desaparecían por encima de nuestras cabezas. La silla tenía un asiento y un respaldo, tenía patas y brazos, pero nada más.

–Ya sé que parece muy sencilla –dijo Jonathan–, pero creedme, para esa noche estará equipada por completo. Dorada y envuelta en ricos trapos.

Si tenía aspecto de sorprendido, no era debido a la sencillez de la silla sino a su poca solidez. ¿Se suponía que este frágil artilugio debía soportar el peso de alguien mientras descendía sobre las tablas desnudas? ¿Se suponía que ese peso era el *mío*?

–¿No te parece que, eh, podríais perder a sir Philip Blake si se sube a este aparato?

Por supuesto, lo que quería decir, era que si no le parecía que podían perderme a *mí*.

–Estará atado a la silla, discretamente. Nadie se dará cuenta. Pero las cinchas aún no se han colocado. Por lo que *vos* tendréis que sujetaros. Os ayudaré a subir. Poned un pie en esta barra y daos la vuelta.

Me tendió el brazo para ayudarme.

Era como si me hubiesen pedido que saltase por un precipicio. Si hubiese podido pensar en una manera honrosa de negarme, lo habría hecho. Pero mi mente estaba en blanco. Pisé sobre la barra y con un giro lateral, me instalé en la silla, que tembló. (O tal vez era yo el que temblaba). Coloqué los pies sobre un travesaño entre las patas delanteras. Me agarré a los brazos de la silla y clavé los ojos en algún punto frente a mí.

–Relajaos, Nick. Lo disfrutaréis mucho más –dijo Jonathan, desatando las cuerdas que aseguraban la silla a la barandilla.

Hice una mueca. Jonathan fue al otro lado de la plataforma y tiró de unas cuerdas, dando la señal. Momentos después, sentí una suave sacudida y la silla empezó a moverse hacia abajo. Cerré los ojos durante algunos segundos. La única cosa que me convenció de volver a abrirlos fue el pensamiento de mi aspecto (esto es, lo bastante asustado como para mearme encima) ante cualquiera que mirase hacia arriba.

Así que abrí los ojos. Estaba a la altura de la parte superior de una amplia ventana que había en un extremo de la sala de audiencias. El descenso era lento pero, para mi sorpresa, estable. Tuve tiempo de preguntarme por qué, en lugar de girar como una peonza, la silla se mantenía más o menos orientada en una dirección, de frente ante una supuesta audiencia. Atribuí esto a la destreza mecánica de los Snell. De repente, la silla se detuvo en seco.

Miré hacia abajo. Entre mis pies abiertos, el suelo parecía mecerse ligeramente. Pero no era el suelo lo que se movía. Se escucharon chirridos y crujidos en lo alto. No quise ver qué era lo que los causaba. Allí abajo, los pintores y carpinteros habían interrumpido su trabajo para ver a un hombre descendiendo, o más bien, no descendiendo. Y había un par de caballeros con unas gorgueras muy elaboradas en el escenario junto a Giles Cass. Ambos sostenían sus sombreros en la mano y pude ver sus cabezas desde arriba. Uno era calvo y el otro, moreno. Españoles, seguro. Cass apuntaba hacia mí, o con más precisión, hacia la silla que colgaba de los cielos. Se inclinó hacia adelante y dijo algo al oído de uno de los caballeros. Este sonrió y eso no me hizo sentir mejor. Puse al mal tiempo buena cara frente a estos extraños. Aún quedaban unos seis metros hasta el suelo, estimé. Una caída suficiente como para asegurar daños irreversibles.

De repente, sin previo aviso, me invadió un extraño espíritu de resignación. ¿Qué podía hacer, de todos modos? Me encontraba por completo en manos de otros, a la merced de sus cuerdas, cabrestantes y poleas. Por lo que había visto de los Snell, padre e hijo, eran buenos mecánicos. Snell padre me había hablado con cariño de sus máquinas. Podía aceptar la sugerencia del joven Jonathan y disfrutar de aquello. ¿Quién no ha soñado alguna vez con volar? ¡Bien, pues ahí estaba yo planeando sobre el suelo como una alondra!

Este nuevo estado mental, despreocupado o temerario, solo se vio un poco alterado a la vista de Snell padre, que apareció por la esquina del andamiaje.

Un momento, un momento. Si él estaba aquí, ¿quién se encontraba junto al cabrestante?

–No os preocupéis, Nicholas –me dijo el mecánico–. Es solo cuestión de jabón.

¿Jabón? Mi aspecto debía ser mucho peor y más sucio de lo que yo había supuesto. ¿Al final me había meado encima?

–Le dije a mi hijo que se asegurase de poner jabón en las cuerdas –explicó Snell a Cass–. ¿Pero acaso me escucha?

Para el trío que había allí, hizo el gesto de jalar de una cuerda a través de un puño cerrado. Había una irritación apenas disimulada en su acción. No le gustaban los errores, o que se mostrase la incompetencia inglesa frente a unos extranjeros.

Giles Cass asintió y volvió a hablar con los gerifaltes españoles, que seguían pareciendo más divertidos que preocupados por mi situación.

Snell padre desapareció de nuevo hacia la parte de atrás. Me balanceé durante lo que pareció una eternidad. Los pequeños grupos de trabajadores, al entender que nada interesante iba a suceder (algo así como una caída mortal), volvieron a su trabajo. La silla dio una nueva sacudida y empezó a *ascender*. Por fortuna, fuimos hacia arriba solo un momento antes de retomar nuestro descenso.

Para cuando aterricé sobre el escenario, casi estaba disfrutando de la experiencia de volar. Vaya, si alguno de los Snell hubiese comentado que el artilugio requería un nuevo ensayo, me hubiera presentado como voluntario.

Me puse en pie, temblando un poco. Se escucharon unos aplausos irónicos de mis buenos amigos, Abel Glaze, Jack Wilson y Laurence Savage. Les hice una reverencia e incliné mi cabeza hacia Giles Cass. Él me devolvió el gesto, mientras que los dos caballeros de apariencia grave a su lado no hicieron el menor ademán de moverse. Sus gorgueras eran tan inmensas que parecía que sus cabezas estuviesen sobre unas bandejas.

–Ah, maese Ignorancia –dijo el pulcro e ingenioso Cass–. Nunca podremos desterrar la Ignorancia de este mundo. No podemos sobrevivir sin su presencia, que siempre aterriza de pie.

Yo estaba encantado de que mi papel en la mascarada fuese una fuente tal de inspiración. Si Cass no hubiese estado en compañía de aquellos imponentes señores de España, le podría haber devuelto un exabrupto, por muy importante que fuese. En vez de eso, me callé. Entonces él se dio la vuelta hacia los españoles y les dijo algo en su lengua, de lo que solo alcancé a entender una palabra. Sonaba a *ignorancia.* Y aunque no soy un experto en la lengua española, supongo que se refería a mi papel, ¿no creen vuestras mercedes?

Luego apareció Ben Jonson con Martin Barton, los Blake y otra gente, y nuestro primer ensayo en la Casa Somerset para la *Mascarada de la paz* empezó.

–Dos caballeros españoles –dijo John Ratchett.

–Sí, importantes por su aspecto.

–Haced el favor de describirlos, Nicholas.

Estábamos sentados en la taberna del Barquero Puro en Southwark. El rechoncho agente del Consejo del Reino vestía su habitual jubón rojo. Había querido invitarme de nuevo a un trago de *acqua vitae*, pero yo insistí en que bastaba con una cerveza.

–Está escrito aquí –le dije, golpeándome el bolsillo donde se encontraba mi "informe".

–Aún así.

–Bien. El más viejo estaba casi calvo. Lo suplía con una barba que era tan grande como la mano de un hombre. Canas en los bordes, de la barba quiero decir. Nariz bulbosa. Tal vez había un rastro de humor en su mirada, pero su apariencia general era seria.

–Ese es Juan de Tasis. El conde de Villamediana.

–Ah –respondí, como si este nombre me dijese algo.

–¿Y el otro?

–Era más joven y más bajo que el conde de lo que sea. El cabello de este otro caballero aún resistía, aunque tenía entradas, y era oscuro. Tenía una cara cetrina y la nariz aguileña. Los ojos muy juntos y la mirada incisiva.

–¿Diríais que como la de un halcón?

–Podría decirse.

Maese Ratchett vació su jarra de cerveza.

–Me estáis describiendo al señor Alejandro Rovira –dijo–. Es un abogado muy preparado.

–¿Por qué no me sorprende?

–¿Y decís que Giles Cass estaba con ellos y hablando en español?

–Sí.

–Bien, no hay ninguna ley que prohíba aprender la lengua de otros hombres.

Sí, cualquiera puede aprender la lengua de otros. No hay ninguna ley que lo prohíba. Me vino a la mente la imagen de Blanche. Blanche, que había aprendido nuestra lengua de los que llamaba "caballegos ingleses". En su cama había yo invertido una parte del dinero que Ratchett me diera, lo había gastado antes de habérmelo ganado. Pero no pasaba nada. Él estaba dispuesto a pagarme más por el informe que ahora saqué del bolsillo de mi jubón y dejé sobre la mesa entre nosotros.

Me había empeñado en que un puñado de observaciones triviales sobre los ensayos de la *Mascarada de la paz* se convirtiese en un informe apropiado. No me importaba informar sobre Giles Cass en concreto, ya que no era santo de mi devoción. Y de cualquier manera, solo había escrito la verdad. Cass había hablado en español y se le había visto desenvuelto con el conde Nosequé y el señor Nosemás. Con todo, Cass fue quien nos había querido engatusar con sus comentarios antiespañoles en la taberna de La Sirena. Estaba bastante seguro de que toda su cháchara no tenía otro objetivo que el de confundirnos.

Pero había algo más que seguía sorprendiéndome.

–Decidme, maese Ratchett, ¿no podíais obtener esta información directamente de otra persona, como Giles Cass, por ejemplo? El podría contaros más de los españoles que yo. Y vos y él tenéis el mismo, em, jefe. El Consejo del Reino.

–Ahí mostráis vuestra ignorancia, si me es lícito decirlo, Nicholas –dijo Ratchett, lanzando una ojeada antes de recoger el informe, que yo había doblado y sellado como si fuese una carta. La deslizó dentro de su jubón rojo–. El Consejo del Reino es como una sepia.

–¿Lo es?

–Tanto el Consejo como la sepia tienen muchos brazos… y podría ser que solo la cabeza supiese qué está haciendo cada uno de los brazos.

–Oh.

–A veces, la sepia suelta una nube de tinta para despistar a un enemigo. Del mismo modo, el Consejo busca oscurecer sus propósitos para confundir a sus enemigos.

–¿Y qué pasa con sus amigos? También podrían confundirse.

–El Consejo del Reino no tiene amigos. Están aquellos que pueden serle útiles y aquellos que pueden intentar destruirlo.

Eso creó la impresión adecuada. La descripción de Ratchett sobre ofuscación y propósitos ocultos encajaba con lo que yo sabía de sir Robert Cecil. Sin embargo, no estaba seguro de querer oír más sobre el Consejo del Reino y la sepia. Algunos ejemplos hacen que las cosas se aclaren, y otros tienen el efecto contrario.

Nuestro asunto en la taberna estaba casi finalizado. Ratchett deslizó tres soberanos sobre la mesa, ocultándolos en su mano. Yo me los embolsé con rapidez. Estábamos en un rincón oscuro y cargado de humo del Barquero Puro, pero nunca se sabe qué ojos curiosos andarán al acecho. No quería ser asaltado por segunda vez cuando saliese de allí.

Nos separamos, acordando un nuevo encuentro un par de días más tarde. Me sentía más que satisfecho con el dinero, pero no podía entender cómo la "información" que había dado a Ratchett podía costar tres libras esterlinas. Aún más, si Ratchett consideraba que mi información no valía ese dinero, ¿por qué querría que nos encontrásemos de nuevo y que yo le escribiera más informes?

Como los enemigos de la sepia, me encontraba despistado y confundido.

ACOMETIDAS VELOCES DE LA MUERTE

Si aquella tarde me sentí despistado y confundido, las cosas no mejoraron al día siguiente. Descubrí cuán necio había sido al aceptar el dinero de maese Ratchett. Más importante, la *Mascarada de la paz* se convirtió, de lo que tendría que haber sido (una demostración de orden y tranquilidad), en una exhibición de desorden, miedo y sospecha. Y también de asesinato, aunque a primera vista no lo pareciese.

El principio fue prometedor. Volvimos a ponernos a las órdenes de Ben Jonson en la Casa Somerset para un nuevo ensayo de su obra. Se estaba empleando más tiempo y empeño en esta producción, que iba a durar una media hora, que en cualquiera de las actuaciones sobre el escenario del Globe, que solían ocupar dos. Pero, como ya he dicho, no es lo habitual actuar junto a la reina de Inglaterra. Aunque no es que fuese a actuar en este ensayo. Pero aunque no fuimos bendecidos con la presencia de la Paz inglesa, en compensación tuvimos a su gemela española, una bella dama cuyo nombre era doña Luisa de Mendoza (si no me equivoco). No sabía inglés, pero Jonson había escrito algunas palabras para que las recitase y habían sido traducidas a su lengua.

Los Snell, padre e hijo, junto con los carpinteros y pintores, habían trabajado duro para convertir la sala de audiencias, increíblemente, en un espacio teatral. Los asientos ocupaban su lugar. El escenario estaba listo. Todos los artilugios para cambiar los decorados y elevarlos estaban ocultos detrás de pantallas y cortinas. El reparto al completo, con excepción de la reina, estaba presente.

Volví a encontrarme con sir Philip Blake. Nos tropezamos el uno con el otro detrás del escenario o plataforma. El telón de fondo estaba alzado, y una escena de cielo azul y acantilados blancos representaba las costas de Inglaterra. Tal vez se trataba de los acantilados de Dover, de los que había oído hablar.

–Ah, Ignorancia –dijo sir Philip–. Muy bien.

Estaba claro que estas palabras se habían convertido en su saludo estándar para mí. Estaba vestido de Verdad y su traje brillaba con soles en miniatura.

–Me han dicho que suba a lo alto –siguió–, pero no estoy seguro de dónde.

–Tal vez Ignorancia pueda ayudaros –le respondí.

Lo conduje a la escalera por la que, el día anterior, yo había trepado hacia los cielos. La subida parecía menos sobrecogedora ahora. Blake hizo una pausa y sacó una petaca de algún lugar bajo su capa. Desenroscó el tapón y le dio un trago al contenido. Para darse ánimos, tal vez.

–Seguidme, señor –le dije.

Alcancé el travesaño y comencé a trepar. Debo admitir que estaba fanfarroneando un poco. Llegué a la parte superior y pasé por encima de la barandilla. Me di la vuelta para ofrecer la mano a sir Philip, pero él ya estaba detrás de mí y no necesitaba ayuda de ningún tipo. Me sorprendió su agilidad pese a que debía tener, como poco, diez años más que yo.

–Vuestra silla está allí –dije haciendo un gesto hacia el extremo lejano de la plataforma–. Yo bajé en ella el otro día.

–Muy bien.

Parecía haber unas tres o cuatro personas más allí arriba, en esos cielos a oscuras, incluyendo a Jonathan Snell hijo. Asumí que las otras figuras pertenecían a trabajadores del taller de su padre. Se movían de un lado para otro, haciendo los ajustes finales en cuerdas y poleas. Las nubes algodonosas bailaban sobre nuestras cabezas. Estaba bastante oscuro, no obstante las lámparas de aceite que dibujaban pequeños círculos de luz. La plataforma crujía bajo nuestros pies. Toda la estructura al completo debía ser muy resistente para soportar las demandas que se le hacían. Me sentía bastante seguro (ahora) en los cielos, y casi sentí lastima de tener que descender a reunirme con la gente de la tierra.

Más tarde, tuve un motivo para acordarme de quién se encontraba presente en este ensayo fatal. Por lo que daré aquí la *dramatis personae* que intervino en la *Mascarada de la paz*. Según una cierta jerarquía, éramos:

La Paz inglesa	Ana de Dinamarca (no presente)
La Paz española	Doña Luisa de Mendoza
El espíritu de la Verdad	Sir Philip Blake
El espíritu de la Abundancia	Lady Jane Blake
Las doncellas de la Abundancia	Lady Agnes Scaridge y Maria More
Tranquilidad	Margery Howard
Esperanza	Lady Fortune
Resolución	Lord Fortune
El espíritu de la Poesía	Martin Barton
Sospecha	Giles Cass
Rumor	Abel Glaze
Obstinación	Jack Wilson
Miedo	Laurence Savage
Ignorancia	Nicholas Revill
Océano	William Inman
Un Viento favorable	Sir Fabian Scaridge

No terminaba aquí la cosa porque había varias ninfas, asistentes, bailarines y etcétera que también participaban en la mascarada. Como pueden ver vuestras mercedes, las "buenas" partes estaban restringidas a la nobleza mientras que las "malas" cualidades, con la excepción de Giles Cass en el papel de la Sospecha, quedaban para los profesionales.

Había mucha gente en la sala de audiencias. Ben Jonson estaba presente, por supuesto, como el "director", encima de un pequeño espacio elevado que serviría para acomodar al rey en el caso de que Su Majestad decidiese a última hora acudir a la representación. El sastre Bartholomew Ridd era ayudado por un par de asistentes a los que estaba instruyendo. Había una banda de músicos, y el aire estaba lleno de ruidos, placenteros en su mayoría. Las dos versiones de Jonathan Snell estaban atareadas con los ajustes de última hora en la maquinaria entre bastidores. Había algunos españoles entre el público, incluidos los dos señorones que había visto el día anterior, los de las gorgueras. Sus vestidos eran lujosos, en blanco, oro y púrpura. Y estaba la acostumbrada pandilla de individuos que parecían no pintar nada allí, que solo miraban el espectáculo. Y espectáculo fue lo que tuvieron.

Todo iba sobre ruedas al principio. En sí, eso ya era preocupante. Por experiencia puedo afirmar que lo que empieza bien suele acabar menos bien. No sé por qué tiene que ser así siempre.

En fin, después de una canción introductoria (*Sonido, oh sonido entona la bienvenida*) y un poco de baile, la Paz española llegó flotando sobre las olas, conducida en su camino por William Inman, el Océano. Resultó que la Paz española era digna de un *abrazo* y llevaba un vestido que demostraba que no tenía frío. El Océano apenas podía quitarle los ojos de encima (ni más de uno de nosotros) y tuvo que ser llamado al orden por Ben Jonson. Me pregunté si recordaría su broma sobre "abrazar la paz española". Inman vestía un traje pesado adornado con conchas y, como había solicitado, portaba un tridente que movía cuando la Paz española se le acercaba. No le gustaba que Ben Jonson le dijese lo que tenía que hacer, y percibí un fuerte temperamento bajo su aire campechano. Por el contrario, sir Fabian Scaridge, que hacía del Viento que empujaba a la Paz hasta nuestra orilla, se acomodaba bien a la dirección. Sir Fabian soplaba con mucha efectividad.

Las olas, grandes láminas de tela pintada y madera con bordes festoneados, se deslizaban unos cuantos pies en una dirección y luego volvían en la contraria. Dispuestas en filas, funcionaban mediante manivelas ocultas por pantallas a ambos lados de la plataforma. Las manivelas eran accionadas, por turnos, por trabajadores del taller de los Snell. El ruido de la maquinaria quedaba cubierto por la música. La ilusión era bastante sorprendente, sobre todo desde una cierta distancia. Y este efecto resultaba impresionante a la luz del día. Cuando la *Mascarada de la paz* se representase ante la audiencia adecuada, sería de noche y la iluminación se haría con velas, favorecedor para colores como el verde mar. Y sería contemplada con la visión emborronada por culpa de la ingesta de alcohol, como es menester en los espectáculos nocturnos.

Y continuó la trama. Más bailes y más canciones. La Paz llegó y fue recibida por su gemela inglesa, una dama de honor que suplía a la reina ausente y que iba mucho más tapada que su homóloga española. A su lado, estaban la Tranquilidad y el espíritu de la Abundancia. La amplia figura de lady Blake se echó hacia delante, portando una cornucopia de frutas que era más grande que su pecho pero casi tan ligera como el aire. Lo sabía porque la había sostenido entre mis brazos, maravillándome del buen hacer del taller de los Snell para dar forma al alambre y al papel pintado. Lady Blake era atendida por lady Agnes Scaridge y Maria More, esta última con el aspecto de tener más sangre azul que la verdadera noble dama. En algún momento, Martin Barton, caracterizado del espíritu de la Poesía, recitó un par de líneas, sobre lo inapropiada que era su persona para celebrar tal ocasión. Jonson tenía que haberse divertido escribiéndolas, si siempre tuvo a Barton en mente para ese papel.

Entonces, como un vendaval, los que interpretábamos las cualidades negativas (Sospecha, Rumor, Obstinación, Miedo e

Ignorancia) teníamos que entrar con sigilo en el escenario y bailar una danza antigua. Estábamos condenados a ejercer nuestros papeles, a dudar de la declaración de paz y buenas intenciones entre dos viejas enemigas. No era como un verdadero drama. No había ninguna bronca, no había mordacidad. Dijimos, más bien declamamos, nuestras líneas (*No sé dónde me ubico,* y todo lo demás) hasta que la Esperanza y la Resolución (el dúo de esposos con el apellido de Fortune) daban un paso adelante para aseverar que esta vez la historia sería diferente. Como señal de esto, Esperanza y Resolución fingían que convocaban desde lo alto a la figura de la Verdad, que sabe todo lo que sucedió, sucede y sucederá. La Verdad daría testimonio de la amistad que existiría de hoy en adelante entre estas dos grandes naciones, España e Inglaterra.

La acción de la *Mascarada de la paz* no se desarrolló tan fluida como yo la he descrito aquí. Ya que se trataba de un ensayo, las pausas eran frecuentes y la gente olvidaba sus líneas (y no es que hubiese mucho que olvidar), olvidaba sus pasos de bailes, olvidaba sus entradas u olvidaba lo que se suponía que tenían que llevar con ellos cuando entrasen en escena. Los actores de verdad, por supuesto, no cometíamos tales errores… o al menos, no muy a menudo. Pero los participantes de la nobleza acertaban tanto como erraban. Lady Agnes Scaridge, una de las doncellas de la Abundancia, debía entrar con un orbe entre las manos. Pero lady Agnes, era evidente que no había echado mano del accesorio adecuado, apareció enarbolando un orinal. No se dio cuenta de lo que era hasta que salió al escenario. Alguien (¿descuidado o malintencionado?) se lo tenía que haber puesto entre las manos cuando entró y, en la confusión, ella lo había tomado. Se trataba de un orinal de la Casa Somerset y por lo tanto, de una versión elegante de este objeto universal, pero no por eso dejaba de ser lo que era, y cuando ella se dio cuenta de lo que tenía entre manos, estuvo a punto de esconder la cabeza dentro por vergüenza. El ingenioso Ben Jonson hizo un comentario al respecto de que el ensayo no iba a durar tanto como para necesitarlo.

Su esposo, sir Fabian Scaridge, no resultaba muy admirable. Era uno de los nuevos caballeros del rey Jacobo. Se decía que sir Fabian había sido peluquero. Bien, si un peluquero podía ser armado caballero, entonces los actores aún teníamos esperanzas. Nuestros versos penetran más en las cabezas de la gente que sus tijeras...

Los Fortune, caballero y dama, eran bastante simpáticos, pero tampoco estaban dotados de una mollera sesuda.

He mencionado a estos personajes para ofrecer a vuestras mercedes un retrato de nuestros nobles asociados. Por contraste con ellos, sir Philip Blake empezaba a caerme bien. Y era a sir Philip a quien ahora esperábamos.

Las dos Paces, las damas inglesa y española, esperaban con paciencia la una junto a la otra. La Esperanza y la Resolución habían ahuyentado a la Sospecha, al Rumor y al resto de nosotros hacia los límites del escenario. Allí estábamos encogidos.

La Esperanza vestida de verde movió su varita de flores en el aire y miró con expectación hacia arriba.

La Resolución, o lord Fortune, puso un conveniente aspecto de determinación mientras recitaba su pareado:

Baja, Oh Verdad, y muestra a los ojos de un mortal
De los dioses la voluntad, de los cielos ese gran plan.

Levanté la vista hacia la zona oscura sobre el escenario. Pensé que podría ver la silla en la que la Verdad debía descender pero era difícil distinguir si estaba ocupada o no.

Miré hacia mis compañeros más cercanos. Abel Glaze estaba disfrazado de Rumor con un traje pintado con lenguas y orejas. Laurence Savage, como el Miedo, lucía un yelmo dorado y blandía una espada corta, pese a que por su pose no era fácil decidir si estaba atemorizado o si atemorizaba. También estaba Jack Wilson, vestido de Obstinación, con una túnica en la que había dibujadas espirales de hiedra (para mostrar que la Obstinación se apodera de la mente y la somete, como la hiedra hace con los muros… ya había dicho que los trajes de esta mascarada eran acertijos andantes). Yo, como la Ignorancia, vestía un traje negro que era bastante rústico. Llevaba una especia de venda muy fina sobre los ojos que permitía ver a través.

Los papeles que interpretábamos, y los trajes que vestíamos, podrían haber sido diseñados por Bartholomew Ridd para hacernos parecer unos imbéciles. Pero no mucho más que nuestros nobles patrones paseándose como la Esperanza, la Paz o la Verdad.

Y hablando de la Verdad, ¿dónde estaba?

La banda de músicos, al darles entrada Ben Jonson, ya había tocado (casi dos veces) la floritura que anunciaba el descenso del *deus ex machina*. Volví a levantar la vista de nuevo.

Al fin la silla empezaba a descender. Ya no era el sencillo objeto en el que yo me había montado, estaba engalanada con colgantes dorados y coronada por un brillante sol de pega. Incluso los cables que la sostenían estaban ocultos por cintas verdes y doradas. Era un trono volante. Desde nuestra esquina al borde del escenario, solo podía ver las piernas del ocupante de la silla. Me pregunté si sir Philip sería tan aprensivo con el descenso como yo lo había sido. Era bastante improbable. Parecía sentirse a gusto en los "cielos".

Sonaron triunfales los instrumentos de viento. Las figuras de la Esperanza y la Resolución se movieron hacia las posiciones que ocuparían, a cada lado del lugar de aterrizaje de la Verdad. Nosotros, los personajes malos, nos cubríamos los ojos con las manos o nos encogíamos, para mostrar la autoridad conquistadora de esta figura celestial.

De repente, la silla dio una sacudida y se detuvo. Según mi impresión, se había atascado en un punto más alto que cuando a mí me sucedió lo mismo durante la práctica. Bueno, aún estábamos ensayando. Para la representación, la tendrían a punto y funcionando. Me imaginé a Jonathan Snell hijo comprobando como un loco las poleas allí arriba, tirando de cuerdas y cables. Sin duda, se llevaría un buen tirón de orejas de su padre más tarde. Tal vez no había puesto bastante jabón en las cuerdas.

La silla se balanceaba un poco. Jonson hizo callar a los músicos. A lo mejor él podía observar algo desde su posición, frente al escenario, que nosotros no veíamos.

Vi asomarse la cara de sir Philip Blake. Si antes no había sentido miedo, estaba claro que ahora sí. Su boca estaba abierta y su cara, pálida contra el elaborado disco solar que coronaba la silla. Algo no iba bien. La habitación se sumió en el silencio.

Esta silla voladora era el efecto que anunciaba el clímax de la *Mascarada de la paz*. Si funcionaba con suavidad, arrancaría *oohs* y *aahs* de la audiencia. Si se atascaba, provocaría la risa.

Pero había otra posibilidad, una mucho peor que no provocaría ni asombro ni risa. Y fue esa otra posibilidad la que sucedió a continuación.

Con un sonido extraño, parecido al del golpe de un hacha, una de las cuerdas que sostenía la silla se rompió. La silla se inclinó hacia delante y hacia abajo. Sir Phillip habría caído de no haber estado agarrado con firmeza a los brazos de la silla. Era evidente que no le habían atado. Una de sus piernas asomó en el vacío, como si tantease en busca de un apoyo. La silla, perdido el equilibrio, empezó a balancearse de sus tres cuerdas restantes, empeorando la posición de su noble ocupante.

Hubo varios gritos ahogados entre los asistentes pero nadie dijo ni una palabra. Nadie se movió ni un centímetro.

¿Dónde estaban los Snell? Si se encontraban allí arriba, ¿no habían visto lo que estaba sucediendo? Si pudiesen volver a poner en funcionamiento la silla, Blake podría llegar al suelo sin un rasguño. Pero tenían que hacerlo rápido.

Entonces, con un segundo chasquido, una segunda cuerda se rompió. Quiso la mala suerte que fuera la otra de las dos que sujetaban la silla por delante. El efecto inmediato fue que lanzó fuera con violencia a su ocupante.

Ondulándole el traje a las espaldas, los brazos abiertos, la figura de la Verdad se precipitó de cabeza desde su asiento flotante. Fue como si se hubiese lanzado por propia voluntad, en vez de ser arrojado.

Blake no debió tardar ni un segundo en llegar al suelo, pero he vivido horas que pasaron más rápido. Se oyó un crujido horrible, como si un martillo hubiese partido en dos una nuez. Su imponente túnica (decorada con soles que significaban la luz clarificadora de la Verdad) revoloteó en el aire antes de posarse sobre la parte superior de su desdichado cuerpo. Se quedó quieto, con los brazos en cruz. Después de un momento, la sangre empezó a manar por debajo de la túnica.

Me di la vuelta, sintiendo frío y náuseas.

Pensé, podía haber sido Nicholas Revill el que estaba ahí arriba.

El público seguía sin moverse.

Trozos de las cintas doradas que cubrían las cuerdas aterrizaron sobre el escenario. La silla, vacía pero aún sujeta por dos cuerdas, se mecía atrás y adelante como un gigantesco columpio.

Pasó algún tiempo, o eso pareció, antes de que una mujer gritase desde el fondo de la habitación. Me di cuenta que lady Jane Blake había perdido el conocimiento. Su cuerno de la Abundancia de papel y alambre estaba tirado en el suelo junto a ella. La Esperanza y la Resolución estaban como petrificadas.

Luego, con cautela, varias personas se movieron hacia la figura boca abajo mientras otras empezaban a alejarse de ella. Jonathan Snell padre surgió de detrás del telón de fondo. Su cara estaba cenicienta, el serrín destacaba con fuerza en las líneas que la surcaban. Ben Jonson apareció sobre el escenario desde el sitio donde había estado dirigiendo las operaciones. Mi amigo Abel Glaze caminó en dirección al cadáver. Pensé más tarde que ambos, él y Jonson, se habían acostumbrado a ver muertos en el campo de batalla. Snell llegó el primero. Se dejó caer de rodillas junto al cuerpo. El único sonido que se oyó fue el de sus rodillas al golpear sobre las tablas de madera.

Levantó con la mano la túnica que piadosamente ocultaba el cuerpo, pero no vi nada más porque un grupo de figuras me tapó la escena. Se oyeron voces apagadas, rotas. Me situé un poco más lejos.

El accidente no me concernía. Había otros para ocuparse.

Como si nuestras cabezas pensasen como una sola, Jack Wilson me dijo:

–No habrá más ensayos por hoy. Aquí ya no pintamos nada. Sería mejor que nos marchásemos.

–Deberíamos esperar a que maese Jonson nos dispensase –dijo Laurence Savage.

–Tiene otras cosas en mente –replicó Jack.

Un trajín de otro tipo invadió ahora la sala de audiencias. La gente correteaba de aquí para allá, como para compensar su inmovilidad previa, y la habitación se empezaba a llenar de señores y sus asistentes. Ráfagas de españoles aparecieron por varios puntos como salvas de artillería. Algunos de los nobles espectadores tenían tan mal aspecto como debía tener yo, pero en otros era evidente esa atracción por el desastre que late en muchos de nosotros.

Antes de darnos cuenta, nos encontramos fuera, en el jardín de la Casa Somerset. Era una tarde calurosa de agosto. Con todo, estar fuera al abierto era preferible a estar encerrados en una habitación donde acababa de ocurrir una muerte. Entonces nos miramos y nos dimos cuenta de que aún lucíamos los trajes. Podríamos habernos paseado por las calles como Obstinación, Miedo e Ignorancia, supongo, a costa de las risas de unos cuantos. Pero si Bartholomew Ridd descubría que nos habíamos llevado los trajes lejos de allí, recibiríamos una multa sin importar las circunstancias. De todos modos teníamos que recuperar nuestras ropas de calle.

Así que nos dimos la vuelta, regresamos al palacio y dejamos nuestros pertrechos con uno de los jóvenes ayudantes, que estaba confinado en una pequeña antecámara (pequeña para el estándar de la Casa Somerset, aunque mucho mayor que su homóloga en el Globe). El chico, que no había visto el accidente, parecía ansioso por encontrar salpicaduras de sangre del muerto en nuestros trajes y, al no hallarlas, quiso oír una relación detallada de la caída fatal de sir Philip contra el suelo. Laurence le reprendió por su falta de delicadeza y Jack prometió contárselo más tarde. Yo me quedé en silencio porque acababa de ver pasar a maese Ratchett por la puerta abierta. Me alertó el brillo repentino de un jubón rojo. Volvió la cabeza y cruzó la mirada conmigo. ¿Qué estaba haciendo *él* allí?

No conseguí descubrir la razón de la presencia de John Ratchett en la Casa Somerset, pero pronto descubrí que esperaba que trabajase muy duro para ganarme mis próximos tres soberanos. Los acontecimientos habían dado un giro sombrío con la muerte de sir Philip Blake; ahora, daban un giro peligroso.

Ratchett no se esperó a nuestra siguiente cita en la taberna del Barquero Puro: me abordó mientras yo caminaba por el Strand. Me había separado de mis compañeros. La violenta muerte de sir Philip había conseguido que calara el desánimo en nosotros y no teníamos mucho de que hablar. En aquel momento, dudábamos que la *Mascarada de la paz* siguiese adelante. Me di la vuelta para encontrarme con maese John Ratchett, que caminaba a mi lado.

Sabía todo lo ocurrido en la Casa Somerset, me dijo sin más preliminares. Bien, pensé, así no me pediréis otro "informe". Podré librarme de vos.

Pero sabía que aún estaba obligado con él. Me había pagado. Como Judas, acepté mis treinta piezas de plata. O mis seis piezas de oro. Incluso había gastado una parte de ellas (con Blanche, la chica francesa de La Mitra).

Por lo que, cuando maese Ratchett sugirió que yo debería investigar (eso dijo, "investigar") la muerte de Blake, experimenté una creciente comezón. Le dije que había sido un accidente. ¿Qué quería que "investigase"? cualquiera podía darse cuenta de que las cuerdas no eran lo bastante resistentes como para soportar el peso de la silla profusamente adornada y su ocupante. La cuerda más débil se rompió, y a continuación la siguiente, y eso bastó para lanzar al infortunado caballero de cabeza hacia la muerte.

–¡Qué conveniente resulta esta muerte! –dijo John Ratchett.

–¿Por qué lo decís? –pregunté.

–Porque podría tener un efecto desastroso en las negociaciones con España... y eso convendría a mucha gente –explicó Ratchett mientras caminábamos por el Strand.

–Pero la delegación española ya está en Londres y el acuerdo es tan válido como si estuviera firmado, ¿no?

–Ningún tratado vale lo que el papel sobre el que está escrito hasta que no se firma y se sella. La muerte inesperada de sir Philip podría hacer que los españoles se lo pensasen dos veces si les resulta sospechosa.

–No creo que pase eso –apunté.

–O al menos, demoraría el proceso, lo echaría a perder. Es vital asegurarse de que la muerte de sir Philip ha sido tan accidental como parece. Debéis investigar, Nicholas.

–¿Por qué yo?

–Estabais allí cuando sucedió. Conocéis los entresijos de... ¿cómo lo llamáis?... las bambalinas. Podéis hacer las preguntas adecuadas.

–¿Y si me niego?

–¿Por qué ibais a negaros? Se os pagará, quedad tranquilo por eso. Vuestros informes ya están siendo leídos con sumo interés.

–¿Por el Consejo del Reino?

–¿Quién habla del Consejo del Reino?

Me detuve en mitad de la calle. Estuve a punto de echarle las manos al cuello.

–¿Qué está pasando aquí, maese Ratchett?

Clavó en mí sus astutos ojos marrones.

–Nicholas, os habéis equivocado en vuestras conclusiones. Asumisteis que trabajaba para el Consejo del Reino.

–Porque vos lo dijisteis.

–No, *vos* lo dijisteis. Yo no dije nada.

Mi mente estaba demasiado ofuscada para pensar con claridad. ¿No había declarado Ratchett que trabajaba para el Consejo del Reino en nuestro primer encuentro… o había sido yo quien puso esas palabras en su boca? No podía estar seguro.

–Y todo lo que dijisteis sobre el Consejo y la sepia…

–Eso no era una mentira, el Consejo *es* como una sepia, muchos brazos para una sola cabeza.

–¡Además de lo de confundir deliberadamente a aliados y enemigos con su tinta negra, por no hablar de los hombres honestos!

–Calmaos, Nicholas. No tengo nada que ver con el Consejo…

–¡Entonces no tenemos nada de que hablar!

–… pero pertenezco a otro, eh, grupo que está muy interesado en el bienestar de este país.

–¿Cómo puedo creeros? ¿Por qué debería dar crédito a una sola de vuestras palabras?

–Os juro que lo que os estoy pidiendo es algo honesto y honorable. Se trata sencillamente de hurgar en las circunstancias de la muerte de sir Philip.

–¿Y si me niego?

–Le tenéis mucho aprecio a esa pregunta.

Muy bien, pensé. Entonces no diré nada.

Hice ademán de marcharme.

–No os podéis echar atrás ahora –dijo Ratchett con suavidad, moviéndose a mi espalda–. De otro modo, el Consejo podría enterarse de que habéis estado escribiendo informes para un cierto caballero de Salisbury Court.

Me di la vuelta.

–¿Un cierto caballero? ¿En Salisbury Court? No me dice nada, seguís ofuscándome.

–Si queréis entenderlo, solo tenéis que ir y preguntar, Nicholas. Dentro de tres días en El Barquero Puro. Traedme los resultados de vuestras pesquisas.

Y con eso se fueron, él y su llamativo jubón. Podría haberlo estrangulado. Si mi mente había estado revuelta, ahora estaba inquieta. Me había metido en un buen lío y, como el que se mete en arenas movedizas, cualquier intento por salir de allí me hundiría aún más.

Había sido un necio al creer que mis informes a Ratchett sobre los preparativos de la *Mascarada de la Paz* eran por encargo del Consejo del Reino. Un estúpido por sacar conclusiones tan rápido. Muy estúpido. Por lo visto, parecía que trabajaba para otro "grupo". Para "un cierto caballero de Salisbury Court". El lugar no se encontraba lejos de donde Ratchett me había dejado. Quedaba detrás de Temple Bar, hacia el final de la Fleet Street, una zona lo bastante próspera, aún encontrándose próxima al correccional de Bridewell.

Lo más sencillo sería ir allí y preguntar por el vecindario. Estaba cerca y no tendría que llamar a la puerta principal, seguro que podía averiguar quién vivía en Salisbury Court preguntándoselo a alguien.

Resultó ser bastante fácil. La primera persona a quien pregunté me lo dijo. Se trataba de un individuo con aspecto de haber pasado algún tiempo tras los muros de Bridewell. Estaba apoyado (y torcido) contra una pared. No alteró su postura durante nuestro breve intercambio. Repitió mis palabras despacio, como si las masticase:

–¿Salisbury Court?

–Sí. ¿Quién vive allí?

–Pues será el *mesié.*

–¿*Mesié*? ¿Un francés?

No era algo raro. Había mucha gente francesa en Londres (como Blanche, la chica de La Mitra).

–Sí, un *mesié* como ya he dicho. Se llama… esperad… dejadme pensar… se llama…

–A lo mejor esto os ayuda a recordar.

Mi penique vio la luz del día solo durante una fracción de segundo.

–*Mesié* La Boderie se llama. Ahora me acuerdo. Es un nombre francés.

El nombre tampoco me decía nada, por lo que me encogí de hombros.

Mi amigo el torcido dijo:

–La Boderie es el *ambasadé.*

¿*El ambasadé*?

Ah, claro, el embajador.

La Boderie era el embajador de Francia en Londres.

ME HABÉIS PUESTO EN EL SUPLICIO

Me maldije, y mucho. Me había convertido en espía. En parte por gratitud (porque John Ratchett me había salvado de un par de asaltantes junto al río) y en parte por avaricia, me había convertido en espía. O me habían convertido en uno. Cierto, me había dejado manipular al creer que estaba trabajando para el Consejo. Pero eso también era culpa mía. Ratchett decidió no sacarme de mi error, y así dejó que me metiese en un atolladero que me había construido yo solo. Estaba más enfadado conmigo que con él. Y, más que estar enfadado con alguno de nosotros, lo que estaba era asustado.

¿Qué quería La Boderie, el embajador de Francia? No necesitaba preguntármelo, porque la respuesta era sencilla. Si los ingleses estaban a punto de llegar a un acuerdo con sus viejos enemigos españoles, era natural que Francia se preocupase. Sin duda monseiur La Boderie tenía un buen número de ojos y oídos a su disposición en las calles de Londres y dentro de las casas importantes. Querría ser informado con regularidad. Incluso podría querer interferir.

¿Y qué quería Nicholas Revill? La respuesta a esto también era sencilla. Quería salir de una pieza de aquella situación.

Hasta donde me alcanzaba el entendimiento, no tenía otra que seguir las instrucciones de John Ratchett. Esto es, investigar las circunstancias de la muerte de sir Philip Blake. Con suerte, podría presentarle a Ratchett un informe que probase que definitivamente había sido un accidente, por raro que pareciera, y así dar por concluido este asunto. El rechoncho del jubón rojo me tenía a su merced con la amenaza de informar sobre mis actividades de espionaje al Consejo, y mi única defensa sería que lo había hecho sumido en la ignorancia. Ignorancia era mi papel en la mascarada de Ben, pero sabía que no era una buena defensa ante un tribunal.

Era mejor no pensar en lo que podría suceder. Era mejor volver a toda prisa a la Casa Somerset e intentar reunir unas cuantas evidencias con las que montar un "informe" para Ratchett.

No había mucha distancia hasta la Casa Somerset desde el punto en que me encontraba en aquel momento, cerca de Salisbury Court. La tarde (¡con todo lo que había pasado, y el día aún por terminar!) se presentaba caliente y pesada. Mientras caminaba de vuelta hacia el Strand, el sudor me cubrió el cuerpo, en parte provocado por los pensamientos sobre las consecuencias funestas que podría tener el caer en manos del Consejo del Reino. Podían interrogarme. Podían interrogarme en el potro.

Maese Revill, admitís haber proporcionado información al embajador francés. Sois un espía.

¡No sabía a quién se la estaba proporcionando! Pensé que era para la nación, para el Consejo quiero decir.

La ignorancia no es una defensa ante un tribunal. Seguro que lo sabéis.

No le informé de nada importante…

Así que no solo sois un espía, también sois un inútil.

… porque no había nada importante de lo que informar, lo juro.

Eso lo juzgaremos nosotros. Se os pagaron tres libras esterlinas por informe… ¿tres libras por nada? Dadle otra vuelta a ese potro, maese carcelero.

¡No! ¡No! Parad, por piedad. Os diré todo lo que queráis. ¿Qué es lo que queréis escuchar?

¿Qué es lo que queréis decir, maese Revill?

Oí a Giles Cass hacer comentarios sobre los españoles en la taberna de La Sirena, le oí poner en duda las razones para firmar la paz con ellos, pero habla español, ¿saben?, y oí a Martin Barton hacer comentarios sobre la corrupción de la corte, y a un hombre llamado William Inman bromear sobre la paz española, y dijo que vigilaría que no le clavasen puñales por la espalda, y oí a lady Blake…

¿A lady Blake?

Sostuvo una conversación con Jonathan Snell, que es…

Sabemos quién es.

Estuvieron hablando de sillas y caídas.

¿Sillas y caídas?

Sí, sillas y caídas.

Se escuchó un trueno no muy lejano. Si no hubiese estado tan absorto en mis pensamientos sobre el potro y todo lo que confesaría (nunca mejor dicho, todo), habría dado un salto. En lugar de eso, me detuve en seco en mitad de la calle, mientras las primeras gotas de lluvia empezaban a caer con pereza veraniega. Luché por recordar las palabras exactas que habían intercambiado lady Blake y el mecánico durante la conversación que les escuché. *Y luego esto se vendrá abajo*, eso dijo ella apuntando al diagrama, y *Oh, vaya que se vendrá abajo*, contestó él. ¿Acaso hablaban del asiento en el que sir Philip había encontrado su destino fatal apenas unas horas más tarde? ¿Y de qué más podrían haber estado hablando?

Por tercera vez en aquel día, atravesé la puerta del patio de la Casa Somerset, mientras la lluvia empezaba a caer con más fuerza y los truenos sonaban cada vez más cercanos. Un relámpago surcó el cielo mientras cruzaba el impresionante patio y aceleré el paso. Es sorprendente lo sencillo que resulta entrar en una de estas nobles residencias… mucho más de lo que sería entrar en la casa de un campesino. Hay mucha gente que no para de ir y venir, el portero no mostró ningún interés y si a alguien más se le hubiese ocurrido preguntarme qué hacía allí (lo que no suele suceder), le habría despachado con alguna respuesta clásica.

La sala de audiencias donde había tenido lugar el fatal accidente aún estaba abarrotada. Había varios españoles entre la gente. Pero me alivió comprobar que el cuerpo ya había sido retirado. Con toda seguridad, lo habían dejado en alguna de las habitaciones adyacentes, o tal vez ya se encontraba de vuelta en la mansión de los Blake, camino arriba por el Strand. Una tela de hilo estaba extendida sobre la zona del escenario donde sir Philip había impactado. La silla ya no se encontraba colgando sobre nuestras cabezas.

Ben Jonson estaba enfrascado en conversación con Giles Cass. Jonson levantó la vista cuando pasé y, por un momento, no dio señales de reconocerme.

–He perdido algo –dije haciendo un gesto vago.

–Ah, sí –dijo Jonson.

–Todos hemos perdido algo –sentenció Cass–. Se ha extinguido una gran vida.

Asentí con gravedad, como se hace cuando se oye una cosa así, y seguí mi camino. Desaparecí tras el escenario. Todo estaba igual que unas horas antes, cuando trepé por la escalera para mostrarle a sir Philip dónde debía ir. Eché un vistazo al cabrestante con forma de barril que controlaba las cuerdas. De nuevo, me encaramé a la escalera y ascendí. Ya no me preocupaba la altura. Tenía cosas más importantes de las que preocuparme, como por ejemplo un interrogatorio a manos del Consejo del Reino.

En el exterior, los truenos retumbaban alrededor de la Casa Somerset.

Por alguna razón, había esperado encontrar vacía la plataforma sobre el escenario pero había dos figuras en el lado más alejado. Los Snell, padre e hijo. Como Jonson y Cass allá abajo, estaban hablando con seriedad. A un lado de ellos, se encontraba la silla vacía, que habían izado desde abajo. Estaba más oscuro que antes sobre la plataforma flotante. Más que verlo, sentí el rayo que iluminó la sala de audiencias.

Los dos hombres se giraron al oír crujir las tablas bajo mi peso.

–¿Quién va?

–Nicholas Revill, el actor.

–¿Qué queréis? –preguntó el padre.

–He perdido un anillo. Era de mi padre. Debería estar por aquí, seguro. Subí antes del ensayo con sir Philip… para mostrarle el camino.

–Ah, erais vos quien lo acompañaba, ¿verdad? –intervino el hijo en un tono más amistoso que su padre.

Simulé que buscaba algo por el suelo.

–No encontraréis nada con tan poca luz –dijo Jonathan padre. Una de las lamparillas de aceite parpadeaba junto a sus pies. La tomó y por un momento pensé que se disponía a ofrecérmela, pero en vez de eso padre e hijo se situaron alrededor de la silla desde la que sir Philip había caído. Hablaban en susurros mientras los truenos rugían allí fuera. Me puse a gatas y busqué un anillo que nunca iba a encontrar puesto que se encontraba a salvo en mi habitación de Thames Street.

–Y yo te digo que lo ha sido –oí decir al hijo.

–No. No puedes decirlo con esa ligereza –apuntó el padre.

–Enséñaselo a *él*. Veamos qué dice –contestó el hijo.

–¿A él? ¿Por qué?

–Nick –llamó el joven Jonathan por encima de su hombro–. Echadle un vistazo a esto.

Crucé la plataforma. Con ayuda de la lámpara de aceite, padre e hijo examinaban no la silla, sino una de las cuerdas que debía aguantarla y que estaba rota. El hijo sostuvo el final de la cuerda cerca de la luz y la examinó intencionadamente a través de sus anteojos. Tuve la clara sensación de que el padre no se sentía muy feliz con lo que hacía su hijo.

–No veo qué es lo que… –dije, mirando el extremo de la cuerda.

–La han cortado, Nick.

–Pero no en *este* punto –dijo el padre, asiendo la cuerda con una de sus manos de largos pulgares y señalando con la otra unos ramales rasgados de cáñamo–. Aquí no la han cortado. Esto está deshilachado. Ha cedido.

–Ha cedido debido a la tensión, padre –dijo Jonathan, volviendo a coger el extremo de la cuerda. Su voz sonaba emocionada–. Mirad, Nick. Se puede ver muy claramente. Este ramal ha sido cortado a propósito... y este ramal... y también este otro... todos en el mismo lado. Cortados con un cuchillo.

Comenzó a deshacer el extremo de la gruesa cuerda, y exhibía un trozo de fibra detrás de otro. No soy ningún experto, pero había bastante diferencia en el modo en que algunos ramales terminaban limpiamente mientras que otros parecían haber sido desgarrados. Como si estuviese ansioso por convencerme, el joven Jonathan Snell se levantó y pasó por encima de la barandilla. Sus lentes relucían con la luz. Sujetándose a la estructura principal con una sola mano, alcanzó con la otra la cuerda que colgaba en el vacío, de la que pendía la silla cuando se rompió. Snell era tan ágil como un mono. Ahí teníamos a uno que soportaba bien las alturas. Luego recogió la segunda cuerda rota y la trajo de vuelta al diminuto círculo de luz. Después de examinarlas un momento, movió la cabeza asintiendo.

–Aquí presenta el mismo dibujo. Algunos ramales cortados, el resto dejados porque el peso los haría ceder. Esto demuestra astucia. Si hubiesen cortado demasiados, la silla habría caído enseguida. Si hubiesen cortado menos, las cuerdas habrían aguantado sin romperse. Sir Philip habría llegado al suelo sano y salvo.

Un trueno resonó sobre nuestras cabezas, como si quien tuviese control sobre tamaños efectos en el cielo mostrase su dominio sobre el tiempo dramático. Los Jonathan Snell y yo nos quedamos en silencio mientras las implicaciones de las palabras del más joven se asentaban. Llevado por la emoción, él apenas parecía darse cuenta de esas implicaciones, y había dicho que la manipulación demostraba "astucia", casi con admiración.

–¿Quién haría algo así? –pregunté.

Estaba impresionado y también lo estaba, en apariencia, Snell padre.

–Hijo, ten cuidado. Estás diciendo que sir Philip fue asesinado a traición.

–Mira las evidencias.

–No es tan fácil como eso.

–¿Pero acaso no ves, padre, que si la cuerda fue cortada a propósito la culpa no es nuestra? Sí, es terrible que sir Philip haya muerto, terrible, pero no tenemos nada que ver. No somos responsables. Estas pruebas lo demuestran.

–No seas necio, Jonathan –le recriminó su padre–. ¿Quién era el responsable de esta zona? Tú. ¿Por qué sir Philip no estaba sujeto a la silla?

–Porque los cinturones no estaban listos, padre, lo sabes. Tú estabas aquí con él mientras lo acomodaban en la silla, yo estaba en aquella parte.

–Si se acusa a alguien de… asesinato a traición… será a ti –dijo el padre, casi con ferocidad–. La idea es un disparate. Debes olvidarlo. Asume que fue un accidente. Es absurdo afirmar otra cosa… solo pensarlo es incluso peligroso.

Casi se habían olvidado de mi presencia. Como testigo mudo y aterrorizado, podía entender la lógica en el argumento de cada uno de ellos. El del hijo era un argumento tal vez cruel, pero es una respuesta natural ante un desastre intentar que la culpa vaya a parar a otro lugar. Pero en este caso, alejar la culpa significaba convertir un accidente en un asesinato. Y el padre también tenía razón. Si la muerte de sir Philip resultaba ser lo que él llamaba un "asesinato a traición", la primera persona a la que investigarían las autoridades sería a la que estaba al cargo de la plataforma flotante: Jonathan Snell hijo.

–No creo que *esto* fuese un accidente –dijo el hijo, sosteniendo en alto uno de los extremos de cuerda.

–¿Y a quién acusas entonces, Jonathan?

–No sé quién es el culpable.

–Entonces recuerda que mientras apuntas con un dedo, el resto apuntan hacia ti.

El razonamiento hizo mella en el hijo, o la imagen de los dedos en cualquier caso. Se calmó.

–¿Qué vamos a hacer? –dijo.

Sentí ver a estos dos hombres tan desvalidos. El hijo me parecía un aprendiz inteligente y honesto, mientras que el padre era un individuo muy imaginativo, enamorado de sus poleas y de sus cabrestantes.

–Caballeros –les dije–, tengo una sugerencia.

Un rato después, descendí de la plataforma suspendida, dejando a los Snell aún ocupados en recoger la silla y las cuerdas. Creo que les convencí para que siguiesen mi plan por el momento. Llamarlo "plan" tal vez fuera hacerle un favor, pero no pude pensar en nada más ya que "el momento" fue todo lo que tuve. Y también era un momento lo que tenía antes de presentarle mi informe a John Ratchett.

Giles Cass y Ben Jonson se habían marchado ya. También la tormenta se alejaba. Caminé por el escenario y miré hacia el lugar donde sir Philip Blake se había estrellado de cabeza. Aún estaba cubierto con una tela pálida de lino que presentaba una mancha carmesí en el centro. No la levanté para mirar debajo. Ahora me parecía evidente que Blake había encontrado la muerte por medios no naturales. Dos de las cuerdas que sujetaban el trono de la Verdad habían sido manipuladas, apenas cabía la duda en ello. Delataban una experiencia y un cálculo que apuntaban a un asesino ingenioso. Sí, ingenioso, porque de no ser por los agudos ojos de Snell hijo, podría haber sido tomado por un accidente.

Dejé la sala de audiencias. Nadie me preguntó el por qué de mi presencia en la Casa Somerset. De hecho, estaba extrañamente silenciosa. Con anterioridad me había preguntado si el cuerpo de sir Philip seguiría aquí, o si ya lo habrían trasladado a su propia casa. Ahora, al pasar junto a una estancia anexa, comprobé que aún no había regresado al hogar. La habitación no era magnífica, era apenas una antesala. Una forma no identificable estaba tumbada en una mesa. No identificable pero fácil de reconocer, si vuestras mercedes me entienden. Sir Philip había sido cubierto, con muy poca ceremonia, con la túnica del disfraz que vestía al fallecer. A Dios gracias, su cabeza seguía cubierta. Los soles en miniatura que evocaban a la Verdad, que estaban cosidos a la túnica y hechos de láminas de metal, capturaban la luz de un puñado de velas dispersas por la habitación.

Casi sin pensarlo, entré en la pequeña cámara para presentar mis respetos.

No había cruzado con aquel hombre muchas palabras, y habían sido suyas más que mías, pero siempre me pareció alguien agradable. Vaya, incluso me había preguntado si estaba emparentado con los Revill de Norfolk.

Entré en la habitación y me quedé helado en el umbral. Había dos figuras, una de hombre y otra de mujer, que se encontraban en un extremo del improvisado féretro. Estaban abrazados. En un primer momento, asumí que la pena embargaba a ambos. Escuché unos suaves gimoteos y unos gemidos ahogados que llegaban desde allí. No se habían dado cuenta de mi presencia. Volví a salir de la habitación.

Mientras me abría camino por corredores y recibidores hacia el aire libre, me pregunté qué estaba haciendo lady Blake con su cuerpo enlazado al de Bill Inman.

Recordé cuando era un niño y me deslicé por las escaleras de la parroquia para evitar cruzarme con los adultos después de un servicio religioso (que, en retrospectiva, debía tratarse de un funeral) para descubrir a la viuda entregada a los placeres de la carne para mitigar su pena con el hermano de su difunto marido. Tal vez hay algo en la pérdida de un ser querido que nos hace abrazar con furia la vida. Igual que lady Jane abrazaba al secretario de su marido, y el cadáver de este aún estaba caliente a su lado. ¿Pero no podía haber sido un abrazo inocente, de dos personas que se consuelan con total inocencia? A lo mejor. Pero yo no olvidaba el diálogo que había espiado entre lady Blake y Snell padre sobre una silla "viniéndose abajo" y cómo se habían reído como chiquillos de aquel asunto. La idea de que lady Blake podía acoger con agrado la muerte de su marido ya había entrado en mi cabeza. Ahora, siguiéndola de cerca, aparecía la de que podía haberla causado ella.

Si encontrármela con Bill Inman había sido un descubrimiento casual, el siguiente paso en mis investigaciones era intencionado. Sugerí a los Snell, qué cosas, que yo podía llevar a cabo una pequeña investigación extraoficial sobre las circunstancias que habían rodeado la muerte de sir Philip Blake. Más o menos, la tarea que Ratchett ya me había impuesto. Era Jonathan Snell hijo el que creía que Blake podía haber sido "asesinado a traición", mientras que su padre había intentado convencernos de que era un accidente. Mientras cada uno de ellos siguiese empecinado en defender su versión, era posible que un ojo más frio e imparcial pudiese descubrir algo que ellos fueran incapaces de ver.

Por supuesto, sopesé la idea de que el padre podría haber estado involucrado en la muerte de sir Philip. Eso explicaría sus risitas culpables con lady Blake, su empeño por mantener que se trataba de una terrible desgracia. Su hijo había dejado caer que era el padre quien había estado en la galería ayudando a sir Philip a acomodarse en la silla fatal mientras que él, el hijo, por lo visto se encontraba en el otro lado. Cierto, Snell padre no tenía aspecto de asesino, ni siquiera de cómplice de asesinato, pero si todo villano luciese en el rostro su villanía como un distintivo, la vida sería mucho más sencilla y las cárceles se encontrarían aún más llenas, si cabe… y no habría más misterios que resolver para mí y vuestras mercedes.

Casi en un aparte, pregunté al hijo si había visto a alguien más allí arriba, en la galería. Se golpeó las lentes por respuesta.

–Soy bueno en distancias cortas, Nick, pero no tanto en las medias y para qué hablar de las largas. Podría haber subido cualquiera, y luego marcharse, sin que yo me diera cuenta, sobre todo si esa persona pretendía no ser visto.

–No tiene por qué haber subido nadie –dijo el padre, entrometiéndose.

–¿Cuándo se usó la silla por última vez? –dije–. Me refiero, cuando funcionaba correctamente.

–Yo mismo la usé esta mañana –dijo Snell padre.

–Yo vi a mi padre descender en ella. No hubo ningún problema con los aparatos.

–Habían cedido un poco las cuerdas, te lo dije en ese momento –replicó el padre, aún deseoso de demostrar que era un accidente.

También descubrí gracias al hijo que dos o tres artesanos de su taller habían estado en la plataforma flotante justo antes y durante el ensayo de la *Mascarada de la paz*. Tal vez ellos podrían decirme si había subido algún visitante a la galería. Jonathan consultó con su padre y este me dijo, reluctante en apariencia, que al menos dos de ellos, a quienes se refirió solo como Ned y Thomas, solían encontrarse en algún momento de la tarde en la Línea y Compás, una cervecería de la Fleet Street que frecuentaba la flor y nata de los artesanos.

Por fortuna, todo se encontraba a un tiro de piedra. Me apresuré a llegar a la Línea y Compás, con la esperanza de encontrarme con Ned y Thomas. No estaban allí (como descubrí pronto) pero en su lugar, me crucé con Martin Barton, el pelirrojo dramaturgo satírico. Me pregunté qué estaría haciendo allí, con la de tabernas que hay en Londres, y entonces recordé que vivía en la vecindad.

Él no me había visto. Al comprobar que el pequeño grupo con el que se hallaba era de trabajadores, también recordé su extraño comentario sobre que había más honor y honestidad en el pulgar de un artesano que en todo el cuerpo de un poderoso. Asumí entonces que su sátira sobre la corte (como todas las sátiras) era una impostura. Esto es, que el satírico anhelaba en secreto las mismas cosas que condenaba. Tal vez no era el caso de Barton, que parecía creer lo que decía, y por lo tanto estaba confraternizando con los artesanos como antídoto contra reyes y reinas.

Estaba a punto de escabullirme de la cervecería cuando él me vio. Demasiado tarde. Me atrapó con un movimiento de su brazo y me arrastró hasta el banco, sentándome a su lado. Barton ya llevaba ingeridas unas cuantas pintas. Estaba describiendo los hechos acaecidos esa tarde, la caída fatal de sir Philip Blake. No lo hacía con el tono respetuoso que la gente asume cuando se habla de la muerte de alguien, aunque solo lo conociesen de pasada. Al contrario, parecía divertirse relatando la manera en que las cuerdas se habían desgarrado y Blake fue lanzado de tal modo que aterrizó sobre su cráneo. De hecho, Barton dejaba ver de manera implícita que algo así se merecía el noble caballero por haber cometido el crimen de ser, en fin, noble. Por como asentían y sonreían los hombres de la mesa (observé que en su mayoría eran jóvenes y musculosos), Martin Barton había encontrado una audiencia receptiva.

Debí hacer un movimiento involuntario sobre mi asiento en el banco. Barton lo interpretó como una objeción a sus palabras.

–Vaya, Nicholas Revill –dijo–, ¿eso quiere decir que vos los miráis con buenos ojos? La opulencia y la podredumbre juntas. El palacio y el puesto entre los lores.

–Si tuviese tantos medios como ingenio, podría comprarme el mundo –respondí, evitándole con una vieja frase. La verdad, Martin Barton no era una persona con la que discutir cuando estaba ebrio.

–Bien, pues no es así, amigo mío –dijo Barton–. Si no habéis nacido siendo uno de ellos y no podéis comprar vuestra posición, entonces lo mejor que puede hacer uno es arrastrarse en pos del palacio y el puesto entre los lores. Como Ben Jonson.

–Eso no es justo –le dije, olvidando mi primera intención de no discutir–. Jonson no es el perro de nadie.

–Os digo que Ben Jonson debería haber seguido los pasos de su padre y convertirse en albañil, como aquí el joven Verney.

Barton alzó su vaso hacia un musculoso individuo frente a él que, de manera incongruente, le devolvió un guiño al dramaturgo.

–Sin pretender ofender a los albañiles –afirmé–, yo os digo que si Jonson hubiese seguido en ese oficio, el mundo habría salido perdiendo.

–No, el mundo saldría ganando porque al menos tendríamos algo en lo que apoyarnos. Podéis apoyaros en una pared, pero no en una pila de papeles –dijo Barton–. Hay una pared por esta zona, en algún sitio… en Lincon's Inn, ¿no?… ¿Dónde está, Verney?

–En la parte de atrás hacia Holborn, Martin –dijo el joven albañil.

–Esa misma, en la parte de atrás. Jonson construyó esa pared, eso dicen –afirmó Barton–. Os digo que preferiría que maese Ben construyese otra pared antes que escribiese un libro entero de nuevas obras.

Se escucharon gruñidos de aprobación del círculo de bebedores, y alguien hizo el comentario obvio de que el papel solo era útil para una cosa, y no se refería a leer o a escribir. Me pregunté cómo podía Martin Barton estar tan a sus anchas con semejante compañía. En aspecto, en educación y prácticamente en cualquier otra cosa, estaba mucho más cerca de Jonson que de cualquiera de aquellos hombres, con sus cuerpos rotundos y sus amplias manos.

–No debo dejar que Jonson os oiga decir eso, maese Barton.

–No le tengo miedo a nadie.

–Ya sabéis que mató a un hombre en duelo.

–Matar a un hombre es una minucia. Librarse del castigo es lo que cuenta.

Pensé en las cuerdas cercenadas de la mascarada en la Casa Somerset. ¿Quién lo sabía? Solo los Snell y un servidor… y quienquiera que les acercó el cuchillo en primer lugar.

–Vine buscando a dos de los hombres que trabajaban en la plataforma de la que sir Philip cayó. Ned y Thomas son sus nombres. Me dijeron que suelen venir por la Línea y Compás.

–¿Por qué?

–Porque les gusta, asumo.

–¿Por qué los estáis buscando?

–Porque, maese Barton, perdí una anillo que pertenecía a mi padre sobre la plataforma y me preguntaba si alguno de ellos no lo habría recogido por casualidad.

La respuesta pareció satisfacer a Barton.

–Conozco a Ned Armitage –dijo otro de los jóvenes–. Estará en el taller de los Snell.

–¿Y dónde está el taller?

–A mitad de camino por Three Cranes Lane, a la izquierda.

–Bien, pues me voy a buscarlo.

–Quedaos a beber con nosotros, Nicholas Revill –dijo Barton.

–No tengo sed.

–Dadle un beso de mi parte a maese Ben cuando lo veáis –dijo Barton cuando ya la había dado la espalda. Sus acompañantes se rieron.

Estaba encantado de volver a la calle. La tormenta del mediodía se había desvanecido y en su lugar me encontré con una tarde clara, limpia del polvo del verano. Las calles ya se estaban secando. Three Cranes Lane se encontraba de camino a casa de la señora Buckle. Echaría una ojeada por si alguno de los aprendices estaba allí, dispuesto a contarme si había visto algo en la galería sobre el escenario. Tendría que proceder con cautela. De momento, la historia del anillo perdido de mi padre había funcionado bien.

Mientras caminaba, pensé en lo que Barton había dicho de Jonson, lo de que hubiese sido preferible que no abandonase la albañilería. Barton descendía de una familia más próspera que la de Jonson (incluso fue a una escuela de juristas durante un tiempo), por lo que era fácil atribuir los comentarios al simple esnobismo. Pero también existían celos entre Jonson y él. Pese a que Martin se había apuntado un tanto con *El hombre de la melancolía*, no cabía duda sobre cuál de los dos era un autor más sustancial en todos los sentidos. La envidia y los celos son la laguna en la que los dramaturgos (y el resto de escritores, por lo que yo sé) nadan, chapoteando sin alegría. Ya que si Martin Barton estaba celoso de Ben Jonson, a su vez Ben Jonson envidiaba a William Shakespeare.

Al igual que el resto de nosotros, Jonson estuvo presente en una tragedia auténtica en la Casa Somerset, pero era incapaz de escribir una tragedia teatral ni por salvar su vida. Una pieza reciente de nombre *Sejanus*, que la King's Men había llevado al escenario, resultó ser merecedora del nombre de tragedia solo por la manera en que fue recibida. "Desastre" sería una palabra más apropiada. Convencido de su propia corrección, Jonson pensaba que la audiencia era idiota por no apreciar como debía su obra. Para terminar de arreglarlo, solo tenía que mirar al viejo Bill Shakespeare produciendo comedias y tragedias con la misma facilidad, abarrotando la platea casi con cualquier producto de su pluma y al tiempo recibiendo el aplauso de la corte real. Para un hombre tan orgulloso y susceptible como Jonson, aquello tenía que ser mortificante.

Su actitud hacia su propio apellido mostraba cuán susceptible podía llegar a ser. Había quien afirmaba, con una cierta perversidad, que su nombre de familia era el muy común entre ingleses *Johnson*, escrito con una "h", y que Ben (demasiado sofisticado para aceptar semejante mediocridad) había decidido dejar de lado la hache para destacar por encima de la gente ordinaria. Aunque no puedo afirmar que sea cierta esta historia, recordé entonces una ocasión en la que nuestro tenedor de libros Geoffrey Allison había recibido una buena bronca en público por atreverse a escribir *B. Johnson* en la parte exterior de un pergamino que contenía una de las partes de Ben. En confianza, pienso que Allison lo hizo a propósito.

Mientras, yo ya había llegado a Three Cranes Lane. Es un callejón que discurre hacia el río y termina en unas escaleras del mismo nombre que dan a un muelle. Hay tres sólidas grúas en el muelle que sirven para transportar los barriles de vino a un almacén construido en piedra que se conoce como la Vinatería, pero creo que el negocio del vino ya no es lo que solía ser por estos lares, tal vez como resultado de la peste. También hay una taberna al principio del callejón que se llama Los Tres Canes, en una muestra del ingenio de su dueño, cuyo cartel adornan tres perros pintados. La taberna estaba tranquila. La mayor parte de su actividad tenía lugar con los estibadores, durante el día.

Una bocanada de aire fresco subió desde el río por el callejón. Hacia la mitad de Three Cranes Lane, en el lado izquierdo, había una casa (más bien, un pequeño almacén) con un patio cerrado por muros. Había pasado por allí varias veces pero nunca antes me había dado cuenta del olor a madera recién cortada que se deslizaba por encima de los muros como el aroma de las flores de un jardín. Ahora, el olor me resultaba tan obvio que me pregunté cómo no me había dado cuenta antes. Había una puerta en el muro que tenía echado el pasador. La abrí.

Debía ser el sitio correcto. En el patio, había montones cuidadosamente apilados de madera junto con un objeto lleno de radios y cubierto con una lona que tenía la forma, pese a ser más pequeña, del cabrestante que había visto entre bastidores en la Casa Somerset. Dos carros descansaban juntos en una esquina. El patio empedrado tenía una ligera pendiente, siguiendo la inclinación del callejón. En el extremo más elevado, se alzaba una especie de almacén cuyas ventanas superiores, encaradas hacia el sur, habían sido ensanchadas para permitir que entrase más luz. Sobre las ventanas sobresalían unas vigas con garfios que tenían el aspecto de manos retorcidas y deformes. Servían para subir y bajar materiales. Imaginé que también este lugar, antaño, habría servido para almacenar y vender vino. Las juntas de los adoquines mostraban manchas de un color púrpura oscuro. Siglos atrás, los barriles de vino vacíos se limpiaban de posos en este patio. Vino de Francia, tal vez de Bordeaux, como Blanche, la chica de La Mitra.

Tenía la sensación de ser un intruso. Por alguna razón, no quería encontrarme de nuevo con los Snell. Por lo que sabía, padre e hijo aún se encontraban en la Casa Somerset, estudiando minuciosamente las pruebas del "accidente" o "asesinato", llámenlo vuestras mercedes como quieran. ¿Habría alguien en el taller? Pensé en llamar a voces. Tenía mi historia preparada por si la necesitaba, la del anillo perdido. Estaba a punto de creer que era cierta.

Caminé por el patio y me asomé por las ventanas de la planta baja. Las ventanas eran pequeñas y algunas estaban sin cristales. Esta planta contaba con un único espacio abierto y era evidente que se usaba para el almacenaje de cosas revueltas. Había una especie de orden dentro del desorden, ya que los artículos del mismo tipo estaban colocados juntos, aunque sin orden ni concierto. Pude distinguir más vigas de madera, y rollos de cuerda y de cadenas, junto con lienzos de tela a medio pintar y una profusión de cubos y tinas manchados de pintura, así como pedazos oscuros de maquinaria. Mi corazón dio un brinco cuando me di cuenta de que había una figura con la cabeza enterrada en un montón de lonas. Me bastaron unos segundos para darme cuenta de que no era una persona real, sino un maniquí, seguramente usada por los Snell para probar sus máquinas. Sin embargo, mi corazón seguía latiendo con fuerza.

Había unas puertas dobles en mitad del edificio, lo bastante grandes como para permitir el paso de un carro. Una de las hojas estaba entreabierta. Golpeé con los nudillos y me aclaré la garganta. Asomé la cabeza. Ni un sonido. Retiré la cabeza del umbral. Me quedé allí de pie, sin saber bien qué hacer. Esperé a que mis latidos recuperasen la calma. Alcé la vista. Las vigas y sus garfios grotescos se proyectaban contra el cielo límpido del atardecer. Además de la sensación de allanamiento, empecé a experimentar una creciente comezón.

Me deslicé por la puerta abierta. Llamé en voz más alta.

–¿Ned? –grité–. ¿Thomas? –grité también–. ¿Hay alguien?

No esperaba una respuesta, y no la hubo.

Frente a mí había un hueco de escalera que ascendía hasta el techo. Había cuerdas colgando en su interior. De un modo parecido a lo dispuesto provisionalmente en la sala de audiencias de la Casa Somerset, había una galería hasta la que se llegaba por unas desvencijadas escaleras. Junto a ellas, había una empinada rampa de madera cuya superficie había sido pulida por los miles de barriles que habían rodado sobre ella… o los miles de culos de aprendices que por ella se habían deslizado.

Sorteando los diversos materiales que invadían el suelo me abrí paso hasta la base de las escaleras. Tuve la incómoda sensación de estar siendo observado y casi pillé de improviso al maniquí mirándome desde su montón de lonas, aunque su cara caída no presentaba rasgo alguno. No era muy real, más bien algo entre un espantapájaros y un maniquí, pero sí lo bastante para mí en la penumbra y la quietud del almacén.

Subí por las escaleras, que crujían bajo mi peso. En la parte superior, había una trampilla que se abría a la rampa y que funcionaba con un mecanismo de palanca. Al pasar más allá, me encontré frente a un conjunto de pequeñas estancias que aparecían unas tras otras, como en un panal de abejas. Realzaba esta impresión el aroma dulce que las invadía, tal vez de la pintura, o de la cola, o del jabón. Este era el sitio donde los Jonathan Snell y sus trabajadores daban los retoques finales a los escenarios y los efectos, donde daban forma a las nubes y las olas, donde daban brillo al sol, engrasaban las manivelas, construían las sillas voladoras y demás. Estas habitaciones estaban tan desiertas como la planta baja.

O al menos, eso pensé hasta que llegué a la última. Esta era un poco mayor que las anteriores. Me topé con una bonita vista de los tejados y, al fondo, el río. Una vista por la que un mercader hubiese pagado sus buenas monedas. Los utensilios de carpintería colgaban de unos ganchos de la pared, cepillos, sierras y martillos. Un largo banco de carpintería, que en su parte inferior alojaba sólidas banquetas, estaba frente a la ventana. Una de las banquetas estaba ocupada. Había un hombre sentado en ella, desplomado sobre el banco de carpintería. Su espalda estaba arqueada y sus brazos se estiraban hacia delante, como si se inclinase ante un poder desconocido. Con el corazón nuevamente dando saltos en mi pecho, me forcé a acercarme. La cabeza del hombre estaba girada en mi dirección. Tenía los cabellos grises enmarañados. Pero lo primero que vi fueron las líneas rojas, brillantes y frescas que se deslizaban sobre el lado vuelto de su cara.

¿OH, QUIÉN ES RESPONSABLE DE ESTOS HECHOS?

Y lo siguiente que vi fue el pincel, manchado de rojo, que el hombre sostenía en su mano derecha extendida. Entonces mis ojos se giraron hacia un cofre de tamaño medio con una tapa curva que ocupaba una esquina de la habitación. La pintura de la tapa aún estaba húmeda. El hombre de los cabellos grises abrió un ojo. Creo que no me vio de buenas a primeras. Pero cuando lo hizo, se incorporó con un gesto brusco y casi se cayó de su banqueta. Tenía salpicada de pintura roja no solo la cara, sino también la pechera de su camisa, que ya lucía todos los colores del arco iris.

Expliqué rápidamente quién era yo y qué hacía en el taller. Sentía mucho molestarle, le dije, pero estaba buscando un anillo que había despistado esa tarde en algún lugar de la zona del escenario de la Casa Somerset, tal vez en la galería. Un anillo que no tenía valor alguno para otra persona que no fuese yo, pues al haber pertenecido a mi padre lo quería recuperar. Le expliqué que había llamado, que abajo no había nadie, que había subido por las escaleras para cerciorarme, y todo lo demás.

Ned Armitage (ya que era uno de los hombres que había estado presente en la plataforma flotante) estaba ligeramente avergonzado de que lo hubiese sorprendido echándose una siestecita, pienso. Tal vez creyó que informaría de su conducta a Snell padre. Estaba cansado, me contó, y muy agitado por los terribles sucesos de la tarde. Aquel pobre hombre precipitándose hacia la muerte. Una terrible desgracia. No había ni un indicio en sus palabras de que pensase que no se había tratado de un accidente. Pero incluso en el peor de los días, el tiempo vuela, siguió Ned. Aún quedaba trabajo por hacer, como ese cofre o baúl de teatro que tenía que estar pintado y listo para las ocho de la mañana del día siguiente. En mitad del trabajo, había ido a coger algo del banco y entonces, superado por una súbita fatiga, tuvo que sentarse un momento. Lo siguiente que recordaba era que yo estaba allí, mirándole. Volví a disculparme por darle un susto y le expliqué que, por un momento horrible, le había tomado por muerto debido a su quietud y a las franjas de rojo que le recorrían el lado de la cara.

Había sido un día aciago, dijo él, limpiándose con los dedos la mejilla, y ese era un estado en el que no le importaría que los demás creyesen que estaba. Pero no, él no había encontrado ningún anillo en la galería sobre el escenario y estaba muy seguro de que su compañero Tom Turner tampoco había recogido ninguno. Me encogí de hombros, como si la cosa no fuese para tanto después de todo, y me sentí un poco culpable por soltarle este camelo a un hombre honesto como Ned. Sin embargo, y con el pretexto de querer agotar cualquier posible vía, le pregunté si había visto a alguien más subirse a la plataforma flotante antes o durante el ensayo, además de sus jefes los Snell y sir Philip Blake.

Sí, mucha gente, dijo. Todos tenían curiosidad por ver cómo funcionaba la silla. Aunque no se les hubiese perdido nada allí, todos querían echar un vistazo entre bambalinas. Los hombres y mujeres que participaban en la mascarada pensaban que tenían derecho a pasearse por cualquier lugar detrás o sobre el escenario. Habían subido por la escalera, habían estado tirando de las cuerdas y las poleas y en general, se habían convertido en un fastidio. El problema residía en que la mayoría de ellos eran nobles, sires, lores y damas, y no era fácil decirles que se fuesen al infierno.

¿Le había llamado la atención alguno en particular, de todos aquellos sires, lores y damas?

Ned Armitage se rascó la cabellera gris. Se frotó la barbilla y esparció aún más por su cara la pintura roja. Se quedó pensando. Luego procedió a enumerar a los individuos, o a algunos de ellos, que le habían llamado la atención en la galería. Tenía buen ojo, tal vez debido a que su oficio así lo requería. Y también buena memoria.

La pobre lady Blake, la reciente viuda, había estado allí arriba, dijo, y también otra mujer que la acompañaba. Luego habían subido otras dos personas, una con una blusa o un jubón rojo, y una que destacaba por su pelo rojo. Y otro individuo que debía ser el que hacía el papel del Mar en la mascarada, o algo por estilo, porque estaba cubierto de algas y conchas que sonaban cuando caminaba, y aún un cuarto hombre que portaba una lámpara decorativa y vestía una túnica decorada con ojos pintados. También subió una mujer estúpida que vestía toda de verde y una muy bella que era extranjera y no iba muy cubierta. Y otros más, todos metiéndose por medio y convirtiéndose en un peligro para su propia integridad y la ajena, pese a que él no podía llamarles al orden. Tal vez uno de todos ellos había visto mi anillo perdido.

Le di las gracias a Ned Armitage. Me sentía tan agradecido hacia él como si realmente hubiese visto la herencia de mi padre y estuviese a punto de recuperarla. La luz empezaba a atenuarse en el taller de la planta superior y Ned estaba deseoso de continuar y terminar su trabajo de pintar el cofre de rojo.

Hice ademán de darle la mano. Él extendió la suya y entonces vio que sus dedos estaban manchados de rojo. El mismo color que seguía adornándole la cara en listas. Metió su mano izquierda en un bolsillo y sacó un trozo de tela blanca muy limpio. Estaba a punto de limpiarse la mano cuando hizo una pausa y lo miró. Lo desdobló y lo examinó con cuidado.

–¿Sucede algo? –pregunté.

–No he encontrado vuestro anillo –respondió–. Pero recogí esto allí arriba y me lo guardé en el bolsillo. Se me había olvidado. Es un pañuelo.

Levantó la pieza de tela. Era una delicada obra de artesanía, decorada con un bordado rojo. Se lo llevó a la nariz.

–Por el encaje, es de una mujer… y por el olor. Demasiado bonito para esto –afirmó, mostrando su mano derecha manchada de pintura roja.

–Dejad que me encargue yo –sugería–. Creo saber de quién puede ser.

(¿Qué importaba una mentira más, cuando el hecho que me había llevado al taller en esa tarde también era falso?).

Ned me lo entregó con presteza, y yo estreché su mano, haciendo caso omiso a la pintura roja.

Estaba a punto de marcharme cuando le pregunté con curiosidad:

–Ese cofre de teatro que estáis pintando, ¿para qué es?

–Para que se esconda una mujer dentro.

–¿Una mujer?

–Un muchacho, quiero decir.

–¿Es para nosotros?

–Vos estáis con la King's Men, ¿cierto? No, este es para la Worcester's Men, la compañía del teatro Curtain. Tengo entendido que una mujer debe esconderse en el interior. No me preguntéis por qué. ¿Quién sabe por qué ocurren ciertas cosas en el escenario? Yo solo me ocupo de los accesorios.

Dándole las gracias de nuevo a Ned Armitage, volví sobre mis pasos, abandoné el taller y salí por el patio a Three Cranes Lane.

Anduve pensando en sus palabras, "Yo solo me ocupo de los accesorios". Me habría gustado saber el nombre de la obra en la que el cofre rojo iba a ser un accesorio, igual que me habría gustado saber por qué una mujer iba a esconderse dentro. No es que fuese necesaria una razón importante. Las razones y los motivos, sobre el escenario, suelen dejarse a un lado. En el teatro, es la idea la que resulta sugestiva, la idea de una mujer escondida en un cofre. Da lo mismo si huye de un violador, o si tiene la intención de deslizarse fuera al amparo de la noche y verter veneno en la boca abierta de su marido infiel y durmiente, apenas tiene importancia por qué se encuentra allí. Hay una mujer (más bien un muchacho) dentro de un cofre rojo, eso es lo que le importa a la audiencia. Pero, pensé, si Ned Armitage no sentía curiosidad por los detalles de nuestra profesión, tampoco la sentía yo (o podía decirse que los ignoraba) sobre los detalles de la suya.

Ned había sido muy útil, de todos modos, y más tarde, ya de vuelta en mis aposentos en casa de la señora Buckle, intenté organizar la información que me había proporcionado.

Si las sospechas de Jonathan Snell hijo eran ciertas, entonces alguien había cortado, a propósito y con mucho tino, parte de las dos cuerdas que sostenían la silla *deus ex machina*, sabedor de que cuando el aparato tuviese que soportar el peso de un cuerpo, las cuerdas se romperían y el ocupante sería lanzado por los aires.

Tendría la apariencia de un accidente. Si no hubiese sido por el observador Jonathan, aún seguiría teniéndola. Los cortes en las cuerdas debieron hacerse poco antes de que empezase el ensayo, de otro modo existía el riesgo de que alguien examinase la silla o las cuerdas (digamos uno de los Snell, o Ned Armitage, o Tom Turner) y detectara algo fuera de lugar. A menos, por supuesto, que uno de estos cuatro hubiese manipulado las cuerdas. No convenía olvidar que, por encima de todo, eran los que se encontraban en la mejor posición para hacerlo.

La cuestión primordial era que si sir Philip había sido asesinado, y en modo tal que el asesinato parecía un accidente, ¿entonces quién era el responsable?

Tal vez la respuesta a un "porqué" me llevaría a la respuesta del "quién".

Ahora obraba en mi poder una suerte de catálogo de las personas que habían estado en la galería en el momento previo a la muerte de sir Philip. No fue muy difícil recordar la lista que Ned Armitage me proporcionó, lo que me costó más fue inventar motivos y razones que justificasen que cualquiera de ellos pudiese querer ver muerto a un individuo que parecía tan inofensivo. Fue más costoso, pero no imposible.

En primer lugar, estaba lady Jane Blake. La mujer que la acompañaba debía ser Maria More, que hacía de doncella de la Abundancia en la *Mascarada de la paz*. No sabía mucho de la señorita More, excepto que se oponía con firmeza a la prohibición que pesaba sobre las mujeres de subir a un escenario. Pero eso difícilmente podía pasar por un motivo adecuado para asesinar a alguien.

El caso de lady Jane era diferente. William Shakespeare me había dicho que había frialdad entre marido y mujer. ¿Eran solo habladurías? ¿O sería cierto que estaban deseosos de librarse el uno de la otra? Muchas mujeres serían felices por verse libres de sus maridos, sin duda, y viceversa. Pero eso no quiere decir que sean capaces de cometer un asesinato. Por otra parte, estaba el diálogo que yo había escuchado en la mansión de los Blake, el que tuvo lugar entre lady Jane y Snell padre. *Y luego esto se vendrá abajo*, dijo ella. *Oh, vaya que se vendrá abajo*, le contestó él. ¿Estaban refiriéndose a la silla voladora que lanzó a su marido a la muerte? Yo diría que sí. Y si no era así, ¿entonces qué era eso que les provocaba las risitas y sobre lo que mantenían un celoso secreto? ¿Era esta la razón de que Snell se hubiese mostrado tan reluctante a escuchar las sospechas de su hijo sobre que se trataba de un asesinato, porque había estado conspirando con ella para matar a sir Philip?

Luego Ned hizo referencia a dos caballeros que estuvieron en la galería, uno con una blusa o jubón rojo y otro con el pelo del mismo color. Imaginé que el pelirrojo sería Barton. Después de haber visto su comportamiento en la cervecería Línea y Compás, no podía decirse que la pena por la muerte de Blake le resultara insoportable. De hecho, parecía divertirse bastante con ella, como algunos encuentran divertidos los desastres. Además, a Barton no le gustaba Ben Jonson. Afirmaba que habría sido mejor para el mundo si el dramaturgo hubiese continuado siendo albañil. A Barton no le gustaba (mejor, odiaba) la corte y todo lo que tuviese que ver con ella. Lo único que había en ella era corrupción y decadencia. Este pensamiento era bastante común entre los escritores satíricos, y su hostilidad gruñona hacia una amplia porción del mundo había quedado muy clara en su obra *El hombre de la melancolía*. Barton, con sus delgadas piernas y su lengua afilada, prefería los honestos pulgares de los artesanos. Pero nada de esto lo convertía en un asesino. ¿En qué modo le habría beneficiado la muerte de sir Philip? Solo en que la muerte interrumpió la mascarada de Ben, eso seguro, tal vez incluso ponía fin a sus posibilidades de representación, y eso debía ser grato para Barton. Pensé en la laguna de celos en la que chapotean los dramaturgos.

El caballero que lucía la blusa o jubón rojo podía haber sido uno de los señorones españoles, los que parecían llevar la cabeza sobre una ensaladera. En el ensayo, los señorones se presentaron con sus mejores galas, vistiendo de blanco y oro con algo púrpura en la parte superior. Pero John Ratchett, que me había convertido en espía con sus engaños, también vestía un jubón rojo. Lo vi al poco de producirse el "accidente" en la Casa Somerset. ¿Estuvo también cuando se produjo? Me había dicho que sabía lo que sucedió. Si estaba a sueldo de Francia, entonces tenía motivos más que obvios para tratar de impedir que Inglaterra y España sellasen la paz. Una muerte inexplicable podía arrojar sombras sobre la empresa y, si no detenerla de golpe, por lo menos ralentizarla. Pero si era Ratchett quien estaba detrás de la muerte de sir Philip, ¿entonces por qué había insistido en que yo investigase las circunstancias en torno a esa muerte? Tal vez para distraer la atención del papel jugado por él en la tragedia, o para descubrir si alguien más albergaba sospechas al respecto.

¿A quién más había mencionado Ned Armitage en la relación de visitantes de la plataforma?

Fue muy sencillo identificar al otro par de mujeres. La mujer estúpida vestida de verde era con seguridad lady Fortune, luciendo su traje de la Esperanza. Y la que era muy bella, extranjera e iba poco cubierta no podía ser otra que doña Luisa de Mendoza, la Paz española.

Luego estaba William Inman, el secretario y mano derecha de Blake, encargado de interpretar al Océano en la mascarada. Como el resto, se había subido a la galería cubierto de las algas y conchas de su traje. Tal vez iba a la caza de doña Luisa, con la intención de clavarle su tridente. Bill Inman tenía aspecto de campechano e inofensivo. Pero apenas una hora después de la muerte de su señor y en presencia del muerto, lo había descubierto achuchándose con la viuda. ¿Estaban unidos por la pérdida... o por la perdición? Si la lujuria era la respuesta, entonces estábamos ante una de las razones más viejas del mundo para quitar a un marido de en medio. Bill Inman y lady Jane podían haber conspirado, tal vez ayudados por el ingeniero Snell, para librarse del molesto marido. Sería un trato desigual, sobre todo si terminaba en matrimonio. Pero es cierto que todos los días se hacen tratos desiguales. También recordé que lady Blake provenía de una familia mucho más humilde, con un padre apotecario. Por lo que ya sabía ella lo suyo de tratos desiguales, aunque en la unión con Blake hubiese obrado en su favor.

Solo quedaba otra figura que Ned Armitage había identificado como presente en la galería. Llevaba una linterna decorativa y una túnica cubierta de ojos pintados. Reconocí la descripción de la figura de la Sospecha en la mascarada. Los ojos sobre la túnica se explican por sí mismos. La Sospecha porta una lámpara porque siempre está husmeando en los rincones y en las acciones de los hombres. El papel de la Sospecha había sido interpretado por Giles Cass.

No podía llegar hasta el fondo con Cass. Era alguien fuera de mi alcance. Lo había visto y oído conversando con los señorones de las gorgueras en la lengua de los españoles. Hizo un comentario ingenioso cuando me quedé atascado en la silla suspendida durante el primer ensayo. Pero en apariencia se mostraba hostil hacia el acuerdo con los españoles, o en cualquier caso desconfiado. ¿No había dicho en la taberna de La Sirena, ante Jonson y el resto de nosotros, que no podía entender, ni por lo más sagrado, por qué se negociaba la paz con nuestros viejos enemigos? No me lo había creído mucho entonces, y pensé que hablaba así con la intención de provocarnos. William Shakespeare, que parecía saberlo todo de todos, había dicho de él que era una veleta. Dijo que Cass tuvo conexiones con Walter Raleigh antes de transferir su lealtad del lado de Robert Cecil. No, antes de girar hacia Cecil. Dudaba de que Cass fuese leal a alguien. Siempre se ponía del lado donde el viento soplaba con más fuerza. Pero era en Raleigh en quien yo pensaba ahora.

Sir Walter.

El león en la Torre.

Raleigh debía haber visto el espectáculo o al menos debió oír el ruido de la delegación española desfilando por el río unos días atrás. Como prisionero privilegiado de la Torre, disfrutaba de un asiento de primera fila. Excepto que, lejos de disfrutar con esta pacífica Armada, debía haberlo herido en lo más vivo.

Raleigh fue una vez el hombre más odiado de Londres. Se decía (con cuánta exactitud, eso no lo sé) que se había quitado la pipa de la boca y había escupido el humo a la cara del conde de Essex cuando este último iba de camino al patíbulo. Essex había sido el gran favorito de los londinenses, hasta que los llamó a su lado para que lo secundasen en el peligroso negocio de la rebelión, por lo que cualquier enemigo de Essex también lo era de ellos.

Pero la gente es voluble. Cuando le llegó el turno a sir Walter Raleigh de ser acusado de traición y conspiración con España, se sintieron admirados del modo en que el noble se defendió de las acusaciones que le llovían. Y, siendo francos, no creo que muchos de nosotros creyésemos que Raleigh hubiese conspirado *con* España, sino solo en su contra. Se mostraba apasionado en sus ataques a ese país. Por lo que cuando Raleigh fue condenado al terrible castigo de ser destripado y descuartizado (que implicaba que le sacasen las entrañas y que le cortasen sus partes íntimas, lanzándolas al fuego ante sus ojos justo antes de que su cabeza fuese cercenada), hubo un cierto desasosiego entre la gente. Y así, el sabio rey Jacobo conmutó a Raleigh la macabra pena y le permitió vivir en paz en el confort de la Torre, la misma en la que Essex encontró la muerte bajo el reinado de Isabel. Tal vez fue el propósito del nuevo rey, en todo momento, mostrar que *su* justicia podía dulcificarse con la misericordia.

Sir Walter tenía a sus seguidores, que ahora eran más numerosos que nunca. La llegada de los españoles a nuestra ciudad no había sido el suceso más popular del año. El humor de los londinenses en el Támesis aquella tarde no lejana había sido expectante y curioso, pero no cálido ni acogedor. ¿Y si Giles Cass aún seguía dedicado a la causa de Raleigh, o lo que es lo mismo, a la causa antiespañola? ¿Dedicado hasta el punto de decidir, con o sin dirección, que convenía arruinar las posibilidades de paz entre las dos naciones? Mirándolo así, la complicidad de Cass con los españoles debió ser una farsa para dar la impresión de que estaba de su lado. Mientras, planeaba la muerte de Blake a espaldas de todos. Podría haber conseguido un mayor efecto cargándose a uno de los principales actores ingleses del tratado (el propio Robert Cecil, o el conde de Nottingham), pero hubiese sido mucho más arriesgado que atentar contra la vida de un sencillo cortesano. Por otra parte, el asesinato de Blake (si era cierto que así murió) sucedió en la mismísima residencia de la reina Ana, en su ausencia pero justo en las narices de los españoles. Era un mal augurio. ¿Y si quedaban otros peores por llegar…?

Eso era lo que tenía. La lista de individuos que estuvieron en la galería en algún momento de la tarde fatal incluía a lady Blake y Maria More, lady Fortune y doña Luisa de Mendoza, William Inman, Giles Cass y John Ratchett (a lo mejor) o uno de los españoles (posiblemente). Además, también estuvieron los Snell, padre e hijo, junto con Ned Armitage y Tom Turner, y seguramente algún otro trabajador del taller de los Snell.

Era posible que hubiese habido más gente en la galería que Ned Armitage no hubiera visto o hubiera olvidado. Yo mismo estuve allí un momento, escoltando a sir Philip. En resumen, si se trataba de un asesinato, la lista de los que habían tenido la oportunidad de cortar la cuerda no terminaba en los anteriormente citados. Por otra parte resultaba… interesante… que sin estrujarme mucho los sesos, pudiese pensar en algún motivo por el que cada uno de ellos podría (y solo *podría*) haberse alegrado de quitar de en medio al inofensivo cortesano.

No había ninguna evidencia de esto, quitando las cuerdas cortadas. Si es que habían sido cortadas. A propósito. Estarán de acuerdo vuestras mercedes en que se requiere mucha experiencia para ser tan preciso, ¿no? Cortar las cuerdas lo justo para que aguanten bajo el peso combinado de la silla y sir Philip durante unos momentos, antes de ceder a una distancia suficiente del suelo como para asegurar la muerte del noble en la caída. Seguro que se requiere una mano experta, como la de uno de los Snell. ¿Sería capaz de hacerlo una mujer? Si alguien guiaba su mano femenina, podría. Recordé de repente el pañuelo que Ned Armitage encontró en la galería y que yo me había quedado, diciéndole que sabía a quién podía pertenecer.

Lo saqué de mi bolsillo. Estaba hecho de hilo y mostraba un acabado exquisito adornado con puntos de encaje rojo. Me lo llevé a la nariz. El aroma principal era de agua de rosas, pero ocultaba un olor a almizcle más oscuro. El pañuelo de una dama. Me pregunté si pertenecería a lady Jane, o tal vez a doña Luisa de Mendoza, la dama española cuyo nombre ya sonaba a esencia. ¿Cómo debía sentirse uno devolviéndole un pañuelo a una bella dama española? Casi la escuchaba darme las gracias con su español áspero y lleno de jotas.

Estos agradables pensamientos se vieron interrumpidos por un gemido débil que vino de fuera. Con el tiempo me acostumbraría a los paseos nocturnos de la señora Buckle. Las visiones de su difunto marido la arrastraban fuera del lecho. Este se le aparecía vagando por la casa, fuese subiendo las escaleras o girando una esquina.

Abrí la puerta. Mi casera estaba, como la vez anterior, en el piso de abajo. Sostenía una vela, pero esta vez no estaba sola. No me refiero al fantasma, sino a su hija Elizabeth, que estaba a su lado, susurrándole al oído y tirando de ella para que volviese a la cama. La madre parecía reacia a moverse y Elizabeth la agarraba del brazo, arrastrándola de vuelta al dormitorio.

Volví a entrar en mi habitación. Había algo en la escena que acababa de presenciar que me era familiar, pero no pude averiguar qué.

HE AQUÍ UNA CARTA, ESTABA EN EL BOLSILLO

Pese a la muerte de sir Philip, la *Mascarada de la paz* de Ben Jonson siguió programada para su escenificación al cabo de dos días, poco después de la declaración formal y la firma del tratado en Whitehall. Supimos que Jonson había recibido confirmación de las altas instancias (del ministro Cecil, en otras palabras) de que no había motivo para suspender la representación en la Casa Somerset. Se consideraría un tributo al cortesano fallecido. El cuerpo de sir Philip descansaba en la mansión de los Blake, en el Strand. Sería transportado a la casa de campo de la pareja, donde se le enterraría en el panteón familiar. (Ninguna de estas grandes familias se conforma con una sola mansión, tienen que tener por lo menos dos). De todos modos, con cadáver o sin él, en el asunto de la mascarada el orgullo nacional estaba en juego. Formaba parte de las celebraciones que festejaban el nacimiento de la paz. Cancelarla hubiese significado mostrar dudas sobre la validez de esa paz.

La muerte de Blake era oficialmente accidental. Por lo visto, las sospechas sobre su naturaleza se limitaban a las mentes de Jonathan Snell, hijo y Nicholas Revill, actor. La complicación residía en que Ratchett me urgía a informarle de mis descubrimientos. De todos modos, ¿qué le debía yo a Ratchett? Estaba a sueldo del embajador francés (e, indirectamente, yo también). Si le dijese, como pensaba hacer, que no había descubierto nada digno de mención, entonces tendría que conformarse con eso, ¿no? A no ser que hubiese sido él quien provocó el "accidente".

De todos modos, siguiendo esta lógica, cuando le dijese que no había nada sospechoso, que la caída de sir Philip se había debido a la mala fortuna, la mano de Dios, y todo lo demás, Ratchett estaría satisfecho de no haber sido descubierto. ¿Funcionaba esa lógica? No pude saberlo, mi pobre cerebro no podía soportar ya tanta lógica.

Y en el supuesto de que fuese un asesinato, ¿acaso estaba yo obligado a descubrir al culpable? No, decidí, no tenía ninguna obligación, o al menos no era lo más urgente. Mi primera responsabilidad era para conmigo mismo, tenía que salir del embrollo en el que me había metido.

Había un par de partes involucradas a las que tenía que informar de la muerte en la Casa Somerset. William Shakespeare, por ejemplo, me había pedido que le contase cualquier cosa "perjudicial" que sucediera durante los preparativos de la mascarada. Una muerte violenta parecía bastante perjudicial.

Por supuesto, W.S. sabía de lo ocurrido pero me hizo volver a contarle la historia, interrumpiéndola para preguntarme en algunos momentos.

–¿*Fue* un accidente, Nick?

–Supongo. Cierto es que tuvo toda la apariencia de serlo.

–¿Crees que no lo fue?

–No, pero...

–¿Pero?

–Jonathan Snell hijo piensa que las cuerdas que sostenían la silla podrían haber sido cortadas de tal modo que sir Philip estaba condenado a una muerte segura. Pese a todo, su padre dice que son tonterías.

–Snell padre sabrá lo que dice, pienso –dijo W.S..

–Creo que es un hombre honesto –contesté.

Tal vez se escondía una pregunta detrás de mi afirmación. Y de hecho, me interesaba conocer la opinión que Shakespeare tenía de la honestidad de Snell. Pero el dramaturgo se limitó a decir:

–¿Honesto? Sí, yo también lo creo.

–En cierto modo, William –confesé–, el accidente no fue culpa nuestra sino de, eh, los mecanismos de la mascarada. O de la mano de Dios.

–La mano de Dios volcando la *deus ex machina*, ¿eh? Ese es el problema de estos artefactos, Nick, que te lanzan al vacío cuando menos te lo esperas.

–O que te dejan colgado en mitad de un descenso.

–Puede. Es mucho más sencillo confiar en los complementos, los trajes vistosos y las palabras escogidas. Y en un poco de sangre. Dejemos que la audiencia componga el resto del cuadro en sus cabezas.

Sabía que W.S. no era partidario de emplear estos instrumentos modernos en el escenario. De todos modos, era lo bastante inteligente para entender que había en la audiencia a quienes les gustaban y que, al menos en una mascarada, eran esenciales.

–Dijisteis una vez que sir Philip y lady Blake se mostraban fríos –dije, volviendo al asunto que tenía en mente–. ¿Os referíais… a qué os referías exactamente?

–Nick, ¿no sabes que sir Philip estuvo en la vanguardia de la rebelión de Essex? Tuvo mucha suerte de no ser llamado a interrogatorio. Cecil debía tener las manos llenas con piezas más importantes.

–Vi al ministro Cecil hablando con sir Philip el día que llegaron los españoles a la ciudad –dije–. Debe haberle perdonado.

–El ministro puede perdonar, pero no olvida.

–¿Y esto qué tiene que ver con sus relaciones con su mujer? Me refiero a Blake. Cecil no irá detrás de lady Jane, ¿no?

Robert Cecil, pese a su peculiar aspecto (algunos dirían su fealdad sin tapujos), tenía una cierta fama entre las mujeres.

–Para nada –contestó Shakespeare–. Lady Jane estaba furiosa con su marido por haberse arriesgado tanto en lo que respecta a Essex. Tal vez esa furia se debiese al amor.

–¿No había nadie más de por medio?

–Nick, sigues demostrando que callas más de lo que dices. Cuéntamelo.

–Pensé que tal vez ella sintiese, eh, cierta debilidad por William Inman.

–¿Inman? No lo creo. Como Jonathan Snell, es un hombre honesto por lo que sé. Inman era muy leal a su difunto señor.

Tan leal como para montárselo con su viuda apenas una hora después de la muerte del marido, pensé, aunque no dije nada. También me preguntaba, visto que el dramaturgo parecía estar tan bien informado en lo tocante a los habitantes de la casa Blake, por qué me había pedido que investigase sobre ellos. Tampoco me sorprendía que los conociese tan bien. A través del conde de Southampton, W.S. estuvo en contacto con el círculo que rodeaba al desdichado Essex. Si sir Philip Blake había estado en la vanguardia de ese círculo, no era sorprendente que W.S. lo conociese, y a la gente de su entorno. Observador cuidadoso de las personas, almacenaba impresiones y personajes para usarlos más tarde. Al menos, asumí que así era. Es lo que yo haría si fuese un dramaturgo.

Regresamos a la Casa Somerset para el último ensayo. El anterior, claro está, fue abandonado antes de su conclusión. Presidió la ocasión un sentimiento solemne, que se explicaba con facilidad. Los miembros de la casa de sir Philip lucían bandas negras en los brazos y ninguno de nosotros se sentía inclinado a celebrar con chanzas la recién firmada paz. Cualquier extraño, a la vista de semejante escena, habría concluido que las preparaciones marchaban mal, pero que muy mal. Si no hubiese estado acostumbrado a la atmósfera en el teatro Globe antes de cada representación (el pánico controlado, las decisiones de último minuto), me habría preguntado cómo íbamos a estar en condiciones de presentar nuestra *Paz* en dos días. Pero estaríamos a punto. Siempre lo estamos. No solo se trata de que la función deba continuar. Para eso, la función debe antes empezar.

Una vez más, nobles y plebeyos llenaban la sala de audiencias de la Casa Somerset. Estaban presentes los españoles y también un grupito de españolas, así como unos cuantos extraños que se encontraban allí, sin duda, con la esperanza de ver a otro hombre sufrir una caída fatal o algún desastre por el estilo.

El propio Ben Jonson se hizo cargo de la peligrosa parte de la Verdad. Tal vez pensó que nadie más estaría dispuesto a subirse a la silla voladora, pese a que los Snell aseguraban sin parar que el mecanismo había sido revisado varias veces. Nunca podrá decirse que a Ben le faltaba valor.

Yo estaba esperando ver a la viuda, lady Jane. Para ser honesto, sentía curiosidad por ver cómo guardaba el luto. Pero cuando la vi, me sentí avergonzado de haber dudado de ella. Su cara estaba arrasada por el dolor. Tenía profundas bolsas bajo los ojos. Resultaba de lo menos apropiada para el papel de la Abundancia aún cuando, después de ser maquillada, los mayores vestigios quedaron ocultos. Sin embargo, parecía determinada a seguir adelante. Su asistente, Maria More, se mantenía cerca en todo momento.

En algún momento, durante una pausa en la acción, me acerqué a ellas con el pañuelo en la mano. Ambas ya me conocían a esas alturas.

–Perdonadme, mis señoras, pero he encontrado esto hace poco. ¿Os pertenece a alguna de las dos?

–¿Eso es sangre? –dijo lady Jane nada más ver el pañuelo.

–¿Esto? Oh, no, es el diseño. El bordado, ¿veis?

Lady Jane cogió el pañuelo y lo examinó. Supongo que, a primera vista, los puntos rojos podrían parecer sangre. De todos modos, la pregunta no dejaba de ser curiosa.

–Vaya, me parece que es tuyo, Maria.

–No lo creo, mi señora.

–Sí lo es, estoy segura de que te lo di yo.

La señorita More miró el pañuelo con detenimiento por primera vez.

–¿Dónde lo encontrasteis, maese Revill? –preguntó.

–Allí arriba, en la galería.

Hice un gesto hacia atrás. Estábamos de espaldas al escenario. Maria More volvió a mirar el pañuelo y luego sacudió la cabeza.

–Pensé que era uno que lady Blake me regaló hace poco. Es muy parecido, pero no es este. Tomad.

Me devolvió el pañuelo. Creí detectar un gesto de aflicción cruzando por la cara de la mujer de más edad. Lady Blake se alejó en el mismo momento en que William Inman, con su atuendo de Océano, vino hacia aquí para hablar con ella. Se enfrascaron en un diálogo serio y susurrado. Los observé por el rabillo del ojo. Por mucho que Shakespeare hubiera dicho que Inman era un hombre honesto y leal a su difunto señor, resultaba difícil no pensar que había un cierto "entendimiento" entre este hombre y la mujer.

Tal vez Maria More también lo pensase, porque tuve la sensación, por lo que dijo a renglón seguido, de que intentaba distraer mi atención de la pareja que hablaba en voz baja.

–¿Ya habéis encontrado el motivo?

–¿El motivo?

No sé por qué, pero pensé que se refería a la muerte de sir Philip Blake. En vez de eso, como dejó claro con rapidez, hablaba de la prohibición que impedía a las mujeres actuar en un teatro. Esa vieja discusión. Aunque no le preocupaba en realidad, solo hablaba para captar mi atención.

Entonces se acercó más y habló como una hermana. Era una graciosa doncella para la Abundancia.

–Mirad aquí, Nicholas, lleváis el traje abierto. Dejad que os lo cierre.

Llevaba mi oscuro traje de Ignorancia, que tenía una apariencia rústica y se cerraba a un lado mediante cordones. Con sus dedos fuertes y ágiles, Maria More aseguró los cordones sueltos.

Sus manos parecían necesitar su tiempo para hacerlo y yo no puse ninguna objeción.

–¿Os gusta interpretar a la Ignorancia?

–Cualquier papel es útil para un actor, ya sabéis. Tomamos lo que haya.

–Así que un día sois un campesino y al siguiente, un obispo.

–O un asesino –dije, y añadí rápidamente–, o un rey.

¿Eran imaginaciones mías, o apretó con más fuerza los cordones cuando dije "asesino"?

–Debe ser divertido hacer de otra persona, olvidarse de uno mismo –dijo ella.

–Oh, seguimos siendo actores incluso cuando hacemos de nosotros mismos –dije con aire de suficiencia.

Se quedó en silencio durante un momento mientras se inclinaba hacia delante para cerrar con un lazo el traje. La doncella de la Abundancia tenía por sí misma abundantes cualidades. Me pregunté si mi comentario filosófico sobre actuar haciendo de uno mismo la habría impresionado tanto como a mí. Pero fue evidente que no.

–Eso que acabáis de decir es una tontería, Nicholas –dijo ella, irguiéndose de nuevo–. Ya está. Ya no tenéis el traje abierto.

–Gracias, Maria. No por decirme que digo tonterías, sino por componerme el traje.

Sopesé la posibilidad de rimar "apuesto" con "descompuesto" (no alcen las cejas vuestras mercedes, que muchos escritores ya lo hicieron, incluyendo a Shakespeare), pero pensé que era muy probable que no fuese bien recibida. Ni las bromas ni las grandes palabras inspiradas por musas parecían susceptibles de funcionar con aquella mujer.

Ella sonrió. Yo le devolví la sonrisa. Sin resentimientos. Luego Maria fue a reunirse con su señora, que para entonces ya había terminado de hablar con Bill Inman.

Había algo que no marchaba como debía en todo esto, algo que no podía precisar bien. No tenía que ver con la atmósfera inevitablemente solemne de la sala de audiencias y el hecho de que hubiera muerto un hombre la última vez que habíamos ensayado la mascarada. Eché una ojeada a la habitación mientras continuaba la pausa en la acción (Ben Jonson y los músicos discutían con intensidad) y vi a la mayoría de los que Ned Armitage me dijo que estuvieron en la galería poco antes de la muerte de Blake.

Allí estaba Martin Barton, el escritor satírico y pelirrojo de piernas cortas, ataviado de Poesía y Drama. Tenía el brazo alrededor del hombro del joven albañil con el que le había visto en la taberna Línea y Compás. Se llamaba Verney, ¿verdad? Me pregunté qué pretexto habría empleado Barton para conseguir que su amigo pasase ante los guardianes de la Casa Somerset, pero luego reflexioné que en este palacio entraba cualquiera. Y me maravillé por el descaro de Barton. El éxito de *El hombre de la melancolía* debía habérsele subido a la cabeza, por lo que disfrutaba alardeando de sus gustos peligrosos en casa de la reina, tal vez con la creencia de que era invulnerable.

En otra parte de la sala se encontraba la deslumbrante doña Luisa de Mendoza, poco vestida, y la mucho menos deslumbrante lady Fortune, vestida de verde esperanza. Y también estaba el atildado Giles Cass, disfrazado de la Sospecha. Portaba su elaborada linterna para hurgar en los rincones oscuros de las vidas de los hombres y se envolvía con la túnica que decoraban los ojos pintados. Como muchos actores no profesionales, Cass debía disfrutar disfrazándose. Este antiguo seguidor de Raleigh estaba de nuevo en entretenida conversación con los dos señores españoles a los que John Ratchett había identificado por mi descripción. Uno era un conde, recordé, y el otro un abogado, el que tenía la cara cetrina y ojos de halcón. De toda la gente que había en la sala, de quien yo más sospechaba (no sin motivo) era de Cass.

Mientras miraba a mi alrededor, alguien me agarró del brazo. Me di la vuelta y me encontré con los anteojos de Jonathan Snell hijo.

–Maese Revill, Nick, ¿qué tenéis que contarme? ¿Habéis encontrado ya ese anillo que perteneció a vuestro padre?

No, solo un pañuelo, le respondí, sacando al tiempo el objeto femenino y mostrándoselo. ¿Sabía él a quién pertenecía? Snell negó con la cabeza. En cuanto al anillo, proseguí, era posible que no lo hubiese perdido en esta sala, después de todo. Entonces le detallé con una larga explicación cómo, después de visitar su taller en Three Cranes Lane y gracias al buen oficio y a la buena memoria de Ned Armitage, habían salido a la luz los nombres de los que estuvieron presentes en la galería poco antes de la muerte de sir Philip. Estaba a punto de decirle que, si aún sostenía su teoría de que había sido un asesinato, era posible encontrar motivos para que la mayoría de ellos lo hubiese cometido, pero Snell agitó los brazos con impaciencia.

–He cambiado de idea, Nick. No estaba en lo cierto. Definitivamente, fue un accidente.

–Pero estabas muy seguro de que las cuerdas que sujetaban la silla habían sido manipuladas.

–Mi padre tiene una vista mucho más aguda, pese a estos –dijo Snell, golpeándose las lentes–. Mi padre tiene mucha más experiencia. Por lo general, mi padre tiene razón.

Dijo esto en un tono derrotado, lo que me resultó curioso y me impidió creerle por completo. Un indicio de esto debió mostrarse en mi cara. Estaba a punto de añadir algo cuando un individuo de cabellos largos y barba de varios días, vestido de artesano, le dio un tirón en la manga.

–Tu padre te llama.

Jonathan pareció un poco alarmado.

–De acuerdo, Turner. Dile que voy enseguida.

–Dice que ahora.

Mientras el peludo personaje (que presumí se trataba de otro miembro de la cuadrilla del taller, Thomas Turner) se llevaba casi en volandas al hijo, mi desasosiego crecía. Había estado cerca de creer que la muerte de sir Philip había sido un accidente, pero ahora me resultaba cada vez más obvio que fue un asesinato. La vehemente negación de Jonathan me decía que era muy posible que pensara lo opuesto.

El resto del ensayo prosiguió sin mayores acontecimientos. Ben Jonson descendió convertido en la Verdad y puso su sello sobre la amistad perpetua que desde entonces existiría entre Inglaterra y España. No parecía inquieto en la silla voladora, y nadie hubiese dicho por su expresión que un hombre había hallado la muerte en ese mismo artefacto apenas dos días antes. La reina Ana, por supuesto, estaba ausente del ensayo, pero el resto de los participantes se encontraba allí, y todos recordaron sus versos y sus pasos aún cuando los recitasen y ejecutasen de manera mecánica.

El aspecto más inquietante del día fue lo que descubrí al ir a la antecámara que había sido habilitada como vestidor. Me saqué mi rústica túnica de Ignorancia y me puse mis ropas de diario. Mientras me vestía, descubrí una nota en el interior del bolsillo de mi jubón.

Me he vuelto precavido con las notas que me dejan para que las encuentre. No son algo nuevo para mí. Siempre son tentadoras y por lo general, llevan una invitación a meterse en problemas. Pero esta llevaba la firma, o al menos las iniciales, de alguien a quien conocía.

J.S. Jonathan Snell.

Decía: *No puedo contaros más ahora. Venid al patio en Three Cranes Lane a las nueve. J.S.*

¿Se meterían vuestras mercedes en problemas si los invitasen? ¿O harían una pelota con la nota y la lanzarían a un rincón de la habitación, para luego poner todo su empeño en olvidar que la encontraron?

Así pues, ¿cómo pudo ser que por segunda vez en una tarde de agosto me encontrase de camino hacia Three Cranes Lane? ¿Estupidez, tal vez? ¿Imprudencia? ¿Necesidad de llegar hasta el fondo de este chocante asunto?

La segunda vez fue muy similar a la primera. El cielo estaba limpio y su amplitud se veía apenas teñida por los primeros signos de la noche. La taberna con el cartel de los tres perros seguía encontrándose en la esquina de la calleja. Había tanto silencio como en un cementerio. La brisa fresca subía desde el río. Y allí estaba yo, de pie junto a la puerta del patio de los Snell.

Como la vez anterior, estaba abierta. Como la vez anterior, los objetos del patio estaban apilados cuidadosamente. Pilas de madera, el cabrestante envuelto y las dos carretillas una al lado de la otra. Atravesé el patio y empujé una de las puertas dobles. La planta inferior tenía el mismo aspecto y el mismo olor que la vez previa. Todo, menos un baúl o cofre rojo que se encontraba a un lado de la entrada. Lo reconocí, era el accesorio teatral que Ned Armitage estaba pintando cuando visité por primera vez el taller de los Snell. Me dijo que era para la compañía Worcester's Men. Actuaban en el viejo teatro Curtain en Shoreditch. El propósito del baúl, recordé, era esconder a un actor en su interior. Seguro que lo habían pintado de rojo para que atrajese la atención del público. Rojo para indicar peligro y para destacarlo.

Cada vez se volvía más oscuro el interior del taller. Llamé sin esperar que hubiese respuesta, y no la hubo. El sitio parecía estar vacío. Alargué una mano cuidadosa hacia el baúl, como si la pintura aún estuviese fresca. Estaba seca. Había un asa en la tapa. El cofre estaba vacío con toda probabilidad, ¿por qué necesitaba yo abrirlo? Lo necesitaba, sin más. Tiré del asa y la tapa se abrió. Me asomé al interior. Fue como si las sombras al acecho se precipitaron desde la galería superior. Un zumbido invadió mis oídos.

Hecho un ovillo en el interior del cofre, había un cuerpo. Estaba de costado, con las rodillas contra la barbilla y los brazos envolviendo las piernas, como si se apretara en busca de una comodidad definitiva.

Retrocedí. El cofre yacía en la oscuridad creciente, con su tapa abierta como una boca monstruosa. Tuve una oportunidad. Podría haberme marchado, a la carrera, del taller. Podría haber pretendido que nunca estuve allí. O podía informar del descubrimiento al alguacil y dejar que las autoridades se hiciesen cargo. No albergaba ninguna duda respecto a cuál era el modo de proceder de manera responsable.

Sin embargo, me decantaba más por salir corriendo.

Primero, aún así, tenía que asegurarme de una cosa.

Después de todo, ya era la segunda vez que descubría un cadáver en el taller de los Snell.

Avancé de nuevo hacia el cofre al tiempo que templaba mis nervios para inspeccionarlo con serenidad. Era difícil distinguir algo. La cabeza estaba envuelta en la oscuridad del rincón del baúl. Me incliné hacia delante y palpé el cuerpo enroscado. Me sorprendí de su blandura. La posición del cuerpo, con los brazos alrededor de las piernas y la cabeza vuelta hacia un ángulo del baúl, hubiese sido imposible de mantener por mucho tiempo para una persona viva. Pero no se trataba de una persona viva, ni tampoco de un muerto.

El cuerpo que había en el baúl era el de la figura (mitad espantapájaros, mitad maniquí) que me encontré la primera vez al asomarme por el ventanal del taller. Un vistazo confirmó que ya no se encontraba sobre el montón de lonas. Alguien lo había colocado dentro del baúl. Los Snell debían usarlo para experimentar con los varios dispositivos y mecanismos que construían en el taller. La verdad es que podía sustituir a una persona en la mayoría de situaciones. Si se querían comprobar las dimensiones de un cofre, bastaba con doblar el maniquí y meterlo dentro. Al contrario que un actor, no protestaría, ni contestaría de malos modos, ni pediría un aumento de sueldo.

Se le podía dejar allí dentro durante toda la noche y no diría ni pío por la mañana.

Me engañaron la luz que se debilitaba y el hecho de que, cuando vi la primera vez al maniquí contra la pared, no vestía ropa alguna. Estaba desnudo, hecho de tela gruesa por el exterior y relleno, lo más probable, de trapo o de crin acompañados de lastres de madera o metal para darle el peso necesario. Carecía de rostro alguno. Entonces pude ver que lo habían vestido con una chaqueta y unos calzones, pese a que sus detalles fuesen invisibles para mí.

–¿Qué tienes que decir en tu defensa, viejo trapo? –le espeté–. Gracias por el susto que me has dado.

Me reí por lo bajo y luego tosí como pretendiendo cubrir mis palabras, alejándome al tiempo. La verdad sea dicha, no quería darle la oportunidad al muñeco de desplegarse y sentarse en el cofre, dándome así el susto definitivo.

Me encontraba en el centro de la planta inferior, bajo el hueco que se abría hasta el techo. Me pregunté dónde se habría metido el joven Jonathan Snell. Debían ser ya las nueve. Como respuesta a mis pensamientos, la campana de una iglesia vecina dio los nueve toques de rigor. Extraño, me parecía que llevaba mucho más que unos minutos dentro del taller de los Snell. Daría al más joven de ellos unos cuantos minutos más para personarse.

Por el contrario, el instinto me decía que me largase. No había nadie, ni nadie iba a venir. El taller a oscuras resultaba inquietante. A mi derecha estaban los escalones que conducían al piso superior y, al lado, la pronunciada rampa de madera. Cables y cuerdas colgaban sobre mi cabeza.

El instinto me decía que me fuese, pero hice caso omiso. Avancé y tropecé con algo. Miré hacia abajo. Al principio, pensé que lo que veía era un nuevo engaño de mis ojos o el producto de un cerebro saturado (el mío). Había otra figura, una distinta, a mis pies. Estaba tumbada bocarriba junto al final de la rampa. Seguro que no era una persona real. Me agaché para examinarla. Un momento antes, lo que creí que era un cadáver en un baúl resultó ser un maniquí. ¿Por qué no iba a ser este cuerpo también falso?

No obstante, era real. La mano del hombre muerto aún estaba caliente y resultaba como cera blanda al tacto. Eso es algo que no puede simularse. Pese a que no quería seguir con el examen, mantuve mi mano cerca de su cara para detectar cualquier atisbo de respiración. Nada. Quedaba bastante luz como para distinguir un jubón rojo. Se discernía en la penumbra la silueta de una forma sólida y regordeta. Su cabeza estaba vuelta hacia un lado como si no soportase ver lo que le habían hecho. Se trataba de John Ratchett.

Subí por las escaleras a la galería. La trampilla que daba acceso a la rampa colgaba abierta y la sorteé con cautela. Era mayor y mucho más sofisticada que la trampilla del escenario del Globe, que se abría y se cerraba a mano. Por lo que pude ver, esta se abría accionando una palanca de metal que se encontraba a un lado. Al hacerlo, debía soltarse el cierre. En los viejos tiempos, cuando los barriles se almacenaban en el piso superior, se los colocaba aquí y luego se lanzaban sobre la rampa, por donde rodaban hasta abajo. Ese día, fue un hombre y no un barril. Si alguien se encontraba sobre la trampilla, desprevenido, y otra persona accionaba la palanca para soltar el cierre… ¿Fue así como sucedió? Seguro. Ratchett no llevaba mucho tiempo muerto, pero cuando llegó al taller la luz aún era buena. Raro hubiese sido que cayese por la trampilla por accidente. Visualicé una mano anónima tirando de la palanca y a Ratchett cayendo por el hueco, su cabeza y extremidades golpeando la rampa en una maraña y su cuerpo estrellándose con una fuerza fatal, como lo había hecho el de sir Philip Blake.

Y entonces la luz de fuera se extinguió y me quedé solo y a oscuras. A tientas, bajé las escaleras. Silencioso como un fantasma, superé el cadáver, volví sobre mis pasos y salí del taller al patio, donde tropecé con una madera que sobresalía. Luego crucé la puerta y volví a encontrarme en Three Cranes Lane. Con cuidado, cerré antes de marcharme.

Mi camino de vuelta a casa (esto es, a casa de la señora Buckle en Thames Street) se abría a la derecha. Giré a la izquierda y bajé por la calleja hacia el río.

Era una noche agradable. Comenzaban a aparecer un puñado de estrellas en el cielo. Necesitaba aire fresco y limpio, o tan limpio y fresco como pudiese ser el del río.

Me senté en el muelle, mirando las luciérnagas que señalaban a los barqueros. Durante largo rato estuve mirando las luces moverse sobre las aguas, con la mente en blanco. El movimiento de las barcas, que a plena luz del día parecía desordenado, se transformaba en la oscuridad en una suerte de danza. Este baile me reconfortaba en aquel momento. Sobre mi hombro derecho se erguían las tres grúas que dan nombre a este lugar[6], junto a la casa de piedra que se conoce como la Vinatería.

No siempre es recomendable quedarse cerca de la orilla del Támesis después de que el sol se ponga… de hecho, yo había sido atacado recientemente en la orilla opuesta y "salvado" por el difunto John Ratchett en un incidente que aún me resultaba sospechoso. Pero ahora me encontraba en la orilla norte del Támesis. Era menos peligroso. De todos modos, después de descubrir un cuerpo que tomé por real y luego otro que había esperado que fuera falso, no me preocupaba. Si alguien quería acercarse a hurtadillas por mi espalda y privarme de los exiguos contenidos de mi monedero, allá ellos. Mis apuros no iban a verse empeorados por eso.

Pero cuando el aire fresco del río terminó por aclarar mi cabeza, entendí que no estaba pensando con corrección. Lejos

6 (n. del t.) Three Cranes significa "tres grúas" en inglés.

de empeorar, mis problemas, al menos en un aspecto, sufrían una mejora.

John Ratchett estaba muerto. No había duda alguna al respecto. El hombre que estuvo a sueldo del embajador francés estaba muerto. El hombre que me había pagado con el oro de los franceses estaba muerto. El hombre que me había engañado para que le proporcionase información estaba muerto.

Y por lo tanto, Nicholas Revill se acababa de librar de una obligación, ¿no era así?

Aquí se hizo evidente mi sensatez instintiva al escabullirme de la escena del crimen como un culpable. Fue debido a que podría haber pasado por culpable a los ojos del resto del mundo. Sin duda, mucha gente debía estar interesada en ver a John Ratchett muerto, o al menos fuera de circulación. Si se había movido en el mundo crepuscular de los espías y los informadores, seguro que tuvo muchos enemigos. Yo era uno de ellos. No podía negarse que la muerte de Ratchett era conveniente para mí. Ya no podría "persuadirme" o amenazarme para que espiase todo lo relacionado con la mascarada de Ben Jonson.

Era posible que me hubiese mentido al respecto de estar a sueldo del embajador La Boderie, igual que me había dejado creer que trabajaba para el Consejo del Reino. Tal vez trabajaba por su cuenta. Pero aún así era un hombre peligroso y, pese a que le debía un favor por haber venido en mi auxilio en la orilla de Southwark, no me sentía muy apenado por su falta. En cualquier caso, si alguien buscase a una persona con un buen motivo para dejar frío a Ratchett, el mío era de los mejores. Había sido inteligente abandonar el taller de los Snell sin informar a nadie de la muerte de Ratchett.

Varios interrogantes envolvían el crimen. ¿Qué hacía el hombre con el jubón rojo en Three Cranes Lane? Husmear en los rincones, seguramente. Buen sabueso, buen informador. ¿Le habían citado en el taller como a mí, o había acudido llevado por su instinto? El mayor interrogante, por supuesto, era la identidad del individuo que había accionado la palanca cuando Ratchett se encontraba sobre la trampilla. ¿Individuo? ¿Quién me aseguraba que no fueron varios?

Me levanté de donde estaba sentado, al borde del muelle de Three Cranes Lane, y me puse a caminar en la templada noche de agosto. Llegaban ocasionalmente del río los golpes de los remos contra el agua y los gritos amortiguados de los barqueros. Los sonidos viajan mejor de noche, sobre todo por el agua, pero los barqueros son menos ruidosos. Paseé por el muelle mientras pensaba.

Me parecía advertir en este asesinato la cualidad de la improvisación. Quienquiera que lo hubiese cometido había empleado la herramienta más a mano, el método más conveniente. Una trampilla y una palanca. Eso obraba en contra de la premeditación y la planificación. Sugería que Ratchett apareció en el taller, husmeando en busca de algo. Que había sido descubierto y eliminado en el momento, sin pensarlo. ¿Pero por qué habían dejado el cuerpo tirado al pie de la rampa? No llevaba mucho muerto. No podía entender por qué quienquiera que lo hizo no se había ocupado también del cadáver de Ratchett.

El hecho de que el asesinato hubiese ocurrido en el taller de los Snell apuntaba a que el responsable era alguien que trabajaba allí. La familiaridad con el entorno y el uso improvisado de la trampilla. A menos, por supuesto, que el cuerpo de Ratchett hubiese sido abandonado allí a propósito para atraer las sospechas sobre ellos. Pero esa posibilidad, a su vez, argumentaba a favor de la premeditación, que casi había descartado.

Los únicos individuos a los que yo conocía eran el padre y el hijo que dirigían el negocio y a Ned Armitage. Oh, y también estaba ese tipo de cabellos largos, Tom Turner. Había otros empleados en el taller, pero yo no conocía ni sus caras ni sus nombres.

Rechacé por instinto la idea de que Jonathan Snell hijo fuese un asesino. Tenía un punto de ingenuidad y era muy abierto. Quiso decirme algo durante el ensayo en la sala de audiencias de la Casa Somerset y, viéndose frustrado, me dejó la nota en el bolsillo con la que me citaba en el taller de Three Cranes Lane, eso era todo. No era probable que hubiese hecho todo eso si planeaba cometer un asesinato… a menos (susurró una vocecilla) que también tuviese la intención de acabar conmigo. Pero no podía encajar la imagen del joven amistoso y con gafas con la de un taimado asesino. Y si no era lo que parecía, sino un taimado asesino después de todo, ¿por qué no había esperado en el taller a que yo llegase?

Se me ocurrió otra posibilidad mientras caminaba sobre los adoquines del muelle trazando círculos que reflejaban los círculos de la maraña de pensamientos que había en mi cabeza. Esta posibilidad contemplaba que la nota no hubiese sido escrita por Jonathan Snell sino por su padre, con quien compartía las iniciales, o por cualquier otro. En ese caso, el propósito de la nota no podía ser otro que el de tenderme una trampa. Pero, también en ese caso, surgía la misma objeción que antes. ¿Por qué el autor de la nota no se había esperado para terminar conmigo como ya había hecho con John Ratchett?

No estaba tan seguro de la inocencia de Snell padre como de la del hijo. ¿Estaba implicado este hombre en la muerte de sir Philip Blake? Estaba aquella conversación que yo les había escuchado sostener a él y a lady Blake, estaba su insistencia en que la muerte del noble había sido un accidente. Parecía evidente que las dos muertes, la de Blake y la de Ratchett, estaban conectadas. La segunda víctima me engañó para que investigase la muerte de la primera. Y estaba la curiosa similitud en la manera en que los dos habían perecido, una caída fatal al vacío.

Pasé todo este tiempo absorto en mis especulaciones mientras pateaba sin descanso el muelle. Entonces algo que vi u oí me devolvió a la realidad. Las luces de los barqueros, en un número más reducido, seguían flotando sobre las aguas del río. Las tres grúas se inclinaban sobre la corriente junto al sólido bloque que era el edificio de la Vinatería. Creí haber detectado un movimiento en uno de los ángulos de la casa. Me quedé muy quieto, con la vista puesta en uno de los laterales durante varios minutos, ya que es más fácil, de noche, percibir un movimiento en los bordes del ángulo visual que de frente. Al final, un perro se arrastró fuera de las sombras y desapareció por el callejón arriba. Si tenía más de un año de edad, el animal tenía la suerte de haber escapado de las atenciones de los cazadores, que habían estado muy activos durante la peste y las semanas siguientes. Había muchos menos perros en las calles desde que las autoridades ordenaron su control estricto. Los cazadores de perros habían vivido a lo grande en los últimos tiempos. Por lo que parecía, los asesinos también.

La buena suerte del perro por haber sobrevivido me hizo considerar la mía propia. Que el asesino de John Ratchett hubiese abandonado la escena sin ser visto no quería decir que no pudiera decidir volver. Era una idea insensata quedarse a menos de cien metros del lugar donde había un hombre asesinado.

Subí a buen paso por Three Cranes Lane. Cuando pasé junto a la puerta que llevaba al patio de los Snell, ni siquiera volví la cabeza.

¿DÓNDE DEBÍ EXTRAVIAR ESE PAÑUELO?

Mi descubrimiento debió afectarme más de lo que imaginaba porque, al regresar a mis aposentos en Thames Street, la señora Buckle se mostró preocupada.

–¿Os encontráis bien, Nicholas? Tenéis aspecto de haber visto a un…

–No, no he visto ninguno. Pero ha sido un día muy intenso.

Todo lo que había visto eran dos cuerpos, uno real y uno falso. Por un instante, cruzó mi mente la idea de confesarme con Ursula Buckle. Por lo menos era alguien que no tenía ninguna conexión con los sucesos de la Casa Somerset o Three Cranes Lane. Pero la precaución se impuso. Si había encontrado a un hombre muerto, un hombre asesinado, tenía que informar a las autoridades. ¿Por qué no lo había hecho? Por alguna razón no lo hice, y no era necesario implicar a nadie más en mis actos o en la omisión de ellos.

En lugar de eso, acepté con gratitud la oferta de vino y pan de jengibre que ella me hizo. La sirvienta de la nariz acuosa hacía rato que se había retirado y también Elizabeth. Estábamos a solas en la cocina de la casa, y una solitaria vela de cera ardía sobre la mesa entre nosotros. Era una noche cálida y yo estaba sudado después de caminar a buen paso desde el río. La señora Buckle vestía su ropa de diario. Por supuesto, iba de negro, aún guardaba luto por su marido. Pero el negro le favorecía, como a muchas viudas. El negro predominaba en Londres en aquellos años. A los cazadores de perros, sastres y enterradores que habían sobrevivido las cosas les iban muy bien.

Era consciente de la dulce presencia de la señora Buckle al otro lado de la mesa.

–Me temo que Lizzie y yo tendremos que mudarnos después de todo, Nicholas.

–Oh, no. ¿Dónde pensáis ir?

A punto de estuve de decir *pensamos.* De todos modos, ella no respondió a la pregunta.

–Sabéis que el primo de Hugh quiere subirnos el alquiler. Ahora me he enterado de que Elizabeth ha estado tomando prestado dinero de la señora Morris, la vecina de al lado, para pagarle. Se lo ha estado pagando directamente a él. Lizzie me ha dicho que yo soy demasiado orgullosa para aceptar el dinero de la señora Morris…

–¿Y lo sois? –pregunté.

–No lo sé. Supongo que sí, que soy así. Pero no puedo dejar que mi hija haga algo que yo no estoy dispuesta a hacer. Por lo que tendremos que buscar algo más modesto, tal vez fuera de la ciudad. Vivir de acuerdo con nuestras posibilidades.

La vela osciló y la luz, pese a su debilidad, pareció realzar el delicado hoyuelo de carne que había entre la nariz y el labio superior de la señora Buckle. La voz de la viuda sonaba tranquila y resuelta. Pensé en las libras esterlinas que había recibido del difunto John Ratchett, algunas de las cuales ya había gastado con la chica francesa de La Mitra. De manera vergonzosa, dirían algunos (yo solo lo pensé porque me encontraba en presencia de la respetable señora Buckle). En desagravio, podía entregar lo poco que quedaba del dinero de Ratchett a la señora Buckle, pero en el mejor de los casos solo retrasaría lo inevitable. Parecía que el primo de su difunto marido estaba decidido a sacarla de la casa de Thames Street. ¿Pero qué podía hacer yo? No podía acompañarlas fuera de la ciudad, ni en el caso de que me lo pidieran. Debía quedarme a una distancia del Globe que pudiese recorrer a pie.

–No tengáis ese aire tan preocupado, Nicholas –me dijo.

Es sorprendente lo bien que puede apreciarse una expresión a la luz de una sencilla vela en una noche de verano.

–Si es así, es porque me preocupa vuestro bienestar, señora Buckle.

–Gracias.

Sonrió. Sin razón alguna, o quizá por el contraste entre la cálida sonrisa de la viuda y toda la vida que había en ella, la imagen de John Ratchett cruzó por mi mente. El pobre desgraciado allí tirado en el suelo, su mano extendida aún caliente y blanda, su cabeza girada hacia el otro lado. Sentí el sudor brotar en mi frente y deslizarse hacia mis ojos. Busqué en mi bolsillo algo con lo que secármelo, creyendo que encontraría el pañuelo que había intentado devolver a lady Blake o a Maria More. El pañuelo no estaba allí. Escarbé a fondo en el bolsillo, me palpé en otras partes. No, había desaparecido. Bueno, apenas importaba. En apariencia, el delicado pañuelo no pertenecía a nadie.

–¿Habéis perdido algo, Nicholas?

–Sí.

–¿Qué era?

–No importa.

–Entonces, ¿qué os sucede? Algo os pasa. Tenéis mal aspecto.

Acabo de ver a un hombre muerto, quise decirle. Igual que ella estaba acostumbrada a ver a un muerto vagabundeando por la casa, yo había visto uno de carne y hueso en la hora anterior.

Pero no dije nada. En vez de eso, y no siendo muy consciente de lo que hacía, me levanté y rodeé la mesa. Puse una mano sobre el hombro de la señora Buckle, me incliné y besé su mejilla. Noté que se puso un poco tensa y estaba a punto de irme, mis propias mejillas arreboladas debido a la noche, el vino y la vergüenza, cuando ella volvió su cara hacia mí y nos besamos, ahora como es debido.

Se separó de mí y de nuevo me dispuse a retirarme, con la sensación de haberme pasado de la raya. Pero la señora Buckle no había terminado. Se estiró en su asiento y, con torpeza, nos estrechamos en un abrazo y volvimos a besarnos, llevados por la lujuria. El tacto de ella era cálido y suave, y su ropa de luto se pegaba a mi camisa húmeda mientras mis manos se deslizaban como podían por su espalda.

Después de un rato nos quedamos inmóviles, abandonados en nuestro abrazo. La vela oscilaba con nuestra respiración ansiosa. Proporcionaba luz suficiente para nuestras intenciones.

–¿Sabéis, Nicholas, que hace exactamente un año y un día que mi marido murió?

–Nunca antes me habíais dicho la fecha, señora Buckle.

–No quiero verle de nuevo, no esta noche. Se me aparece en sueños.

–Entonces tendréis que quedaros despierta.

–No lo hace con mala intención. Era un buen hombre, aunque un poco estricto.

–Lo imagino.

Esta conversación se producía en susurros.

Alcé una mano y con el índice, tracé la forma del hoyuelo que había sobre su labio superior, sintiendo que estaba llevando las cosas muy lejos. El hoyuelo estaba húmedo. Dejé que mi mano cayese sobre sus pechos. Ella gimió y se apretó contra mí, invadiéndome.

–Tenemos que encontrar un sitio donde podáis permanecer despierta –dije.

–En mi habitación.

–Vayamos allí, pues.

Nos separamos. Cogí la vela de la mesa, pero ella me detuvo tomándome por la muñeca. Tenía una inusitada fuerza en los dedos. Se inclinó hacia mí y con su otra mano, extinguió la llama entre los dedos. Invadió el aire el olor de la mecha humeante.

–La oscuridad es más apropiada –dijo.

–Sí.

Volví a dejar la vela sobre la mesa.

Sin soltarme la muñeca, abrió el camino hacia las escaleras. Éramos tan silenciosos como unos chiquillos culpables. Subimos las escaleras, cruzamos las tablas que crujían frente a su puerta, la abrimos, la cerramos al momento a nuestras espaldas, cruzamos hasta el lecho marital y caímos sobre el colchón con la alegría de los marineros al llegar a tierra.

Abandoné la cama de la señora Buckle en cuanto empezó a clarear. Ella seguía durmiendo, pero creo que fue consciente de mi partida aunque no hizo ningún ademán de detenerme. Recogí mis ropas tiradas y abrí con cuidado la puerta. Subí por las empinadas escaleras que llevaban a mi cuarto y me dejé caer sobre mi estrecha cama. Debí quedarme dormido (dormido de verdad por primera vez aquella noche) ya que lo siguiente que recuerdo es el sol alto en el cielo y los sonidos de ruedas de carro y de cascos de animales de tiro que subían desde Thames Street, acompañados de los gritos y silbidos de la actividad diaria.

Me quedé tumbado, pensando en lo sucedido la noche anterior. Mientras lo hacía, empecé a lamentar no haberme quedado al lado de la señora Buckle, o que ella estuviese ahora apretada contra mí en la más bien reducida amplitud de mi lecho. Sí, me hubiese venido bien su compañía. Pero algo me impidió levantarme e ir en busca de la viuda. Por un lado, sabía que se levantaba temprano. Por otro, era probable que las otras dos ocupantes de la casa (Elizabeth y la empleada torpe de nariz acuosa, cuyo nombre, no sé por qué, era Grace) también estuviesen en pie. No creía que la señora Buckle quisiera que ninguna de ellas se enterase de lo que se llevaban la casera y el inquilino entre manos. Tampoco estaba yo seguro de querer que lo supiesen. *La oscuridad es más apropiada*, había dicho ella, apagando la vela antes de que trepásemos como ratones las escaleras, como niños malos. Tal vez pretendía ocultar su rubor y el mío, pero también nos estaba protegiendo de ser descubiertos. Me pregunté qué le diría en esa bonita mañana. Me pregunté también qué me diría ella a mí. Por extraño que parezca, estas especulaciones me causaban un ligero temor.

También era extraño que aún pensase en ella como la "señora Buckle", incluso más, después de lo sucedido, que antes. Dirigirme a ella como "Ursula" me parecía intimar mucho más de lo que ella me podía permitir, pese a que me había llamado "Nicholas" sin pensarlo y la noche pasada, de cuando en cuando, "Oh, Nicholas".

Mi mente divagaba por estos cauces por lo general agradables hasta que, de pronto, fue golpeada por la imagen de John Ratchett, el espía e informador. El cuerpo sobre la espalda, esa mano cálida como si aún quedase vida en ella. De esa imagen pasé a la de sir Philip Blake y la sorpresa que reflejaba su cara justo antes de caer de la silla voladora. Estaba seguro de que estas dos muertes estaban conectadas. Una era un asesinato que pretendían hacer pasar por accidente, la otra era un asesinato sin más.

Debí dormirme de nuevo ya que cuando regresé de una confusa mezcla de visiones y sonidos parecidos a un sueño (entre los que se incluían tres grúas del muelle inclinándose sobre el agua, un perro vagabundo y un chico hecho un ovillo dentro de un cofre rojo), el sol ya había avanzado un par de husos por el cielo.

Abandoné la comodidad de mi pequeña cama y me vestí. Mientras lo hacía, recordé el pañuelo que había estado buscando para limpiarme mi frente sudorosa la tarde anterior. El que tenía una factura exquisita y un bordado que lady Blake había confundido con manchas de sangre. Bueno, visto que no pertenecía a ella ni a Maria More, ¿qué importaba si lo había perdido?

Pero importaba, y el hecho de darme cuenta me golpeó como un rayo. Porque debía haberlo perdido en algún momento entre mi marcha de la Casa Somerset y mi vuelta a casa de la señora Buckle. El sitio más probable era el taller de Three Cranes Lane, donde me había tropezado con cadáveres reales y falsos. De ser cierto no hubiese importado mucho que el pañuelo se me cayese, ya que originalmente me fue entregado por Ned Armitage en ese mismo taller… más bien, se lo cogí pretendiendo saber a quién pertenecía.

El problema era que les había mostrado ese pañuelo el día anterior al menos a tres personas durante el ensayo de la *Mascarada de la paz*. A lady Blake, a Maria More y a Jonathan Snell hijo. Era muy poco probable que las dos primeras fuesen a visitar el taller de Three Cranes Lane, pero Snell trabajaba allí. Lo más probable era que el hijo ya estuviese allí en esta bonita mañana de agosto. Si se encontraba con el pañuelo bordado, sabría que yo también había visitado el taller la noche anterior. Y si (no, no era un "si", era un *cuando*) a eso se añadiese el descubrimiento de un cadáver, la sospecha apuntaría sin más su dedo roñoso en mi dirección. Cierto, el propio Snell me había citado a una reunión secreta la víspera pero luego no apareció. A lo mejor dio por hecho que yo tampoco iría o que ni siquiera leería la nota. Nadie tenía por qué saber que estuve en el patio. Hasta que ese nadie encontrase un pañuelo perdido por descuido.

Sin apenas preocuparme de terminar de vestirme, bajé las escaleras como una exhalación y salí a la calle. En el camino, me encontré a mi amante de la noche anterior.

–Vaya, Nicholas… –empezó a decir ella.

–Oh, no tengo tiempo, señora Buckle. Más tarde.

¿Me engañaban mis ojos o creí ver, aún con mis prisas, una ligera expresión de alivio en los rasgos de la señora Buckle?

Una vez más, me dirigí hacia Three Cranes Lane. Thames Street estaba abarrotada y tuve que abrirme camino entre carruajes, caballos, mercaderes y compradores deambulando bajo el sol. Para cuando me acercaba a la esquina del callejón, ya me había calmado un poco. ¿No era igualmente posible que hubiese perdido el pañuelo en cualquier otro lugar? Aún en el caso de que lo hubiera perdido en el patio o en el taller, eso no tenía por qué involucrarme en la muerte de John Ratchett. Debían haber descubierto el cuerpo a esas alturas. Sería más seguro dejar que fuesen otros los que se ocupasen de este peligroso momento.

Date la vuelta, Revill. No metas la mano en un avispero. Si todavía no eres sospechoso, aparecer en el momento justo en que se descubre un cadáver hará que tu presencia sea recordada. Ni siquiera tenía una excusa para estar allí.

Date la vuelta. Regresa a Thames Street y comprueba de qué humor está la señora Buckle. Incluso podríamos...

Demasiado tarde. Snell hijo, que venía en dirección opuesta, giró la esquina de Three Cranes Lane en el mismo momento que yo. Estuvimos a punto de chocar. No estoy seguro de que me hubiese reconocido en caso de habernos cruzado a más distancia. Sus anteojos relucían bajo la luz matinal.

–Caramba, Nick, ¿qué hacéis por estos lares?

¿Qué estaba haciendo? ¿Buscar el pañuelo bordado? No, no podía mencionarlo sin que se descubriese todo el pastel. ¿El anillo perdido? No, esa historia ya era muy manida. Estas ideas relampaguearon por mi cabeza en un segundo. Estaba sopesando un pretexto (¿dando un paseo mañanero?, ¿de camino a por una barca en los escalones del muelle?) cuando observé un cambio en la cara de Snell. Tenía aspecto de estar confundido. De golpe, se llevó una mano a la boca.

–Dios mío, habéis venido a verme.

Ahora me tocaba a mí estar confundido.

–¿A verte, Jonathan?

–Dejé una nota en el bolsillo de vuestro jubón citándoos en Three Cranes…

–¿De verdad?

Ignorancia me pareció la mejor política.

–… a las nueve de la mañana.

En ese instante, en el momento debido, una campana cercana anunció la hora. Eran las nueve, de hecho. El tañido se veía amortiguado por los sonidos del día pero se trataba de la misma campana en la misma iglesia que oí doce horas antes, poco antes de descubrir el cuerpo de John Ratchett tirado en el suelo del taller. Una expresión de alarma apareció en la cara de Jonathan.

–Oh Dios, ¿no vinisteis ayer noche a las nueve, verdad?

–No –mentí–. ¿Por qué? ¿Debería haber venido?

–No, no debíais. No deberíais haber venido ni siquiera ahora. Lo siento si os he inducido a engaño, Nick.

–¿Qué querías decirme? –pregunté a Jonathan Snell, pensando que si estaba preparado para adoptar ese tono de disculpa y confesar lo de la nota, entonces no podía tener nada que ver con el asesinato de Ratchett.

–Nada, ha sido un error. Nunca tuve nada que decir. No debería haber dejado esa nota. Y dado que, por vuestra reacción, no habéis encontrado la nota, pues no importa. ¿No habéis encontrado la nota, de verdad?

–No he encontrado la nota, de verdad –repetí a mi vez.

Si yo estaba mintiendo, que era el caso, entonces estaba seguro de que él también. Tenía algo que decirme, pero no sería en ese momento.

Toda esta conversación se mantuvo mientras caminábamos por Three Cranes Lane. No era necesario preguntar qué hacía Jonathan Snell, ya que iba de camino al trabajo. Y ahora nos encontrábamos junto a la puerta que daba acceso al patio de los Snell.

Mi corazón latía con fuerza. En ese momento, tendría que seguir hacia el muelle, llamar una barca, cruzar el río, desembarcar en la orilla opuesta y continuar hasta mi lugar de trabajo. Sencillo, ¿verdad? Había un cadáver en el suelo del taller. Seguro que ya lo habían encontrado. Pero no era asunto mío si era así o no. A menos que también descubriesen junto al cadáver un pañuelo bordado que alguien había perdido. Entonces sería asunto mío.

Me quedé allí plantado, indeciso. Jonathan Snell tenía un aire preocupado. No me repitió la pregunta de qué hacia yo allí, sino que formuló una distinta:

–¿Habéis estado aquí antes?

–¿Qué? Oh, sí. Hace un par de días, estuve hablando con vuestro hombre Ned Armitage.

–Un buen trabajador, este Ned.

–Sí.

Jonathan tenía la mano sobre el pasador de la puerta. A lo mejor era el primero en llegar al taller esta mañana. Pero no, no era así, pude oír los ruidos de los serruchos y a alguien silbando en el interior. Esperé a que los gritos de alarma llegasen volando por encima del muro. Voces de "¡Ayuda!", gritos de "¡Asesinato!". Nada sucedía. ¿Sería posible que nadie se hubiese dado cuenta aún de que el cadáver de Ratchett estaba tirado cuan largo era al pie de la rampa?

Snell alzó el pasador y empujó la hoja. Por encima de su hombro vi el patio bien ordenado y a una pareja de hombres trabajando en el interior. Trabajando con calma.

¿Le preguntaba si podía acompañarle, o me largaba?

La curiosidad me guiaba, y también la preocupación por el pañuelo. Sin embargo, el temor me decía que saliese corriendo ya, antes de que empezasen los gritos de alarma.

–¿Puedo entrar? –pregunté.

Esta era la prueba. Si Snell estaba involucrado en el crimen, seguro que me diría que no. Si no era así, entonces quedaría demostrada su inocencia. Al menos en parte.

–¿Por qué queréis entrar? –respondió.

–Creo… creo que despisté una cosa aquí dentro… cuando vine a ver a Ned Armitage.

–¿No será otra vez el anillo de vuestro padre?

¿Eran imaginaciones mías, o había un brillo burlón en sus ojos con lentes? Tras su momento inicial de pánico, había recuperado el control.

–No, estaba en otro sitio –dije, poniendo cara de circunstancias–. Soy muy descuidado con mis cosas, siento decirlo, y poco puedo hacer por remediarlo.

Jonathan Snell hizo una pausa, bloqueando con su cuerpo la entrada al patio. Su cara estaba pálida, y con el sol marcándole los rasgos de la cara, el parecido con su padre resultaba más obvio. Al final, se encogió de hombros.

–Si os place.

No me preguntó qué era lo que andaba buscando. Nos estábamos ocultando información el uno al otro.

Snell fue hacia uno de los trabajadores, que estaba cargando una carreta con trozos cortos de madera. Un caballo estaba amarrado cerca. Reconocí al trabajador como Tom Turner, el tipo de los cabellos largos. Se detuvo cuando Snell se le acercó y los dos empezaron a hablar. Snell parecía haber perdido el interés en mí y en la razón por la que quería fisgonear en el taller de su padre. Por mí estaba bien así.

Dirigí mis pasos por el terreno inclinado hacia las dobles puertas que destacaban en la parte frontal del taller. Esta vez, estaban abiertas de par en par. Me detuve a unos metros. Mis visitas al lugar de trabajo de los Snell se estaban convirtiendo en una práctica habitual, casi en un juego. En las ocasiones previas había encontrado dentro cuerpos reales y falsos. La luz del sol era demasiado brillante como para permitirme ver con claridad el interior desde esa distancia.

Miré por encima del hombro. Jonathan Snell seguía hablando con Turner. Un segundo trabajador estaba inclinado sobre un caballete. El aire estaba lleno del aroma de la madera recién cortada. Bajé la vista, y luego fijé mi atención en el suelo, que estaba formado por tierra, serrín, virutas de madera y trozos de cáscara de nuez. Entre las formas más oscuras, destacaba algo de aspecto liviano. Bien, acababa de encontrar una de las cosas que venía buscando. El pañuelo bordado estaba tirado y arrugado junto a una pila de madera. Recordaba vagamente haber tropezado y caído en el patio la noche anterior. Debió caerse en ese momento de mi bolsillo. Con rapidez, me acuclillé y recuperé el pañuelo, que para entonces había adquirido una misteriosa importancia en mi mente.

Luego fui hacia la entrada del taller. Frente a mí se encontraba el despliegue familiar de objetos, incluyendo el baúl rojo. La tapa del baúl estaba abierta. (¿La había cerrado la otra noche después de encontrar al muñeco hecho un ovillo? No podía acordarme). Me alivió ver que el maniquí, aún vestido, volvía a ocupar su lugar sobre la pila de lonas. Casi lo saludé con la mano. Estaba de vuelta en el lugar que le correspondía. Ya había echado un vistazo hacia el área que había al pie de las escaleras y la rampa. El suelo estaba vacío. No había cadáver alguno. Ratchett había desaparecido.

VUESTRAS SOSPECHAS NO CARECEN DE INGENIO

Con un clamor final de trompetas, la Verdad aterrizó en el escenario casi sin hacer ruido. Teniendo en cuenta su corpulencia, la Verdad se bajó con gracia de su trono volador y miró a todos los que esperaban su juicio. La Verdad tenía que responder a una pregunta. La Esperanza y la Resolución habían invocado de lo alto a esta poderosa figura, que todo lo sabe del pasado, presente y futuro. Por lo tanto, la Esperanza y la Resolución estaban en postura expectante mientras que los menos reputados de nosotros (como la Sospecha, la Ignorancia, el Rumor y el resto) nos encogíamos en las esquinas del escenario. No me pregunten vuestras mercedes cómo lo habían hecho, pero los Snell habían conseguido un efecto que parecía convertir el área donde se encontraba la Verdad (más bien, Ben Jonson) en un resplandor de luz. En este resplandor, destacaba la cara roja de Jonson, como el sol en invierno.

La pregunta que la Verdad tenía que responder era si las recién instauradas paz y concordia entre España e Inglaterra durarían por siempre. Bien, la opinión del hombre medio de la calle podía ser que la recién instaurada paz tendría suerte si llegaba a durar hasta Navidades. Pero esto era la *Mascarada de la paz*. Por lo que la respuesta a la pregunta, "¿Durará?" era que sí, duraría. Tenía que ser esa la respuesta. Estaba escrito. El propio Ben Jonson lo había escrito, y estaba a punto de recitar sus palabras. La necesidad de una paz eterna también estaba escrita en un tratado que sería jurado y firmado al día siguiente en la capilla de Whitehall.

La Verdad abrió la boca:
Hablad alto, moradores de la tierra.
Decid por qué rogáis en lo alto de las piedras
A esos cielos lejanos, distantes e inigualables,
A ese óvalo cuadrado de cuerpos celestiales,
Y del cónclave del paraíso solicitáis
A esta Verdad que ya no adoráis

entonó Jonson.

Me resultan divertidas las mascaradas. Los personajes de estas siempre anuncian quiénes son, pese a que sus disfraces suelen señalarlo con bastante claridad. Y siempre se refieren a otros para explicar por qué (los otros, vengo a referirme) han hecho algo, aún cuando sea más que obvio la mayor parte de las veces.

Alcanzábamos los momentos finales de la obra para la celebración de Ben. La sala de audiencias de la Casa Somerset estaba abarrotada con los poderosos y los aún más poderosos. El más poderoso de todos, el propio rey Jacobo (el primero en gobernar Inglaterra con ese nombre, pero el sexto en Escocia), se hallaba ausente, pero contábamos con su consorte la reina Ana en el escenario a nuestro lado, interpretando a la Paz inglesa. No creo que nadie esperase ver aparecer al rey. No tenía el gusto de su predecesora Isabel por el teatro. De hecho, había quien dudaba que realmente le gustase. Habíamos representado *Noche de epifanía* para su alteza en la Casa Wilton durante la época de la peste, y Abel Glaze juraba que había visto la real boca a mitad de un bostezo durante nuestra actuación y que le oyó decir a su sequito escocés al final, "Oh, bieen, bieen" como un hombre que sale de un sermón aburrido.

Aunque si no disfrutábamos de la compañía del rey, teníamos a la reina. Podía verla en este mismo momento, apenas a unos cinco metros de donde yo estaba. Por suerte, me habían permitido librarme de la máscara de gasa que formaba parte de mi disfraz de Ignorancia. Jonson dijo que parecía que estuviese jugando con unos chiquillos a la gallinita ciega, y en vez de llevar la máscara, me dijo que pusiese cara de estúpido y testarudo, y (en su favor) no hizo ningún comentario sobre la falta de aptitud actoral que se requería para eso. Así pude ver a la reina. Ya la había visto con anterioridad, claro está, ya que había asistido en otras ocasiones a nuestras representaciones con la King's Men, pero en calidad de espectadora, no de participante.

¿Qué podría decir de Ana, al verla en acción y de cerca? No podría haberle hecho sombra a nuestra difunta reina Isabel, ni creo que lo hubiese intentado. Era una criatura huesuda, de nariz picuda con la cara cetrina, que no resultaba muy atractiva. Fue inevitable pensar en los rumores que circulaban sobre ella y el rey. Sobre que ya no era bienvenida en el lecho de su esposo y vivía por separado aquí, en la Casa Somerset. Sobre que los afectos del rey se dirigían en la actualidad a los hermanos Pembroke, cuya familia era la propietaria de la Casa Wilton, mientras que su esposa se consolaba con sus tres hijos y su devoción por la música y la danza.

En la obra de Ben Jonson, se movió con elegancia y recitó sus líneas con voz clara, apenas manchada por una traza de su acento extranjero. Tal vez no sea el lugar adecuado para elogiar a una reina, pero afirmo que su interpretación fue especialmente meritoria porque no había asistido a ningún ensayo. Me pregunté si habría ensayado sus movimientos e intervenciones en privado, asistida por sus doncellas. Sin embargo, quitando sus títulos y la deferencia que la rodeaba, no había nada regio en Ana de Dinamarca. Yo había visto una vez a nuestra Isabel, ya es sabido, y me pasé la entrevista tartamudeando, sin atreverme siquiera a mirarle a la cara. En mi humilde opinión, la Reina Virgen estableció un estándar para la realeza que sería difícil de igualar, no hablemos de superar.

El público de la *Mascarada de la paz* estaba mucho más atento de lo que esperaba. Una razón era que el rey no se encontraba presente para distraerles. Si Jacobo se hubiese encontrado allí, la mayoría de ojos hubieran convergido en su persona la mayor parte del tiempo. Era sabido que esta clase de atención no era de su agrado, tal vez por eso decidiera no asistir. Sin embargo, una noble audiencia suele encontrar otras diversiones además del monarca o la obra, que por lo general tienen que ver con los efectos de la comida y la bebida. Yo había hecho comentarios cómplices a Shakespeare sobre lo aburridos o dormidos que estarían, pero no daban muestras de ellos. En vez de eso, hubo un aplauso educado para la música, muy pocos cuchicheos mientras recitábamos nuestros papeles (aunque no se oyó una mosca cuando la reina recitó el suyo), e incluso alguna exclamación ocasional por la puesta en escena.

La llegada de la Paz española en particular provocó exclamaciones de deleite entre las mujeres (y gruñidos de deseo entre los hombres) y muchos aplausos. Se debía en gran parte a la belleza de doña Luisa de Mendoza, y a su exiguo traje. Me temo que la reina Ana no podía competir en este campo, aunque también mostraba una buena porción de pecho. Vestido con conchas, William Inman conducía a la Paz española por el Océano, recitando versos sobre cómo sus olas hacían reverencias y sus crestas se inclinaban al ver a esta bella viajera. Mientras, al fondo, sir Fabian Scaridge (aquel que cambió la navaja de afeitar por la corte) soplaba y jadeaba en su papel del Viento Favorable.

Cuando la Verdad descendió a tierra se produjo un silencio absoluto, quitando de las trompetas, en la sala de audiencias. Esto no se debía a que el espectáculo de Ben Jonson descendiendo fuese muy impresionante (aunque tenía más aspecto de deidad que el infortunado sir Philip), sino a que todo el mundo debía saber que un hombre había sufrido una caída fatal en ese mismo punto de la acción unos días atrás. Pero esta versión de la Verdad, vestida con la misma túnica que sir Philip luciese en su última hora, aterrizó sin un rasguño y comenzó a declamar. Y siguió declamando.

Y Jonson seguía en sus divagaciones:

Ya que la Verdad pondrá los miedos de los hombres a volar
Y a todos les hará el regalo de su luz universal

todas ellas en la misma vena. Estaba seguro de que había añadido unos cuantos versos extraordinarios al hacerse cargo del papel de Blake. Aún más que a la mayoría de los actores, a Jonson le gustaba ser el centro del escenario. Crucé la mirada con Giles Cass que, en el papel de la Sospecha, estaba arrodillado en la esquina opuesta, protegiéndose con la mano derecha de la cegadora luz de la Verdad. Como las otras cualidades negativas, la Sospecha pronto sería despedida del escenario. Cass me hizo un guiño. Me sentí incómodo, porque sugería que estábamos en connivencia.

Cass habló conmigo antes de la representación mientras estábamos entre bastidores, bajo el andamiaje que soportaba el telón de fondo, las cortinas y todos los elementos de la galería. Yo estaba cotilleando por una abertura de las cortinas, viendo cómo la audiencia ocupaba sus asientos. Me di cuenta de que los dos grupos, ingleses y españoles, se inclinaban por sentarse en distintas partes de la sala. De todos modos, se los distinguía con facilidad. Los españoles eran aún más exagerados en sus vestimentas que los miembros de la corte inglesa. Las mujeres tenían la piel más oscura y eran más atractivas. Los hombres tenían un aire más orgulloso que el de sus homólogos ingleses. Sus gorgueras eran más amplias (cuando alguno de ellos mirase hacia abajo, seguro que no podría verse el cuerpo) y sus sombreros, más anchos. Dos lenguas distintas se encontraban como dos mares colisionan donde se tocan. Si se mezclaban o no, era difícil precisarlo. Tal vez en la zona de encuentro.

Sentí a alguien detrás de mi hombro y, al darme la vuelta, me sorprendió encontrar a Giles Cass. Estaba disfrazado de la Sospecha, cubierto por la túnica decorada con ojos pintados y portando su lámpara detallada. La dejó en el suelo y se asomó por el hueco entre las cortinas. Parecía tan interesado en la audiencia que se iba formando como lo hubiese estado un actor de verdad.

–Sois todo ojos, maese Cass –le dije.

–Aquel es Charles Blount, el conde de Devonshire –dijo, acercando su boca a mi oído y extendiendo un dedo por la abertura. Me indicaba a un individuo mofletudo y bien rasurado que ocupaba un asiento de los más cercanos–. Ha estado hablando con los españoles del tratado. ¿Sabíais que vive abiertamente en adulterio con mi señora lady Penelope Rich?

–Y allí está Charles Howard –dije, dispuesto a no dejarme avasallar en la competición de reconocimiento de cortesanos. Howard era el conde de Nottingham, el mando supremo del Almirantazgo, el caballero vigoroso de barba cana cuyo ejemplo había empujado a Ben Jonson a ir en busca de un burdel vespertino.

–¡El viejo y apreciado Charles Howard! –dijo Cass, dando un paso atrás y relamiéndose–. Se oyó a su nueva esposa cantar en la noche de bodas, pero nadie sabe si fue para mantenerle despierto o para conseguir que se durmiese.

–A lo mejor era de alegría –apunté.

–Mirad, ahí viene nuestro flamante ministro.

Sir Robert Cecil era transportado en una silla al puesto principal, delante del público, el que el rey hubiese ocupado de haber estado presente. Era un signo de la importancia de Cecil que ocupase la posición central (importancia con la que su persona no iba en concordancia). La pequeña figura jorobada fue ayudada a bajar de la silla y tratada con mimo por varios asistentes mientras ocupaba su asiento. Me sentí incómodo al ver a Cecil, pese a que las gruesas cortinas me ocultaban casi por completo.

–Es tan servicial que el rey lo llama su sabueso, ¿sabéis? –susurró Cass en mi oído. Me sentí defraudado de que Cass solo pudiese contarme el nuevo mote de Cecil y no me dijese nada de los hábitos de alcoba del gran hombre, ya que eso parecía ser lo que más le interesaba.

–No, no sabía que era el sabueso del rey –repuse–. ¿Cómo iba a saberlo? Miradme, soy la Ignorancia personificada.

Quise hacer una broma al respecto, pero mi incomodidad iba en aumento. No quería ser el receptor de los cotilleos de Cass. Me pregunté por qué se me abría pegado de esa manera. Sus labios, que no cesaba de limpiarse, aún llevaban la impronta del licor. Me hubiese marchado muy a gusto, pero me puso una mano sobre el hombro.

–He oído que habéis estado haciendo preguntas sobre la muerte de sir Philip Blake –me dijo.

Me quedé de una pieza.

–Yo no… bueno, una o dos preguntas tal vez. Los veteranos de mi compañía estaban preocupados por las consecuencias de… lo ocurrido… sobre la reputación de la King's Men. Uno de ellos me preguntó si hubo algo raro en este suceso. No pretendía ofender a nadie.

–Si queréis saber mi opinión –dijo Cass–, sir Philip tuvo suerte.

La curiosidad se impuso a la incomodidad por un momento.

–¿*Suerte*? ¿De haberse matado?

–Nuestro primer ministro, sir Robert Sabueso, iba a por él. Pensaba que Blake estaba conjurando contra la paz con los españoles. ¿No os parece ridículo?

Me encogí de hombros, intentando liberarme de la mano sobre uno de ellos. En aquel momento hubiese preferido encontrarme en cualquier otro lugar, incluso en una silla suspendida seis metros sobre el suelo.

–Oí decir a Cecil una vez –siguió Cass– que Blake estaría mejor muerto. Y ahora lo está. Y por eso digo que es buena cosa… para sir Philip Blake y para sir Robert Sabueso. Una muerte conveniente.

–No sé nada de eso –repliqué.

–Mejor así –apuntó Giles Cass–. Vuestra Ignorancia es un gran papel.

Me di la vuelta y lo miré de hito en hito. El atildado personaje me guiñó un ojo.

Y ahora allí se encontraba Cass, al final de la representación de la mascarada, de nuevo guiñándome un ojo. No contribuía a mi tranquilidad mental. ¿Con quién estaba? ¿Era un partidario secreto de Raleigh, como sugirieron sus comentarios en La Sirena? ¿O estaba de parte de Cecil, que no sentía ninguna simpatía por Raleigh? En cuanto a sus palabras sobre sir Philip Blake y su supuesta conjura contra España, tampoco aportaban mucha luz al respecto.

Ben Jonson terminó por fin su perorata como la Verdad. Era oficial. La paz entre Inglaterra y España había llegado para quedarse. Duraría más que las montañas y sobreviviría a los océanos, era un monumento a la clarividencia y a la magnanimidad del rey de España, Felipe, y del rey de Inglaterra, Jacobo. Con esta muestra de adulación, y con una reverencia a la reina Ana, la Verdad cerró al fin su bocaza.

Terminamos con algo de música y baile, y luego cayó el telón de la *Mascarada de la paz*, con muchos aplausos y sonrisas. Directamente, los actores no profesionales saltaron del escenario y comenzó el desfile de felicitaciones de sus amigos. De pronto surgieron los refrigerios de todas partes. El vino parecía llover del cielo mientras que unos delicados dulces eran esparcidos como maná por toda la sala. Lord y lady Fortune, sir Fabian Scaridge con su buena esposa Agnes, lady Blake y Maria More, Bill Inman y el resto fueron rodeados por aquellos que les daban palmadas y besos. Hasta el color pálido de la reina cambió a púrpura. Nuestros nobles actores resplandecían con la gratificación de un trabajo bien hecho. ¿Y por qué no deberían? Pocas cosas pueden compararse en este mundo a formar parte de una compañía después de una representación exitosa, y abandonar el escenario a sabiendas que has complacido a otros durante dos horas de nuestra compartida existencia en la tierra.

Por supuesto, ellos tenían la ventaja de no tener que preocuparse por devolver de inmediato los pergaminos al tenedor de libros, o los trajes y los accesorios al sastre. De hecho, algunos se mostraban reacios a deshacerse de sus disfraces. Disfrazarse es algo que suele gustar a la gente, siempre y cuando no tengan que vivir de ello. Los personajes menores, sin embargo, tuvimos que retirarnos a la pequeña antecámara y rendir cuentas a Bartholomew Ridd del estado de nuestros vestidos. Iba yo de camino hacia allí, junto a Laurence Savage, Abel Glaze y el resto, cuando pasé junto a doña Luisa de Mendoza, la Paz española. Era atendida celosamente por los dos españoles que Ratchett había identificado, los caballeros de las gorgueras gigantescas.

Al pasar, ella levantó la vista y me sonrió. ¡Menuda punzada sentí en el corazón! No le había dirigido la palabra en los dos o tres ensayos que habíamos hecho, y ahora me pregunté qué respuesta hubiese obtenido en caso de haberme arriesgado a hablarle. Tal vez debería mostrarle el pañuelo bordado, que aún obraba en mi poder, y preguntarle si le pertenecía. ¿Esta delicada prenda, es vuestra, mi señora? *Gracias, señor, muchas gracias*, sonaría su voz española.

Estas agradables ensoñaciones fueron rotas por Giles Cass, que de un paso se colocó a mi lado. Por alguna razón, se me estaba pegando como una sanguijuela. Cuando iba a abrir la boca, supongo que para contarme algún otro chisme, uno de los señores con gorguera (el abogado de ojos de ave de presa, creo) nos hizo una complicada reverencia. Cass se detuvo y devolvió la reverencia. Yo hice lo mismo, contento de permanecer un poco más junto a doña Luisa.

–*Señores, beso sus manos* –dijo en español el otro señorón, llevándose los dedos a los labios para indicar qué querían decir sus palabras.

Lo que nos condujo a un mayor despliegue de inclinaciones, como si cada parte compitiese con la otra en cortesía. Creí ver que doña Luisa sonreía, divertida por nuestro comportamiento infantil. Cuando al final nos marchamos, Giles Cass susurró en mi oído:

–Ha estado bien, pero hubiese preferido que se encorvasen un poco más para besar nuestros *anos* en vez de nuestras *manos*.

En lo tocante al ingenio sin más, su golpe era bueno, pero me hizo desconfiar que un hombre que era tan amistoso con los españoles en su presencia mostrase tan poco respeto en cuanto ya no podían oírle. Me puse mi ropa de diario. Me di cuenta de que Cass no, prefirió continuar en su papel de la Sospecha mientras durara la fiesta.

El resto de la tarde se deshizo en una masa imprecisa de luz de velas, vino, música, bailes y todo lo demás. Se formaron tres grupos distinguibles en la sala de audiencias. Destacaban los nobles, tanto los que habían participado como los espectadores, españoles e ingleses. No dejé de notar que la reina y Cecil se marcharon pronto. Tenían un país que dirigir, al menos en el caso de Cecil. Luego estaban los actores profesionales. Y a un lado, los músicos y los mecánicos, esto es, la gente de los Snell. Ambos Jonathan estaban también presentes, junto con sus artesanos principales, Armitage y Turner.

Entre los nobles y los mecánicos estaban las figuras que no pertenecían ni a uno ni a otro grupo, como Giles Cass o Ben Jonson. O Martin Barton, el azote de la corrupción, que estaba muy contento de verse abrumado por exquisiteces cortesanas. Lo vi en conversación con un atractivo joven español que lucía unas elegantes mangas arrocadas en su jubón. Sin una lengua que compartir, se comunicaban mediante gestos. Aunque no tuviesen un idioma en el que conversar, se entendían a la perfección. Y también me di cuenta de cómo lady Blake, la reciente viuda, parecía muy feliz de poder ahogar sus penas con la bebida y el baile. Y el marido apenas frío en su tumba.

Mis comentarios reflejan el hastío de quien no podía beber tanto como todos los demás que estaban allí. Mi cabeza no es tan resistente, y tenía cosas más importantes que atender. Las palabras de Giles Cass me inquietaban. *Mejor así. Vuestra Ignorancia es un gran papel.* Si se estaba refiriendo a la muerte de sir Philip Blake, entonces seguiría encantado su recomendación. No haría más preguntas. Lo mismo servía para la misteriosa desaparición de John Ratchett. Era casi como si hubiese soñado que lo vi en el taller de los Snell, tirado en el suelo como un trapo. Ratchett se había evaporado cuando regresé al día siguiente. Sin embargo, yo sabía que estaba allí a las nueve de la noche con tanta certeza como que había desaparecido a la misma hora por la mañana.

¿Y por qué me preocupaba? Nadie podía conectarme con este agente del embajador francés (si en verdad lo fue). Nos habíamos encontrado dos veces en la taberna del Barquero Puro, un antro donde los hombres no suelen contar chismes, y habíamos sostenido una conversación en el Strand. Se necesitaba muy mala suerte para que alguien nos conociese a ambos y recordase habernos visto hablando. Ratchett ya no podía obligarme a satisfacer sus demandas de "información". Quienquiera que se hubiese ocupado de él, me había hecho un favor. Así es como debía verlo.

Estaba rumiando todas estas cosas en un oscuro rincón de la sala de audiencias cuando me di cuenta de que un revuelo enorme recorría la estancia, como una brisa de verano corre entre las copas de los árboles. Los grupos de conversadores, bebedores y bailarines se apretaban a gran velocidad, y luego se dividían y volvían a agruparse, aumentado y disminuyendo su número en el frenesí. Abel Glaze se acercó a mí dando tumbos, con una copa que debía costar el equivalente al salario de un mes y cuyo contenido vertía sobre el suelo.

–¿*Ysacara*, Nick? *¿'Tás preocupao?*

–¿Lo parezco? Lo siento.

–Anda, emborráchate.

–¿Qué ocurre? –dije, refiriéndome a la agitación reinante.

–*'Enga*, *'amosa* verlo.

–¿Dónde quieres ir?

Dijo algo que sonó como *balón*, y con su mano libre prácticamente me arrastró por la amplia estancia. Después de un momento, se hizo evidente que no íbamos en busca de un balón, sino al *balcón*, hacia donde mucha otra gente se dirigía en esos momentos. Poco después, y de fragmentos de conversaciones ansiosas interrumpidas por grititos y risas, me enteré de que dos individuos (hombre y mujer, los dos nobles) habían sido sorprendidos en la terraza. Sorprendidos en la terraza a lo suyo. Sorprendidos a lo *suyo*. ¿Habían sido Charles Blount y lady Penelope Rich? ¿O el conde de Rutland y lady Rochester? Nadie lo sabía. A nadie le importaba. De todos modos, pronto íbamos a descubrirlo, ya que todos salimos en torrente por las puertas y ventanales que daban al balcón en esa noche de verano.

El aire suave y húmedo traía la promesa de una lluvia casi inmediata, aunque las losas bajo nuestros pies estaban secas. Cubiertas con unas capas y unos cojines, servirían como lecho para unos amantes urgentes. Que tengan buena suerte, pensé, pese a que estaba tan deseoso como todos los demás de presenciar esta desdichada escena, desdichada y divertida, de una pareja de nobles con el culo al aire. Era probable que, a esas alturas, ya hubiesen tenido tiempo de subirse los calzones y bajarse las faldas. Los monederos y las joyas suelen perderse en las representaciones, no digamos ya los pañuelos y los anillos. ¿Qué es en comparación la reputación? Tuve tiempo (o sobriedad suficiente) incluso de sentirlo un poco por Ben Jonson, ya que lo que todos recordarían de esa tarde no serían las glorias de la *Mascarada de la paz*, sino las travesuras de la audiencia. ¿Y qué pensarían los españoles de nosotros? De otra manera, por supuesto, nuestra reputación como ingleses se vería realzada. Miren, nosotros también podemos ser apasionados.

Más o menos la mitad del público de la mascarada pululaba ahora por la amplia terraza de la Casa Somerset. Encima teníamos la noche y debajo sentíamos el río como algo espacioso aún cuando no pudiésemos ver gran parte. Las luciérnagas de los barqueros florecían en la oscuridad. La muchedumbre empezó a moverse hacia uno de los extremos, donde en apariencia estaba la acción.

Abel tiró de mí en esa dirección.

–*'Enga.*

Nos encontrábamos en la periferia de un grupo. La terraza de la Casa Somerset tenía una grandiosa escalera en el centro que llevaba al río, mientras que otras dos más modestas habían sido construidas en los extremos, para permitir la llegada de los actores y demás gentuza. La multitud se dirigía hacia las que estaban al este, esto es, las más cercanas al Puente de Londres. Un par de antorchas ardían en sus soportes junto a los escalones.

Me equivoqué al pensar que lo que la audiencia recordaría de esa tarde no sería la mascarada de Ben sino a la pareja pillada *en flagrante*. Fuera quien fuese la traviesa pareja, ya no era de mucho interés. En el juego del tarot, la muerte acaba con los amantes. Lo que la audiencia recordaría era el cuerpo que en ese preciso instante estaba siendo izado en las escaleras del este por un grupo de criados y luego depositado con cuidado en las losas de la parte superior. Instintivamente, la muchedumbre dio un paso atrás.

La mano de Abel dejó ir mi manga. Las risas y los gritos de diversión ya no se escuchaban. Me abrí camino hasta la primera fila. El agua salía en riachuelos del cuerpo y, en particular, de sus ropas. Llevaba prendas pesadas y se habían empapado de agua. Imaginé que el cuerpo habría sido visto antes de que el peso de sus atavíos lo hubiese arrastrado bajo las aguas. De otro modo, podría haber llegado al fondo antes de alcanzar el Puente. Si la corriente lo hubiera llevado tan lejos, lo más probable era que el cadáver hubiese sido destrozado, quedando irreconocible, por el empuje del agua contra los colosales pilares.

Pero en ese momento era reconocible. No su rostro, que estaba girado hacia el otro lado y medio oculto en sombras, sino su pesada túnica. Era de algún material oscuro, aún más debido al agua, y estaba cubierta de ojos pintados. Bien, pensé, Giles Cass ha contado su último chisme.

LA ELOCUENCIA DE LA PAZ

Al día siguiente, que fue el 19 de agosto del año 1604, estuvimos presentes en un gran acontecimiento histórico. Se firmó el tratado entre España e Inglaterra en el palacio del rey, en Whitehall.

Por supuesto, la King's Men no éramos los actores principales, estábamos allí solo para hacer bulto. Como camareros, tuvimos que vestirnos con nuestras libreas de jubón y calzón, hechas con esos cuatro metros de paño rojo, y quedarnos quietecitos en un rincón mirando debidamente impasibles mientras el rey y su séquito marchaban hacia la Capilla Real. La Capilla ya estaba llena de chambelanes más veteranos que nosotros, como los miembros del consejo de cámara o las azafatas reales. También se encontraban allí los cortesanos, diplomáticos y el resto de asistentes.

Esperamos un buen rato hasta que el rey se presentó, pero a nadie pareció importarle demasiado. No es de buena educación impacientarse cuando un rey se retrasa. Yo no lo hice, sino que aproveché el tiempo para pensar. Al echar un vistazo, vi a nuestros veteranos. Como sucede cuando se pasa mucho tiempo en compañía del mismo grupo de gente, podía reconocerlos por sus nucas, el ángulo de sus hombros, sus vestidos o sus posturas. Allí estaba John Heminge, allí estaban los hermanos Burbage, Richard y Cuthbert, y Augustine Philips. Will Shakespeare estaba presente, no cabe duda, y también Thomas Pope, quien hacía poco que se había retirado de la King's Men por enfermedad, pero que estaba resuelto a asistir a esta ceremonia en la capilla de Whitehall. Me di cuenta de que mis amigos Laurence Savage y Abel Glaze lucían la misma expresión impávida y de máscara que debía adornar, seguro, mi propia cara.

Mientras esperábamos, recordé los sucesos acaecidos la noche previa en la Casa Somerset. La exitosa representación de la *Mascarada de la paz* de Ben Jonson, la alegría que siguió, el rumor sobre la noble pareja que estaban *a lo suyo* en la terraza (nunca descubrí quiénes eran, o si en verdad el rumor era cierto). Luego, como acto final en este drama, el rescate del cuerpo de Giles Cass del río, su ascensión lenta y chorreante por las escaleras, cómo lo habían dejado, casi con delicadeza, sobre el empedrado de la terraza y el agua formando un charco considerable alrededor del cuerpo, allí donde yacía.

Yo debía ser una de las últimas personas que habló con Giles Cass, más bien una de las últimas en escucharle hablar. Me hizo una chanza gruesa sobre los españoles besándonos nuestros *anos* en vez de nuestras *manos*, y antes había insinuado que sir Philip Blake tuvo la suerte de morir cuando lo hizo. La broma sobre los españoles no debía tomarse tan en serio como el comentario sobre lo afortunado de la muerte de Blake, asumí. Y luego, apenas dos horas después, Cass apareció muerto también.

Una coincidencia, eso parecía. Un accidente, lo más probable. Daba la impresión de que Cass resbaló y se golpeó la cabeza cuando se encontraba cerca del agua, en la misma escalera por la que luego fue izado su cuerpo. Había sangre en el borde de un escalón, justo encima de la marca de la marea alta. Dos o tres personas creían haberle visto bajar por las escaleras una media hora antes. Eso fue lo que contó Ben Jonson, que estaba entre la gente que ocupaba la terraza viendo cómo recuperaban el cuerpo.

No había nada de extraño en estos últimos avistamientos de Cass, excepto el hecho de que, en apariencia, estaba solo en una velada en la que la compañía era la norma. Pero yo mismo estuve solo un rato, rumiando mis cosas en un oscuro rincón de la sala de audiencias. Así, Cass había bajado por las escaleras... ¿a esperar a alguien?, ¿a admirar la vista nocturna del río?, ¿a llamar a una barca?... hasta llegar al punto en que dio un traspiés. Era fácil que ocurriese. Los escalones más bajos, que suelen quedar cubiertos por la marea, están revestidos de limo y verdín. Hay un pasamanos de madera al servicio del transeúnte, pero los escalones son amplios y quien se encuentre en medio no tendría a qué agarrarse. Supongamos que Cass se hubiese girado de repente, atraída su atención por un movimiento en el río. O que se hubiera dado la vuelta al oír un sonido a sus espaldas. Había estado bebiendo, como casi todos los demás. Distraído, vacilante a causa del alcohol, sus pies resbalaron sobre el limo y el verdín. Cayó de espaldas o de lado, y se golpeó la cabeza contra el escalón de piedra.

Y luego (o al menos así lo imaginaba yo), Cass estuvo allí tirado, sangrando y tal vez sin sentido, hasta que la marea subió lo necesario para arrancárselo a las escaleras con su garra de agua. O, en otra versión, Cass habría perdido el equilibrio y se habría golpeado con bastante fuerza como para dejar las marcas de su caída, pero no como para perder el sentido. Entonces, atontado y desorientado, se habría tambaleado al incorporarse y habría caído al agua. Fuera como fuese, el resultado era el mismo. Giles Cass se ahogó después de golpearse la cabeza.

No me sentía muy apenado por su muerte, pero de todos modos era un suceso preocupante que ponía un sombrío punto y final a las celebraciones en la Casa Somerset. Cuando su cuerpo fue trasladado de la terraza al interior para cumplir con la decencia y ocultarlo a nuestros ojos, su cabeza cayó hacia atrás y se abrió su boca, dejando salir agua del río. Pensé en la última imagen que vi de sir Philip Blake con la boca abierta, y en la mano aún caliente de John Ratchett. El lugar de la terraza donde habían dejado a Cass estaba oscurecido por el agua, pero alrededor de su cabeza había manchas aún más oscuras.

Tal vez fuese un accidente, nadie parecía pensar otra cosa, pero fui a comprobarlo por mí mismo. Cuando el cuerpo, aún cubierto por la túnica de la Sospecha, fue llevado dentro y se dispersó la gente que ocupaba la terraza, cogí de su soporte una de las antorchas. Bajé por los escalones, sin soltar el pasamanos de madera, y tuve un cuidado especial en cuanto noté que pisaba sobre algo resbaladizo. Delante de mí se extendía el río. Parecía tan amplio como el océano. El agua lamía los escalones.

Pasé la antorcha a baja altura frente a mí. Dejó ir más humo que luz. Cualquier rastro por debajo de la línea de agua se habría borrado, pero tuve suerte (si puede decirse eso cuando uno encuentra evidencias de una muerte) ya que casi de inmediato descubrí marcas de sangre. Allí en la oscuridad, que se hacía más espesa debido al resplandor crepitante de la antorcha, imaginé las circunstancias en las que maese Cass podría haber encontrado su fin. Distraído por una luz que brilló en el río, o por un ruido a sus espaldas. Miré alrededor. Mi altura quedaba cubierta por el escalón más alto. En otras palabras, fuera de la vista de cualquiera que estuviese en la terraza a no ser que se acercasen hasta el mismísimo borde de las escaleras y mirasen hacia abajo. Nadie lo vio caer, nadie oyó el golpe sordo de una cabeza golpeándose contra la piedra, sobre todo si los sonidos de celebración de la sala de audiencias lo cubrieron. Cierto, corrió la voz de que había dos nobles aquí fuera, en la terraza (Charles Blount y lady Rich, o Rutland y lady Rochester), pero si era cierto que se encontraban allí arriba, en ese momento estaban muy ocupados y no se habrían dado cuenta de que en las escaleras agonizaba un hombre.

Me llegó en ese momento un ruido distinto desde la sala de audiencias de la Casa Somerset. La música se había detenido. La fiesta había terminado. Un hombre muerto le había puesto el punto final. Golpes y baqueteos menos armoniosos se oyeron y por un momento me pregunté qué los estaría causando. Luego recordé que los Snell y su cuadrilla estarían trabajando hasta tarde aquella noche para desmontar el andamiaje y el escenario.

Volví a acercar la antorcha al suelo de nuevo, e inspeccioné las manchas al borde del escalón. Si tenía alguna duda sobre qué eran, se esfumó con lo que encontré al mirar más de cerca. Cabello humano, dos o tres mechones pequeños, que estaban pegados a la sangre seca. El cabello de Cass era oscuro, más o menos del mismo tono que el mío, pero liso y corto. Aquí había cabellos que se mostraban lisos y cortos al resplandor de la antorcha… una clara evidencia de dónde y cómo había hallado la muerte. Había algo de triste en estos pequeños restos de un hombre fallecido.

Me incorporé y a punto estuve de resbalar y caer por las escaleras mientras regresaba a la terraza. Volví a dejar la antorcha en su soporte de hierro y fui a apoyarme sobre el parapeto de piedra, mirando el río. La piedra estaba caliente, debido a la exposición al sol durante el día. Por lo que pude comprobar, yo era el único que se había quedado en la terraza orientada al río.

Tres hombres muertos.

En primer lugar, sir Philip Blake, cortesano. Causa de la muerte: una caída desde una altura considerable durante un ensayo de la mascarada. Un accidente en apariencia, aunque podía tratarse de un asesinato. De todos modos, estaba muerto y su cuerpo había sido llevado a la residencia de campo familiar en Loamshire o en algún otro sitio igual de remoto y de rústico.

En segundo lugar, John Ratchett, el agente del embajador francés, *Mesié* La Boderie. Causa de la muerte: otra caída desde una buena altura, como resultado de hallarse sobre una trampilla que se abrió bajo sus pies. Seguro que no fue un accidente, aunque podría haber sido un suicidio. Esta idea ya se me había ocurrido antes. ¿Podía alcanzar una persona, desde la trampilla del taller, la palanca que la accionaba? No parecía una forma plausible de matarse, ni un método obvio de suicidio. De todos modos, estaba tan muerto como sir Philip. Y lo mejor era que su cuerpo había desaparecido. Además de aquel que propició su muerte y del que se había llevado su cuerpo del taller de los Snell (¿sería la misma persona?), yo era el único que lo había visto.

En tercer lugar, Giles Cass, intermediario y atildado diplomático. Causa de la muerte: ahogamiento después de recibir un golpe en la cabeza. En apariencia, un accidente.

En ese momento sentí algo húmedo y cálido deslizarse por mi mejilla y me sorprendí, porque no pensaba que la muerte de alguno de estos hombres pudiese importarme tanto. Entonces una segunda gota me golpeó en la frente y en un instante, ya estaba allí el suave martilleo de la lluvia de verano por toda la terraza real. Las antorchas empezaron a crepitar y produjeron aún más humo. Luego, la lluvia empezó a caer con más fuerza. Los restos de maese Cass que habían quedado en las escaleras, su muestra de sangre y cabellos, pronto desaparecerían llevados por el agua para siempre.

Me di la vuelta para dirigirme adentro. Una de las ventanas que llegaban hasta el suelo y daba a la terraza seguía abierta. En los pocos segundos que tardé en dejar el parapeto asomado al río y entrar en la sala de audiencias, me asaltó una extraña convicción. Extraña, porque vino de ninguna parte. Y convicción porque estuve tan seguro como cualquier pueda estarlo sin pruebas ni lógicas que apoyen su idea (esto es, muy seguro pese a todo) de que las muertes de Blake, Ratchett y Cass tenían relación. Que cada uno de ellos había sido asesinado, probablemente, por el mismo individuo o individuos. Y por último, que era responsabilidad de Nicholas Revill, quien hacía poco se había destacado por su interpretación de la Ignorancia, desvelar la verdad de este peculiar embrollo de acontecimientos. Debía desenredar todos los hilos. Era mi responsabilidad por el hecho de ser yo el único que tenía en su poder todos esos hilos. Nadie, quitando del asesino o asesinos, sabía tanto como yo.

Dentro de la sala de audiencias, los sonidos de la diversión habían dado paso a los gritos y silbidos ocasionales de los trabajadores mientras desmontaban el andamiaje y el escenario. La galería desde la que sir Philip Blake inició su descenso fatal ya estaba desprovista de cortinas y pantallas. En un rincón de la amplia estancia se apilaban los efectos del escenario: el sol, las nubes y las olas festoneadas por las que la Paz española había hecho su elegante viaje. Había luz suficiente para que los obreros viesen qué estaban haciendo, pero no era la resplandeciente luminosidad típica de una representación. Incluso el lugar central que el rey hubiera ocupado de haber asistido a la mascarada parecía oscuro y descuidado. Pocos lugares hay en esta tierra de Dios tan tristes como un teatro cuando prácticamente todos (actores y público) lo han abandonado. Uno se pregunta si alguien volverá alguna vez, aún cuando la parte racional del cerebro le diga que al día siguiente volverá a llenarse de luz, risas, gruñidos y aplausos.

Habría unos doce hombres en la sala de audiencias. A juzgar por su uniforme, algunos de ellos eran parte del séquito de la Casa Somerset, que trabajaban para dejar libre esta estancia y que estuviese lista de nuevo para la reina en cuanto partiesen los españoles (algo que era inminente). Reconocí a Ned Armitage y Tom Turner del taller de Three Cranes Lane. Arriba en la galería, que tenía un aspecto extraño ahora que estaba desnuda de cortinajes, la figura de Jonathan Snell estaba quieta junto al borde sin protección. Sus anteojos brillaban. Imaginé que no sentía temor de dar un paso en falso pese a su pobre vista.

Eché un vistazo en busca de Snell padre, y después de un momento lo vi en lo que había sido la zona entre bastidores y que se había convertido en un espacio abierto. Estaba inclinado sobre el cabrestante, el que requirió la fuerza de seis hombres para ponerlo en posición. Debió oírme llegar o puede que me viera por el rabillo del ojo, ya que alzó la vista cuando aún estaba a una buena distancia. Su vista era mejor que la de su hijo, ya que dijo:

–Nicholas Revill, ¿os llamáis así? ¿Qué estáis haciendo aquí? Vuestros compañeros ya se han ido a casa.

–Estaba admirando el río.

No me preguntó al respecto, sino que me dijo:

–Pues ya que estáis aquí, podríais echar una mano.

–Con mucho gusto.

–Entonces, coged esa silla y ponedla con el resto de bártulos en aquella esquina. Enviaré a alguien para que os ayude.

Señaló el "trono" en el que la figura de la Verdad había descendido en el desenlace de la *Mascarada de la paz*. Aún se encontraba en mitad del escenario, en el sitio donde aterrizó Ben Jonson.

No me moví. Si quería decir algo, tenía que ser en ese momento. Puse mi mano sobre el brazo de Snell padre. Estaba a punto de llamar a uno de sus trabajadores.

–Esperad, maese Snell.

Me miró con curiosidad. Seguro que mi voz debía reflejar tensión o incomodidad.

–¿Sí?

–Tengo que preguntaros algo.

La verdadera pregunta era, ¿pensaba yo que esta persona de manos expertas y cerebro ingenioso era un asesino? No, lo más probable era que no lo fuese. De todos modos, no es una pregunta que pueda hacerse con facilidad. Mi lengua se volvió de piedra.

–Maese Revill, ¿os encontráis bien? –dijo Snell, su voz debatiéndose entre la preocupación y la impaciencia.

Ahora no me quedaba otra que hablar. Por lo que, a falta de algo mejor, le relaté cómo había escuchado (bueno, espiado) la conversación entre él y lady Jane en el transcurso del ensayo en la mansión de los Blake. Aquella conversación sobre *Y luego esto se vendrá abajo*, y *Oh, vaya que se vendrá abajo.*

Snell mostró su perplejidad. Yo sentí mi cara volverse púrpura.

–¿Espiasteis esa conversación, maese Revill?

–Sí. No era mi intención, volvía de… de… tuve que atender una llamada de la naturaleza.

–Una llamada de la naturaleza.

Me puse aún más rojo y no podía pensar en nada más que decir. Ojalá no hubiera dicho nada al principio.

–Nos espiasteis.

–Estaba detrás de un tapiz.

–¿Y por qué creéis que esta conversación mía con lady Jane sobre *cosas que se vienen abajo* sería tan significativa?

Cuando las mejillas se encienden tanto como una fragua, ¿pueden subir de tono aún más? Sí, afirmo que pueden.

–Perdonadme, maese Snell, he sido un estúpido y un presuntuoso.

–No voy a quitaros la razón en eso.

–Es que ya hay tres muertos relacionados con la *Mascarada de la paz* de Ben…

–¿Tres muertos?

–Dos, quise decir. Sir Philip Blake y ahora Giles Cass.

–¿Por lo que sospecháis que hay un asesino, igual que lo hacía mi hijo?

Sonará extraño, pero me sentí aliviado cuando Snell dijo esas palabras, ya que me hacían sentir menos aislado y absurdo en mi punto de mi vista. De todos modos, noté que había usado el pasado para referirse a la opinión de su hijo.

–Es posible –dije.

–¿Posible que yo haya estado conspirando con lady Blake para asesinar a su marido? ¿Es eso?

–Perdonadme, maese Snell.

Diversas expresiones cruzaban por su cara mientras hablábamos. Al mencionar yo las "tres muertes" (incluyendo por error la de John Ratchett), Snell parecía incómodo, en mi opinión. A esto siguió la indignación, e incluso la rabia. Ahora, de todos modos, el humor brillaba en sus ojos.

–De acuerdo, Nicholas Revill, para *alivio* de vuestra curiosidad os diré de qué hablábamos lady Blake y yo mientras vos nos espiabais detrás de un tapiz.

–No quisiera entrometerme.

–Por supuesto que queréis entrometeros.

–De acuerdo, tenéis razón.

Escuché, en parte avergonzado y en parte curioso. Fuese lo que fuera eso que iba a decir, no se trataba de una confesión de asesinato.

–Decidme, ¿sabríais a qué me refiero con una "cabina con asiento"?

–Es una especie de retrete, ¿no?

–Retrete, excusado, una cabina de necesidades, llamadlo como queráis –dijo Snell, entusiasmándose al hablar–. Hay un hombre llamado Harington, sir John Harington. Era un favorito de nuestra difunta reina Isabel, debido a su atractivo y por haber traducido algunos poemas del italiano.

Asentí con vigor como si hubiese oído hablar de este tal Harington, pero sin tener ni idea de quién o a qué se refería Snell. No importaba. El mecánico estaba inmerso en sus propias palabras. Su cara estaba igual de exultante que cuando me había hablado del cabrestante y sus complejidades.

–Para mí, sir John se distingue de verdad por una sola cosa, sin importar todo lo demás que haya hecho. Ha dedicado muchas horas a pensar en nuestras necesidades corporales. No diría que lo ha perfeccionado, pero sí que ha llevado a un grado máximo un dispositivo que asegura que los desechos humanos desaparezcan de nuestra vista y de nuestro olfato mediante una combinación de cisternas y válvulas.

Debí poner cara de incrédulo, o tal vez de asombro, ya que Jonathan Snell me confesó de manera profética:

–Llegará el día, Nicholas, en el que los orinales, las bacinillas y los limpiadores no se necesitarán más, al menos en las grandiosas casas como esta. Cuando alguien necesite ocuparse de sus necesidades corporales, se encerrará en una cabina privada, un retrete con una cisterna de agua. Y luego, una vez terminado el proceso, bastará con accionar una palanca o un tirador para soltar una cascada de agua que arrastre los desagradables desperdicios de nuestra naturaleza animal. Así será el excusado del futuro.

–¿Y dónde irán a parar los desperdicios? –dije, un poco asqueado (de que alguien hubiese desperdiciado, ¡ja! tanto tiempo a pensar en semejantes asuntos) pero también interesado a mi pesar.

Jonathan Snell señaló con su mano de largo pulgar las ventanas de la Casa Somerset y dijo:

–El río es amplio, y profundo. Hay mucho sitio ahí fuera. Bien, ¿queda vuestra curiosidad *aliviada*? Empleo el término a propósito. Eso era lo que estaba discutiendo con lady Jane Blake, la instalación de uno de esos dispositivos en su casa del Strand. Ahí tenéis vuestra trama, vuestra conspiración. Lady Jane está a la vanguardia del progreso y el desarrollo. Es la hija de un apotecario, sabéis, no una de esas estiradas mujeres nobles. Me siento orgulloso de estar bajo su patrocinio.

–Ya veo. Os agradezco vuestra detallada explicación, maese Snell. Siento de veras haber... haberos malinterpretado a ambos.

–¿Habéis hablado con ella? –preguntó con rapidez.

–Por supuesto que no. Ahora me siento muy confundido. No debería haber escuchado vuestra conversación con lady Blake, ni haberme precipitado en mis conclusiones.

–Está bien, Nicholas, no pasa nada.

Hasta ahora no me había llamado por mi nombre de pila, y era un alivio que me perdonase (o al menos, que me excusase) incluso al precio de parecer un poco idiota. Snell le hizo una seña a uno de su cuadrilla. Se trataba de Tom Turner, el tipo del pelo lacio.

–Bien, ahora si los dos os ponéis a la faena, esa silla hay que llevarla hasta allí.

Juntos, Turner y yo llevamos a pulso el trono de la Verdad desde el escenario hasta el rincón de la sala de audiencias, donde todos los efectos portátiles estaban apilados. Se había despojado a la silla de todos sus ornamentos y lucía mucho menos fastuosa y más compacta, aunque era demasiado grande para que un solo hombre la moviese. A este artilugio había confiado mi peso, como hiciesen sir Philip Blake y Ben Jonson.

Pusimos la silla junto a una luna llena que, sin el beneficio de la luz de las velas, tenía un aspecto cansado y pálido. Le pregunté a Turner:

–¿Usaréis esto de nuevo?

–¿El qué?

–Esta silla. ¿Volveréis a usarla?

La pregunta, hecha de manera casual, parecía entrañar una dificultad insólita para Turner. Se rascó la barba de varios días.

–Supongo –dijo al final, desde detrás de su cortina de pelo. Al contrario que su compañero Ned Armitage, Turner era hombre de pocas palabras. ¿Y por qué no tendría que serlo? Era un artesano, y se expresaba mediante las manos.

Ayudé a mover unos cuantos objetos más. Luego, los hombres del taller de los Snell volvieron su atención a la trabajosa tarea de desmontar el andamiaje de madera, algo que seguramente les ocuparía varias horas de la noche. Me deslicé fuera de la sala de audiencias, no antes de volver a toparme con Snell padre una vez más. Me dedicó una amplia sonrisa a la que yo respondí con otra, avergonzada y tímida. Me abrí camino por los pasillos y las antecámaras de la Casa Somerset, una ruta familiar a estas alturas. Pasé junto a grupos de españoles, que hablaban en esa extraña lengua que suena a la vez dulce y tosca. Se quedaban despiertos hasta más tarde de lo que solíamos lo ingleses. La misma mezcla de olores de cocina que había percibido en mi primera visita, olor a aceite y a flores, flotaba por las zonas habilitadas como comedores. Después de la partida del antiguo enemigo, su olor aún se mantendría durante un corto tiempo.

Tuve una fantasía en la que me encontraba con doña Luisa de Mendoza en los pasillos, pero no se hizo real. Tal vez ella ya se había deslizado entre las sábanas de seda perfumada de su lecho. Pensar en ella metiéndose entre las sábanas era tan dulce y tosco como la incomprensible lengua de los españoles... ¡y yo sin encontrármela! Apresuré el paso a través del grandioso jardín, más allá de la caseta del guarda y salí a la humedad de la noche.

Para cuando regresé a la casa de Thames Street, la señora Buckle ya se había ido a la cama. Nada sorprendente, ya que era más de medianoche. Si hubiese tenido más confianza con ella, la habría molestado. Resultó que la única persona a la que molesté fue a su hija Lizzie que se encontraba en el piso de abajo, pero que se marchó nada más verme aparecer, murmurando algo sobre su imposibilidad de conciliar el sueño.

Eso ascendía a dos el número de insomnes, ya que cuando por fin me acosté en mi lecho del piso superior, tuve dificultades para dormirme. Los sucesos de la jornada se arremolinaban en mi cabeza. Muchas cosas habían ocurrido. La exitosa representación de la *Mascarada de la paz*; la presencia de la reina Ana (esa angular dama danesa que nos sorprendió con su maestría de la danza y el canto); la muerte de Giles Cass; y la vergonzosa conversación sobre excusados con Snell padre.

Creía en todo lo que me había contado de las cisternas, las válvulas y demás. Demasiado rocambolesco como para no ser cierto. Había creído que lady Jane y el ingeniero preparaban la muerte de un marido cuando en realidad estaban conspirando para construir mejores retretes. No me extrañaba que lo hubiesen mantenido en secreto. Ni tampoco que se hubieran comportado como niños en una escuela al tocar temas de adultos. Creció mi respeto por Jonathan Snell. Ya no era solo un creador de sillas voladoras y olas festoneadas, sino también un maestro potencial de los retretes. Mi respeto hacia él creció… pero también lo miraría de otro modo en el futuro.

Podrá parecer extraño, pero el hecho de que un hombre hubiese muerto ahogado durante la velada en la Casa Somerset me afectaba menos que la conversación sostenida con Snell. No estaba seguro de que la muerte de Cass fuese a afectar mucho a nadie. La voz de Ben Jonson, que escuché en la terraza mientras observábamos el cuerpo tumbado de espaldas, no sonaba como la de alguien que estuviese impresionado por el suceso o apenado por la pérdida. Era probable que sir Robert Cecil lo lamentara desde un punto de vista práctico, pero Cecil tenía muchos hombres a sueldo, directa o indirectamente.

Después de que maese Snell me contase su conversación "reservada", ya no estaba seguro de que las muertes de Cass, Ratchett y Blake tuviesen algún nexo. Tampoco de que hubieran sido asesinados. Era la segunda vez que cambiaba de parecer en menos de un día. Tal vez había una explicación "inocente" para estas muertes, después de todo. La primera y la tercera habían sido accidentales y la segunda fue un suicidio. Tal vez Ratchett se puso encima de la trampilla y accionó la palanca él mismo.

Y de nuevo, tal vez no.

El estruendo de las trompetas desde una galería superior penetró en mis pensamientos. Regresé a la Capilla Real del palacio de Whitehall, el día después de la representación de la mascarada en la Casa Somerset. Un día histórico, este 19 de agosto, el día de la firma del tratado de paz entre Inglaterra y España. Seguíamos esperando la llegada del rey Jacobo, pese a que las trompetas señalaban su inminente llegada. Hay un protocolo y unas formas en estos despliegues reales, pero tuve la impresión de que Jacobo nos había tenido esperando un poco más de lo considerado apropiado, sobre todo si se tenía en cuenta la presencia de nuestros huéspedes españoles. Era sabido que el rey no gustaba de las muchedumbres, ni siquiera de las ordenadas aglomeraciones de la corte. Prefería estar a campo abierto, de caza. Que no le gustase presentarse en público frente a sus súbditos y compatriotas era un extraño defecto para un monarca, y uno que resultaba difícil de entender para un actor.

Nadie en la King's Men tuvo una visión clara de nuestro patrón cuando entró en la Capilla luciendo sus galas ceremoniales. Por supuesto, porque estábamos haciendo profundas reverencias. Pero me temo que ninguno de nosotros sentía curiosidad alguna a ese respecto por Jacobo. Habíamos actuado en su presencia en dos o tres ocasiones, y sus rasgos nos eran familiares. Al contrario que el anterior monarca, el rey Jacobo no provocaba mucha curiosidad, no digamos ya entusiasmo. Se decía que era inteligente y que nada le gustaba más, aparte de la caza y la compañía de hombres jóvenes, que una discusión culta. Había escrito poesía en su juventud y en épocas recientes, produjo algún que otro libro sobre eso de reinar. Y con todo, ¿quién no hubiese cambiado todos sus dones por pasar media hora en presencia de nuestra reina Isabel? Jacobo, además, no tenía un físico impactante. Sus ojos estaban hundidos, como ocultos en sus cuencas, y caminaba de manera chocante y desgarbada mientras recorría el pasillo.

Cuando llegó al extremo este, Jacobo se sentó en una especie de trono, que era menos grandioso que un trono de una sala de audiencias porque, después de todo, aquella era la casa de

Dios. Los demás nos quedamos quietos, la cabeza descubierta y mudos. Solo había otra persona más sentada y ese era sir Robert Cecil, a quien presumiblemente se le permitía esto debido a su rango (y a su condición de jorobado). Poco podía ver del ministro, pero reconocí su voz cuando leyó el preámbulo al tratado. Cecil anunció la declaración formal de paz entre Inglaterra y España, pero usó un documento tan lleno de circunloquios y frases elaboradas que los hechos quedaban más ocultos que declarados.

Entonces el rey Jacobo se levantó y juró en latín honrar el tratado con la ayuda de Dios. El acento escocés que lucía su latín lo hacía agradable al oído, aunque no se entendiese lo que decía. Después de esto, un caballero español, asumí que el condestable de Castilla porque era el líder de su grupo, también se comprometió en latín a honrar el tratado. Luego el rey y el condestable pusieron su firma y sello a una pequeña pila de documentos (no es que pudiésemos ver mucho del procedimiento desde nuestra precaria posición) y mientras, nosotros seguíamos callados con paciencia. El rey salió de la Capilla con sus andares vacilantes y la congregación volvió a inclinarse. El efecto para un observador hubiese sido el de un campo de trigo ondulado por la brisa de verano, sobre todo dado que (pese a que todos estábamos descubiertos) muchas plumas quedaron en evidencia. Nos pusimos derechos justo para ver pasar al condestable de Castilla, contrastando su porte altivo con los andares vacilantes de nuestro monarca, seguido de Cecil transportado en su silla, y luego el resto de los dos bandos en orden descendiente de preeminencia.

Más o menos, eso fue todo. Iba a tener lugar un festín en el salón de banquetes al que no fuimos invitados. Oí más tarde que las dos partes intentaron que la otra se emborrachase hasta hacerla caer, y que el rey en particular se mostró entusiasta por brindar una y otra vez, ya que el condestable de Castilla le regaló una bella copa de cristal y oro después del primer brindis.

Al público (la gente como nosotros) se le permitió asistir a las luchas de animales en el jardín del palacio. Los osos del rey lucharon contra galgos y a continuación, unos mastines se enfrentaron a un toro amarrado. Pero como nunca he sido un entusiasta de las luchas de animales, me marché. Intenté convencerme de que había estado presente en un momento crucial de la historia (algo que contar a mis nietos, aunque para tener nietos primero tendría que tener hijos), pero no lo conseguí. Con tratado o sin él, Inglaterra y España volverían a entrar en guerra en un año o dos. Era una mera cuestión de formas.

Tuve una visión privilegiada entre bastidores mientras buscaba la salida del palacio de Whitehall. Habiéndome perdido en el edificio, pasé por segunda vez (como poco) ante unas enormes puertas dobles, que anteriormente se hallaban cerradas pero ahora estaban abiertas. Al asomarme, vi a ingleses y españoles sentados en lados opuestos de una mesa cubierta con un brocado. Entre ellos reconocí la cara cubierta por una barba blanca de Charles Howard, el mando supremo del Almirantazgo, así como a Charles Blount, el mofletudo conde que Cass me había señalado en la Casa Somerset. En el extremo más próximo de la mesa se encontraba el ministro Cecil, con una pluma, un cuenco de tinta y una hoja de papel frente a su persona. En el otro lado de la larga mesa, como caballeros formados para el combate, se sentaba un número equivalente de nobles españoles. Reconocí al conde y al abogado de mirada predadora que Ratchett había identificado, además del condestable que había hecho el juramento en la Capilla Real. De hecho, conocía a tantos de estos hombres que me sentía como si ya nos hubieran presentado.

Aún estaba mirando hacia la habitación cuando la enorme cabeza abombada de Cecil se volvió hacia mí, como una bestia torpe aunque peligrosa. Entonces la mayoría de los presentes volvió la cabeza en mi dirección, aunque en verdad no me estaban mirando, a un pobre actor, a un don nadie. Era más bien como si estuviesen sentados para un retrato colectivo que permitiera recordar ese instante por siempre. El peso de la historia descansaba sobre sus hombros. Luego las puertas dobles fueron cerradas por manos invisibles y volví a lo mío, a perderme en el interior del palacio de Whitehall.

Un par de días más tarde, después de más banquetes, brindis y promesas, los españoles dejaron la ciudad. La Casa Somerset fue devuelta a su legítima propietaria. Se dijo que la reina Ana no tardó ni un minuto en levantar el campamento de Whitehall y volver a su hogar. Su hogar, era evidente, era cualquier lugar donde su marido no estuviese.

Fue, de algún modo, una larga vuelta a casa para los españoles. Se marcharon río abajo con muy poca pompa y boato en comparación con la que hubo a su llegada. Los londinenses, que siempre se hartan rápido de las cosas, no mostraron curiosidad alguna por la marcha del antiguo adversario, el enemigo insolente. Antes de que los españoles llegaran a Londres, hubo alivio en el hecho de que no fuesen a llegar con su propia flota hasta la mismísima ciudad. Por esa razón desembarcaron en Dover, ya que el Consejo del Reino no les podía permitir hacer en paz lo que no habían logrado en tiempos de guerra. Pero ahora creo que a nadie le hubiese importado que llegaran y se marcharan con una flota de barcos. Los españoles podían resultar un poco gallitos en sus modales, podían hablar una lengua extraña, pero no lucían cuernos en la frente y algunas de sus mujeres eran bastante bellas.

Me pregunté qué habría pensado sir Walter Raleigh al verlos partir. También me pregunté por los detalles legales de la causa que lo llevó a prisión. Ya que fue acusado de conspirar con España (e ignorando el hecho de que era una imputación absurda en primera instancia), ¿podía seguir siendo considerado culpable de traición? Nuestro antiguo enemigo era nuestro nuevo amigo. Ahora todos éramos conspiradores con España, o al menos el rey, el ministro Cecil y el resto de la cuadrilla lo eran. ¿Dónde dejaba eso a sir Walter? Un problema interesante para nuestros amigos, los letrados de Middle Temple y Lincoln's Inn. Fuera cual fuese su destino, al menos Raleigh se había librado del temible final reservado a los traidores: que el verdugo lo abriese en dos e introdujese sus manos sangrientas en sus entrañas aún calientes mientras colgaba vivo del patíbulo, y ser testigo de cómo este hombre le ponía las tripas frente a su cara, y que luego le cortase sus partes privadas y las lanzase al fuego ante sus ojos… era demasiado horrible para pensarlo, pero por otra parte era imposible sustraerse a ese pensamiento cuando la mente divagaba en esa dirección. Mi mente había vagado mucho en esa dirección en los últimos días. Supongo que esas horribles imágenes fueron provocadas por los comentarios que Giles Cass me hizo sobre sir Philip Blake. Sobre la suerte que había tenido de morir cuando lo hizo porque el ministro Cecil, el sabueso de Jacobo, andaba tras su pista. Cierto era que su muerte había sido rápida en comparación a lo que hubiese padecido en el patíbulo. En el caso de que Cass estuviese diciendo la verdad, por supuesto…

Pero volvamos con nuestros huéspedes españoles. Desembarcaron en algún punto más allá de Greenwich y viajaron por tierra hasta Dover, donde subieron a sus propios navíos y se alejaron con las velas extendidas, para caerse por el borde del mundo por lo que a mí respectaba.

Disfruté de la compañía de la señora Buckle una noche más. O más bien, lo habría hecho si su difunto marido no se hubiera interpuesto entre nosotros.

Nuestra relación era un poco extraña, tal vez más de lo que lo hubiese sido si nunca nos hubiéramos acostado. Yo no sabía si a ella le apetecía retomar nuestra conexión, por decirlo con timidez. Pero tres o cuatro días después de la representación de la *Mascarada de la paz*, volvíamos a encontrarnos sentados a la mesa a altas horas, compartiendo vino y charla. Le había estado contando de los españoles, a los que había visto de bien cerca, y de la gracia de la reina para el baile. Me encontré mirándole su pronunciado hueco sobre el labio superior. Ahora lo conocía mejor, un poquito, pero no me importaría volver a encontrármelo, ni tampoco otras cosas. Para poner punto y final a nuestra charla, como el último plato de un banquete, mencioné al ahogado que había sido pescado en el río junto a la Casa Somerset.

–¿Quién era?

–¿El ahogado? Uno que se llamaba Cass, Giles Cass.

–¿Un hombre importante?

–No. O, si lo preferís, solo en su opinión.

–¿Tenía esposa?

–No lo sé. ¿Acaso importa?

–A ella, sí.

Pero la cuestión de si Cass estaba casado o no tenía poco interés para mí. Ninguno, en realidad. Pese a que no se parecía a Martin Barton en muchos otros aspectos, los dos eran del tipo no apto para matrimonio. La pérdida de Cass no fue muy lamentada. Incluso Ben Jonson, cuando hice referencia a él uno o dos días después, se encogió de hombros y dijo algo en latín sobre que la muerte era común a todos los hombres. En cuanto al modo en que falleció Cass, no podría haber sido más ordinario. Hombres, mujeres y niños caen al río a diario. Es el gran contenedor de Londres.

Y de vuelta entre los vivos…

La señora Buckle y yo nos retiramos a su habitación. Solo supe que ella lo deseaba porque me ordenó que la siguiera en cinco minutos. Debía temer que nuestras pisadas se escuchasen al unísono, alertando así a su hija Lizzie o a la criada Grace. Me deslicé con sigilo por instinto, pese a saber que si estuviese dirigiéndome a mi propio cuarto habría caminado sin cuidado alguno.

Nos tumbamos en su lecho marital de una manera extraña, por decorosa. La única luz entraba por las hojas de la ventana y provenía de una luna casi llena. Pensé en esas figuras de marido y mujer, tumbadas una al lado de la otra para su descanso eterno en la lápida de una tumba. No eran los mejores pensamientos para un momento así. Extendí mi brazo para que descansase sobre sus pechos. Excepto en una zona, me sentía tan tieso como esas estatuas de las tumbas. La señora Buckle aún vestía su ropa de diario, la de luto, que parecía hecha de tinta a la luz de la luna. De repente ella también se puso rígida, pero de aprensión.

–¡Miradle, aquí esta de nuevo!

Apretó mi mano con fuerza sobre su pecho izquierdo, donde se encontraba. En ese momento yo me encontraba a punto de tumbarme sobre ella. Volví la cabeza. No había nada que ver, solo los pocos muebles que la luna resaltaba en el dormitorio: un taburete acolchado, un cofre grande y un armario pequeño.

La señora Buckle se sentó de golpe. La sentí más que verla mirando hacia la ventana. Pensé que habría olvidado mi presencia pero cuando volvió a hablar se dirigió a mí, no a lo que fuese que había visto al otro lado de la habitación.

–¿Le veis? Oh, debéis verle.

–No hay nada…

Se produjo una extraña alteración en la luz de la luna que me impidió terminar la frase. Fue como si una lámina de cristal grueso, llena de imperfecciones, se moviese entre la ventana y la cama en la que yacíamos. La blancura de la luna se astilló en esquirlas al derramarse por la habitación. Sentí que el lugar se volvía frío. Había sido una cálida noche de verano, pero en ese momento se volvió tan fresca como en primavera. Se me puso carne de gallina en los brazos.

–Como acostumbraba cuando vivía –dijo en un susurro la señora Buckle–. Ahora se marcha.

La interrupción de la luz de la luna pasó y la habitación volvió a llenarse de nuevo con el resplandor constante e inhumano del satélite.

Nunca antes había visto un fantasma y no estaba seguro de haberlo visto en esta ocasión. Tal vez no había sido otra cosa que una travesura de la luz, una nube hecha jirones que pasó delante de la luna o una momentánea enajenación de mi vista. Pero los cabellos de mi nuca me decían que era otra cosa, y fuera lo que fuese lo que yo entreví, la señora Buckle lo había visto de pleno. Su difunto marido, el reverendo Hugh Buckle, no iba a dejarla en paz.

La viuda no me pidió que me marchase. Para ser honestos, después de esta última aparición (si era lo que había sido), yo ya no estaba de humor. Ni ella tampoco. Nos dijimos nuestras excusas a medias ("Creo que será mejor..." y "Tal vez será mejor que...") y subí a hurtadillas a mi propia habitación, no si antes haberme asegurado de que la señora Buckle se encontraría bien quedándose a solas el resto de la noche. Podría haber cambiado de habitación, pero dudo que eso sea un obstáculo para un fantasma. Tal vez su traslado forzoso de la casa de Thames Street fuese algo bueno, después de todo.

La aparición me había conmocionado. Y también me dejó perplejo. ¿Qué buscaba el difunto reverendo Buckle? ¿Recordarle a su esposa de quién era propiedad? ¿Asustar a un intruso que estaba en su cama? Si era así, lo había conseguido. ¿Pero los fantasmas son tan viles? Oh sí, pensé, seguro que lo son. ¿Por qué tendrían que ser distintos del resto de nosotros? Y entonces me pregunté si no sería otra la razón, y no los celos, por la que el fantasma vagaba entre los vivos. Esa razón, en caso de existir, era un misterio. Y, como se descubrió más tarde, la solución de ese misterio se encontraba, como tantísimas otras cosas, en las obras del maestro William Shakespeare.

AQUÍ ESTÁ EL QUE FUE OTELO

La primera obra que teníamos que representar en el restaurado Globe era una tragedia de Shakespeare, la del Moro llamado *Otelo.* El teatro tenía mucho mejor aspecto debido a las recientes capas de pintura y otras reparaciones. Habían pasado ya más de cuatro años desde que el Globe fuera erigido sobre este lugar y en el último año, había estado cerrado por la peste. En realidad, la estructura del edificio era mucho más antigua, pues sus vigas fueron utilizadas originariamente en el teatro de Shoreditch, de donde luego se desmontaron y transportaron sobre las heladas aguas del Támesis en el transcurso de un gélido invierno.

Se necesitaba una obra sustanciosa para el evento de inauguración, y llevar *Otelo* a escena en ese momento, a finales de agosto, presentaba una doble ventaja. Su popularidad se hizo obvia en unas pocas representaciones de primavera, y la fama de Dick Burbage había aumentado gracias a su interpretación del papel principal. Los veteranos sabían que se correría la voz, y nuevas audiencias ingresarían en el teatro junto con los que deseaban ver de nuevo la obra. La otra razón era que, tal y como me había indicado W.S., debíamos representar *Otelo* ante la corte, en Whitehall, en un futuro próximo. Por ello, la oportunidad de pulir la representación (no en los versos que contenía, por supuesto, sino en los detalles de la acción) fue bien recibida. Tal vez vuestras mercedes piensen que quizás el rey Jacobo podía preferir una nueva obra, una que no se hubiese representado en público. Pero, en realidad, como el rey no tenía el más mínimo gusto en lo que a obras teatrales se refiere, se decantaba por las más aclamadas en el pasado. La primera obra que representamos para nuestro poderoso patrón, *Noche de Epifanía*, databa del reinado de Isabel.

Yo me habría resignado con un par de papeles secundarios (el soldado y el senador) en el reestreno de *Otelo*, pero la desgracia de uno de mis compañeros trajo consigo mi suerte. Laurence Savage hizo del ingenuo Roderigo en la producción de primavera y repetiría papel en esta ocasión. Lawrence hacía bien el papel de ingenuo, podía adoptar un aspecto idiota y calculador al mismo tiempo. Colgaba sobre su frente un mechón que hacía el papel por sí solo. Pero quiso la mala fortuna que el día anterior al ensayo, Lawrence, acompañado de Ben Jonson, se diera un atracón de ostras en la taberna de La Sirena, y esa misma noche, vomitó hasta los intestinos, por lo que al día siguiente se sentía como un perro apaleado. Lawrence apareció como buen profesional en el ensayo de *Otelo*, pero el único papel que podría haber interpretado en su estado era el de un muerto volviendo de su tumba. Dick Burbage le ordenó que volviese a casa a postrar su malestar y me puso a mí en su lugar.

–Lo siento, Laurence –le dije, dándole palmaditas sobre la espalda cuando pasaba apresurado delante de mí, camino a una de las bacinillas repartidas por el Globe para la comodidad de nuestros patrones.

Realmente no lo sentía, pero al menos oculté la satisfacción que me producía conseguir una parte con más sustancia. Incluso en el caso de que Laurence regresase sano y recuperado para la representación, se me permitiría conservar el papel de Roderigo, siempre que lo defendiera dignamente durante los ensayos. Geoffrey Allison, el tenedor de libros, me proporcionó mis líneas. El pergamino era de un tamaño considerable. Allison me dijo que lo cuidara. Se lo dice a todo el mundo, incluso a los veteranos. Pues perder dicho pergamino sería una grave ofensa hacia su persona, así como dañar el vestuario lo sería para Bartholomew Ridd. Me refugié en un silencioso rincón del teatro y empecé a estudiar mi papel.

Con anterioridad, fui de la opinión de que nadie tenía mucha importancia en *Otelo* a excepción del propio Moro, su mujer Desdémona y su intrigante compañero de armas Yago. Sin embargo, resulta curioso comprobar cómo conseguir un papel más importante de lo que se esperaba lleva a revisar las propias ideas sobre un personaje. Después de todo, descubrí que Roderigo *es* un personaje interesante, más interesante que Cassio, tan estrecho de miras. Sin duda, prefería ser Roderigo que Cassio. El papel ofrecía mayores posibilidades. Roderigo es la mano inocente de Yago, su herramienta. Cree estar enamorado de Desdémona, y esta será la primera arma que Yago utilice para manipular tanto a Roderigo como a los demás. Incluso podría disfrazarme, ya que Yago obliga a Roderigo a lucir barba cuando, guiado por la angustia de su desamor, sigue a Desdémona y Otelo hasta Chipre. Finalmente, Roderigo muere en aquella isla, apuñalado en la oscuridad por su "amigo" Yago. Este papel tenía más enjundia, por lo que procedí a estudiarlo más a fondo, con el deleite propio del perro al que su amo arroja un hueso especialmente sabroso.

No obstante, a medida que escudriñaba mis líneas, ciertas ideas vinieron a mi cabeza. Escuchaba ecos de los recientes acontecimientos ocurridos en la Casa Somerset y en otros lugares. Cuando Yago ordena repetidamente a Roderigo "llenar de dinero sus bolsillos", no pude evitar recordar esas mismas palabras en boca de John Ratchett cuando me convencía (de hecho, me engañaba y me sobornaba) para escribir informes por encargo del "Consejo". Sin duda, Ratchett debió asistir a la representación de nuestra obra el pasado abril, pero, la conociese o no, se metió de lleno en la piel del maquiavélico villano. Y cuando Roderigo habla de dirigirse apresuradamente al Canal de Venecia para morir ahogado en sus aguas, recordé la muerte de Giles Cass en el Támesis (el juez cerró el caso y declaró accidental la muerte de Cass, y ahí quedo todo). Principalmente, vi en el personaje de Roderigo y en la manera en que había sido engañado por Yago, un reflejo un poco molesto de la astucia empleada por Ratchett para implicarme en la intriga que envolvía a la *Mascarada de la paz* y a los Blake.

Sin duda, me había engañado. Pero tenía la fastidiosa sensación de que todos habíamos sido engañados en un sentido más amplio, del mismo modo que Yago consigue engañar a todo el mundo, desde los senadores de Venecia hasta la guarnición destacada en Chipre. Quizá fuese a causa del *Otelo* de Shakespeare. A causa de leer sus versos y volver a descubrir el esqueleto de la obra, de nuevo revestido de carne y hueso durante nuestros ensayos. La tragedia del Moro está dominada por un maestro de la manipulación, una tenebrosa figura que se esconde tras el desastre y los asesinatos que comete a placer. Y en todo momento la persona más campechana, franca y sencilla que se pueda imaginar, ¡es Yago!

Yo me preguntaba si tras la auténtica tragedia de la muerte de sir Philip Blake, la no tan lamentada defunción de Giles Cass, y la casi ignorada desaparición de John Ratchett (aunque sí conocida por mí y por, al menos, una persona más), habría una figura igualmente maquiavélica en la sombra, un Yago que manipulase los acontecimientos en su propio beneficio. Debió ser la atmósfera caldeada de esta obra, repleta de intrigas y más intrigas, la que despertó otra vez en mí semejantes sospechas. En el desenlace de *Otelo* se descubre la verdad, aunque entonces ya sea demasiado tarde para todos. No sabía si la verdad sobre la muerte de Blake, el hombre que interpretaba la Verdad, se sabría alguna vez.

Como me sentía indeciso acerca de lo que podía (o debía) hacer, opté por no hacer nada. Pero, apenas hube tomado esta decisión, sostuve un par de conversaciones que me hicieron ver las cosas de manera diferente.

La primera de ellas la sostuve con Abel Glaze. Durante el descanso de un ensayo, me felicitó por mi actuación como Roderigo.

–De la Ignorancia a la ingenuidad solo hay un paso –le dije, haciendo referencia a mi papel en la *Mascarada de la paz* de Ben.

–Oh, vamos, Nick, ya sabes que hay que ser muy listo para interpretar a un estúpido. En lo que a mí respecta, preferiría interpretar al chiflado antes que al héroe.

Se dice que dentro de todo payaso hay un hombre serio, un trágico, luchando por salir, pero no creo que fuese el caso de Abel.

–¿Puedo pedirte que hagas de juez ahora, Nick? –me dijo.

–¿Hacer de juez?

–No es la palabra adecuada. Pero estoy en una pequeña dificultad. ¿Ves esto?

Tras mirar a su alrededor como asegurándose de que nadie le veía, Abel sacó una petaca metálica de su bolsillo. La agitó. Había líquido en el interior. La petaca, de plata grabada con elegancia, me resultó vagamente familiar.

–Era de sir Philip Blake.

Entonces la reconocí. Había visto a Blake beber un trago de ella el día del ensayo fatal en la Casa Somerset, antes de encaramarse por la escalera que llevaba a la galería. Para darse ánimos, pensé entonces.

–¿De dónde la has sacado, Abel?

–La recogí del escenario cuando Blake cayó. ¿Te acuerdas?

Todo lo que yo recordaba era a Abel dirigiéndose hacia el cuerpo. Y antes de eso, el crujido de la cabeza de sir Philip al golpearse contra el suelo, como si de una cáscara de nuez se tratase. Y después de eso, el charco de sangre que surgía bajo su túnica.

–No lo vi desde tan cerca.

–No sé bien qué me pasó –dijo Abel–, pero la vi tirada sobre el escenario y mientras todos prestaban atención al cuerpo, me la guardé en el bolsillo.

–Quien lo encuentra, se lo queda –le dije.

–Ya no quiero quedármela. ¿Pero a quién se la puedo dar? No quiero que nadie piense que le he robado la petaca a un muerto.

Tuve la certeza de que eso era lo que Abel había hecho, por lo que es posible que mi respuesta fuese un poco brusca.

–Pues no la devuelvas.

–Bueno…

Casi se retorcía de angustia. Algo más debía preocuparle. Abel se había ganado la vida de forma poco decorosa en los caminos durante mucho tiempo, antes de ingresar en la King's Men. Aunque no había robado dinero o bienes exactamente, sí había separado a los necios (y a los no tan necios) de su dinero con eficaz regularidad. Algunas de las costumbres que adquirió seguían aferradas a él y casi sin dudarlo, había despojado a un muerto de sus pertenencias. Quien lo encuentra, se lo queda. Teniendo en cuenta esto, ¿por qué estaba tan nervioso por una simple petaca, aunque fuese de plata?

Una vez más, Abel miró a su alrededor. Si le preocupaba que nos mirasen, no tenía por qué. Dick Burbage, que interpretaba al Moro, estaba enfrascado en la conversación que mantenía con Henry Condell, que interpretaba a Yago. Shakespeare se encontraba a un lado, como si mediase entre ellos. Otros miembros de la compañía se relajaban, disfrutando de un descanso durante el ensayo. Algunos estaban tumbados a la sombra. Un calor bochornoso invadía los últimos días de agosto. Seguro de que nadie lo miraba, Abel desenroscó la tapa y me pasó la petaca.

–Huele.

Olí algo vaporoso y muy fuerte.

–Es *aqua vitae*, ¿verdad? Supongo que sir Philip necesitaba un trago o dos para, eh, fortalecerse durante los ensayos. La silla voladora no era muy cómoda, hazte cargo.

–No, huele a algo más, algo amargo. Un perfume oculto. Huélelo otra vez.

Llevé la petaca a mi nariz por segunda vez y aspiré. Tal vez Abel tuviese razón, pero yo no detecté nada. Bueno, quizá un efímero rastro de otro aroma entre los vapores etílicos. Le devolví la petaca.

–¿Adónde quieres llegar?

–¿Viste a sir Philip justo antes de caer? Me refiero al momento de antes.

Asentí.

–¿Qué aspecto tenía? –preguntó mi amigo.

–¿Que qué aspecto tenía? ¿Qué aspecto tendrías tú si estuvieses a punto de caer al suelo desde una altura de más de diez metros? Estaba aterrorizado, mortalmente pálido y con la boca abierta.

–Pero no dijo nada. ¿No gritó, ni maldijo, ni blasfemó, ni chilló?

–Yo… no lo sé. Se escuchaba música de fondo. Tal vez acalló cualquier sonido que él hiciera.

–Para entonces, los músicos habían dejado de tocar.

–Si tú lo dices. Sí, puede que tengas razón, la música se detuvo. Cuando la gente vio que estaba en peligro, todo se detuvo. Vale, Blake no blasfemó ni chilló. ¿Y qué?

Abel tragó saliva. Parecía incluso más incómodo que cuando confesó haber cogido la petaca.

–Nunca había hecho este tipo de especulaciones, Nick.

–¿Qué tipo de especulaciones?

–Tu tipo de especulaciones.

No dije nada. No estaba seguro de dónde nos llevaría esta conversación, pero tenía un presentimiento, y me sentía un poco ansioso y un poco receloso.

–¿Y si el contenido de la petaca hubiese sido adulterado?

–¿Te refieres a drogas?

–Sí, con drogas.

Abel me miró, como si se alegrase de que esta posibilidad saltase a la palestra. No encontré razones para ocultar mis propias sospechas sobre el asunto Blake.

–Entonces también opinas que hay algo extraño en la muerte de sir Philip –añadí.

Mi compañero me agarró del brazo. Su rostro se iluminó.

–¿Quién más opina lo mismo? ¿Tú también?

–Lo opinaba hasta hace poco –dije con cautela–. Y Jonathan Snell, el hijo, sospechaba que los cables que sujetaban la silla voladora habían sido manipulados.

–¡Ahí lo tienes!

–No, espera. Snell se retractó de sus sospechas después de que su padre tuviera unas palabras con él. No había ninguna prueba, de nada en absoluto.

Ninguna prueba, pero sí muchas sospechas e inquietud. Aún no le había dicho nada a Abel sobre de mis dudas acerca de las muertes de John Ratchett (a quien no conocía, al menos que yo supiese) o Giles Cass. Me pregunté si ahora era el momento de contárselo.

–¿Lo has probado? –le dije en cambio, señalando la petaca que aún sujetaba.

–¿Crees que soy un idiota rematado, Nick? ¿Y si es veneno?

–Pero eso no tiene ningún sentido. Si alguien iba a envenenar a sir Philip, no necesitaba provocar un accidente utilizando la silla voladora. El veneno es más silencioso, menos dramático.

Abel no parecía dispuesto a abandonar su teoría y dijo entonces:

–Tal vez el que puso la droga en la petaca no pretendía matarlo, sino atontarlo. Puede que contenga algún somnífero para que fuese más fácil que se sentara en la silla y encontrase la muerte. ¿No lo ves?

–Tal vez.

¿Era así como había sucedido? Pensé en un par de figuras en la penumbra de la galería colocando a sir Philip, drogado y dócil, en el trono de la Verdad y empujándole luego al vacío, con las cuerdas medio cortadas. En ese caso, los Snell (o al menos uno de ellos) debían estar implicados o, si no ellos, Ned Armitage o Tom Turner.

–¿Estás seguro de esto, Abel?

–Pude ver la expresión de sir Philip justo antes de que cayese, Nick. Pálido y aterrorizado, como tú dices. Pero, además, fue extraño… no sé… fue como mirar a alguien que está teniendo una pesadilla de la que no puede despertar. Sin remedio posible. Esto podría explicarlo la droga en la petaca.

Parecía mucho que observar en solo un instante, antes de que el hombre cayese hacia la muerte, aunque la vista de Abel era aguda y perspicaz. Su teoría de que Blake había sido drogado era plausible. Tal vez sea injusto, pero las drogas y los venenos llevan a pensar en las mujeres. En concreto, hacen pensar en esposas. Recordé que lady Jane Blake era hija de un apotecario. Pero no tenía mucha importancia. Las mujeres no necesitan mucha educación para saber qué hierbas se deben secar y combinar si se desean fabricar pócimas y venenos, todo lo que necesitan es el ingenio materno.

–¿En qué piensas? No es el primer misterio al que te enfrentas, Nick.

–Me he equivocado más veces de las que he acertado.

–Aquí se ha cometido una injusticia –dijo.

–Yo opino lo mismo –contesté, sorprendiéndome yo mismo de dichas palabras.

–¿Qué vamos a hacer al respecto?

–*Vamos* a pensar en ello.

–Ah –dijo Abel–. ¿Tan ocupado estás con la viuda y su hija que no puedes atender un crimen? Muy ocupado debe tenerte la hija de tu casera ya que tu cara empieza a enrojecer.

–Hace calor aquí –dije.

Estábamos sentados al borde de la sombra que proyecta el toldo sobre el escenario del Globe. Sobre nosotros estaban los recién pintados zodiaco, sol y luna. El sol real se había desplazado en círculo durante nuestra conversación y ahora golpeaba con fuerza. Parecían necesarias algunas palabras acerca de la viuda. Pero lo único que se me ocurrió fue:

–La señora Buckle está bien, gracias.

–*Señora* Buckle… qué apropiado, Nicholas. Pero me alegro de que esté bien. ¿Y qué hay de su hija?

–No la veo nunca. Y para tu información, Abel Glaze, en breve tendré que mudarme de mis aposentos en Thames Street, pues *su* casero parece resuelto a ponerlas de patitas en la calle mediante una subida de precio.

En ese momento, y por fortuna, Dick Burbage dio unas palmadas para que continuara el ensayo. Abel dijo rápidamente:

–Todavía hay sitio en mi alojamiento de la Kentish Street.

–Gracias, Abel.

La preocupación de mi amigo me conmovió. Las pequeñas disputas entre nosotros se desvanecieron. Conforme el ensayo avanzaba, y en los momentos en los que no se me necesitaba, reflexioné sobre lo que Abel había dicho, que Blake podía haber sido drogado con el contenido de la petaca. Y, como es lógico al hallarme inmerso en esta obra colmada de intrigas de William Shakespeare, mis sospechas volvieron a dirigirse hacia lady Jane Blake y Jonathan Snell padre.

Hacia el final del ensayo, rodeé la parte delantera del escenario y me dirigí hacia la zona más cercana a las tablas, en la que nuestro público, al precio de un penique, podía permanecer durante la función. Quería ver desde allí la interpretación de Dick Burbage del trágico descenlace de Otelo, una vez que el Moro se enfrenta a Desdémona por su presunta infidelidad y la asfixia sobre el lecho conyugal. Yo, como Roderigo, ya estaba muerto. Había sido asesinado a traición mientras preparaba una emboscada a Cassio. La misma emboscada ya era traicionera, por supuesto, pero mi muerte fue doblemente traicionera, como resultado de haber sido apuñalado por Yago (esa tenebrosa figura que en la sombra mueve los hilos y planea el desenlace) al amparo de la noche y la confusión.

La actuación de Dick Burbage como Otelo ya era famosa en toda la ciudad, lo venía siendo desde la primera representación de primavera. Su voz, de natural atronadora, descendía uno o dos tonos más al interpretar al Moro. Aunque solo se trataba de un ensayo, se había ennegrecido el rostro y las manos. Gracias a algún tipo de truco, el blanco de sus ojos resaltaba y le hacía parecer una bestia enfurecida y acorralada. Era majestuoso aunque bárbaro, incluso al asfixiar a su mujer y atormentarse después por ello sobre su cuerpo. La ira descargada sobre Yago cuando se descubre la verdad era un espectáculo aterrador; la ira descargada sobre sí mismo era incluso peor.

Cuando Otelo, acabado, se apuñala y da la orden de que Yago sea apresado y torturado este promete no decir una sola palabra bajo tortura, (y yo lo creo, nunca lo haría), un estallido de aplausos espontáneos surgió de la zona en la que nos encontrábamos aproximadamente una decena de personas. Y pensar que se podía disfrutar de aquello, desde tan cerca, ¡por solo un penique! Era como comprar el mundo entero, un lujo que no tenía precio. No obstante, era solo un ensayo y, al ser un ensayo, no había canciones ni bailes al final. Di media vuelta y me dirigí a los vestuarios, ya que aún vestía las ropas de Roderigo.

Casi tropiezo con Martin Barton, que estaba sentado al pie de las escaleras que llevaban a una de las gradas de butacas (dos o tres peniques, aún resultaba barato). Era evidente que Barton también había estado viendo la conclusión de *Otelo*.

–¿No ha sido ridículo? –dijo.

–¿A qué os referís?

Ondeó lánguidamente un brazo sobre el escenario, del que Burbage, Condell y el resto salían en tropel.

–Todo.

No dije nada y me dispuse a partir. Pero no fue tan fácil alejarme de Barton.

–Esa escena con el pañuelo, por ejemplo. ¡Cogerlo de esa manera! Qué práctico. Qué absurdo.

A mitad de la obra, Yago encuentra un pañuelo que Desdémona perdió, y lo utiliza para engañar aún más al Moro, diciéndole que aquella se lo había ofrecido a su supuesto amante Cassio. Las palabras de Barton me recordaron el pañuelo olvidado en la galería de la Casa Somerset, que no pertenecía ni a lady Blake ni a Maria More.

–No comprendo por qué ha de ser absurdo, maese Barton –dije. No me interesaban demasiado los escritores satíricos, y sabía que solo me estaba provocando. A pesar de eso, mordí su anzuelo.

–Demasiadas cosas dependen de un ridículo pedazo de lino –dijo. Barton extendió sus piernas y bostezó. Pude verle hasta el esófago. Un exquisito sombrero azul descansaba ladeado sobre su silla roja. Habría deseado que se cayese.

–¿No podía nuestro amigo Shakespeare habernos ofrecido algo más sustancioso que un ridículo pedazo de lino?

–Probablemente quisiese mostrar cómo los grandes desenlaces dependen a veces de pequeños accidentes –respondí, bastante satisfecho de mi perspicacia.

–Oh, qué profundo –dijo Barton.

–Es más, Martin, recuerdo que creasteis una importante obra a partir de una pequeña bragueta, sí, vuestro *Hombre de la melancolía.* Grandes desenlaces, pequeñas cosas, ya sabéis.

–Eso era comedia. De una pequeña bragueta no se hace una tragedia. Bueno, si se piensa dos veces, puede que sí... De todos modos, volviendo al maestro Shakespeare, todo este alboroto por unos cuernos, es difícil que resulte realista.

–Pues no sé. ¿Qué haríais vos si vuestra mujer os fuese infiel, Martin?

–Esa es una pregunta maliciosa.

–Como si las vuestras no lo fuesen –respondí, adquiriendo sus maneras–. De todos modos, decidme...

–Ni estoy casado ni es probable que me case, como vos bien sabéis, Nicholas. Pero, ¿os referís a si abriría en canal a mi mujer si ella se hubiese dejado abrir por otro hombre, en otro sentido?

¿Cubriría su rostro con una almohada (como acabamos de ver hacer a maese Dick hacer con el bello chico, Peter Pearce) si ella se hubiese dejado cubrir por otro hombre, en otro sentido? Si habláis de eso, pues no, no creo que lo hiciera. ¿Y vos, Nicholas? ¿Haríais algo tan *salvaje*, tan *animal*?

–Al igual que vos, no estoy casado.

–Vos no sois igual que yo, pero no importa.

Le ignoré y dije:

–No creo que matase por celos, pero quién puede decir de qué sería capaz si es llevado al extremo.

El recuerdo de la noche anterior en la habitación de la señora Buckle me vino a la memoria. Los reflejos y las distorsiones de la luz de la luna. ¿Fue el fantasma de su marido? Celoso, ¿lo estaría él?

–Si hablo ahora como un dramaturgo, no desprovisto de cierto éxito –dijo Martin Barton crecido– es para deciros que hechos como engañar, poner los cuernos y ser infiel, solo sirven para una cosa ¿Y sabéis qué cosa es? Reírse. Yo los utilicé para reírme de ellos en mi *Hombre de la Melancolía*. ¿Os acordáis?

–Algo del mérito fue mío, Martin. Yo hacía de Lussorio, el asesino.

–Está a punto de reestrenarse mi *Hombre de la Melancolía*. Será interesante que la pongan justo después de esta obra de maese Shakespeare. Veremos quién se gana el favor del público.

–Sí, lo veremos –respondí.

De tanto en tanto, los ojos de Martin Barton buscaban a alguien por encima de mi hombro. En ese momento, dijo:

–Ah, aquí está.

Me di la vuelta. Peter Pearce pasaba por delante de nosotros. Peter había interpretado el papel de Desdémona en *Otelo*. Se había limpiado el blanco de las mejillas y el rojo de los labios, e iba vestido con sus ropas de diario. Charlaba con Andrew Larch, otro chico actor que había interpretado a Emilia, la esposa de

Yago y confidente de Desdémona. Hablaban tan cerca el uno del otro como lo hicieron sus personajes sobre el escenario.

Advertí, por primera vez, una verdadera emoción en la mirada de Martin Barton. Cerca estuvo de tomar la molestia de incorporarse y abandonar su cómoda pose sobre los escalones. Era evidente que, de los dos chicos, estaba interesado en Desdémona. Ya había hecho referencia al *bello chico Peter Pearce* (y, además, Andrew Larch era mucho menos atractivo).

–Mirad la elegancia de ese pie –dijo el autor satírico cuando Peter aún estaba cerca–. Y lo errante de su mirada. Y después, Nicholas, imaginad una zona que hay entre los dos.

Yo sentía cierta debilidad por Peter Pearce, en el sentido más inocente. Había interpretado a la Crésida de mi Troilo en Middle Temple, hacía casi dos años. Había disfrutado de una larga y excepcional carrera como niño actor pero en cualquier momento, su voz se volvería grave sin remedio. Ya había indicios de ello. Puede que Desdémona fuera su canto del cisne y que le resultara casi imposible conseguir un tono más agudo. Después pasaría a representar papeles de joven. Me alegró ver cómo Andrew Larch y él continuaron sin prestarnos la más mínima atención a Barton o a mí. Los andares de Peter no eran provocativos, creo, sino el resultado de haber interpretado papeles femeninos durante tanto tiempo.

–Lo siento –dijo Martin Barton–. ¿Os he ofendido? ¿Os he escandalizado, Nicholas?

–¿Con qué?

–Con mis comentarios sobre el joven Pearce.

–Es tarea del autor satírico ofender, ¿no es así? Pero no, Martin, no me habéis ofendido. Mucha gente estaría de acuerdo con vos acerca de Peter Pearce, sin duda.

Barton parecía casi decepcionado. Fuese porque no me había "escandalizado", o porque no le gustaba la idea de que otros hombres fantaseasen con Peter, añadió:

–Entonces dejad que os cuente algo realmente ofensivo.

–¿Un chiste?

–También podría serlo. Un chiste sobre el matrimonio. He oído que lady Jane Blake (quien interpretó a la Abundancia en la absurda mascarada de Ben) va a casarse de nuevo.

–¿Qué? ¡Pero si su marido solo lleva muerto unos días!

–Lo sé –dijo Barton regocijándose–. ¿Podríais inventaros un chiste mejor sobre la noción de la fidelidad y la dicha conyugal?

–¿Con quién se casa? ¿No será con Bill Inman?

–¿Inman?

–Interpretó al Océano en *La Mascarada de la paz*.

–Ah, ese que iba cubierto de conchas. No, no se va a casar con él, sino con algún oscuro primo del campo. Eso dicen.

–¿Quién lo dice? ¿Lo sabéis con seguridad?

–Lo sé de buena mano, de primera mano de hecho. Me lo contó esa estirada mujer que acompaña a lady Jane.

–Maria More.

–Sí, ella. De todos modos, ¿qué importa con quién se case su ama? Cuidará las formas al hacerlo, por supuesto. Dejará pasar un periodo decente de luto (digamos, media hora o medio día si la obligan) y después se meterá en la cama con su nuevo marido. Obviamente, es una dama de grandes apetitos, tan grandes como ella misma. ¡Toda esa carne! ¡Qué asco! Imaginaos ser devorado completamente por ella.

Se estremeció con un horror que no parecía en absoluto simulado.

Muy a mi pesar, estaba, si no escandalizado, al menos sorprendido. No había motivo para tal reacción, pues lo que lady Jane Blake hiciese o dejase de hacer no era de mi incumbencia. Martin Barton se irguió sobre sus delgadas piernas y se estiró. Se alegraba de haber conseguido, al fin, provocar algún tipo de reacción en mí.

–Por eso os digo que nuestro gran Shakespeare es poco realista, Nicholas. Es casi ingenuo. En el mundo real, un hombre muere y su viuda se casa de nuevo a los pocos días. Y ahí se quedan las promesas matrimoniales y la memoria eterna. Pero, en el mundo del teatro, los hombres están dispuestos a matar impulsados por sospechas.

Barton no estaba planteando con seriedad su punto de vista, sino aludiendo indirectamente a Shakespeare. Sin embargo, lo que me había revelado sobre lady Jane me hizo pensar. Si aquello era cierto (y supongo que si Barton lo había oído de la mismísima Maria More, debía serlo) haría oscurecerse aún más la nube de sospechas que, de nuevo, giraba en torno a la viuda.

Como todo el mundo, había oído historias sobre segundas nupcias precipitadas. Historias sobre esposos afligidos que, incapaces de soportar el hecho de estar solos y libres, vuelven a desposarse lo antes posible. Como la de una mujer de Bermondsey que se casó con el sastre que le había confeccionado a medida su ropa de luto. Enterró a su primer marido el martes y se casó con el segundo el miércoles. Me pregunto si le cobraría el vestido de luto. Recuerdo aquel momento de mi infancia en que descubrí a otra viuda compartir su dolor a solas con el hermano de su difunto esposo, en la habitación de arriba. Incluso Shakespeare, a pesar de las ridículas acusaciones que Barton le lanzara por ser "ingenuo", ofrecía un ejemplo de rápida venganza en la figura de la madre de Hamlet, Gertrude.

Gertrude era una asesina, por supuesto.

Aunque no podía decirse que participase en el asesinato de su primer marido, estaba claro que lo secundó.

Y si no lo secundó, se alegró por el resultado: un nuevo hombre en su cama.

Elucubraba acerca del misterioso primo con el que lady Jane iba a casarse. ¿Habría secundado también ella la muerte de sir Philip para poner un nuevo hombre en su cama?

¿MI DULCE BIANCA?

Hay en *Otelo* una puta a la que llaman Bianca. Está enamorada de ese idiota de lugarteniente, Cassio. El malvado Yago dice, en algún momento de la obra, que la condena de la ramera es seducir a muchos y ser seducida solo por uno. Y razón no le falta, pues mi experiencia con mi amiga Nell decía algo por estilo. Porque Nell me amaba solo a mí, o eso pensé yo…

Sin embargo, esa es otra historia.

Con todo, la afirmación hecha por Yago acerca de las rameras no podía aplicarse a mi nueva puta, Blanche, la chica de Burdeos. Yo no la seduje, a pesar de la similitud existente entre su nombre y el de la Bianca de Shakespeare.

Blanche… Bianca… ambos nombres están relacionados con la blancura, con la pureza, por lo que son del todo inapropiados para una puta. Por un instante, bueno, algo más de un instante, me pregunté si Shakespeare habría sido también cliente del burdel La Mitra, de Southwark, y habría encontrado allí a una chica francesa a la que luego convirtió en italiana.

El placer con Blanche era un verdadero placer, pero un negocio, en cualquier caso. Una vela sobre una mesa cercana a su cama iluminaba un reloj de arena que controlaba su tiempo (y el de sus clientes) con más rigidez que el de un predicador. Vi en este objeto cotidiano un inesperado recuerdo de mi padre el pastor, que situaba a menudo un reloj de arena sobre el borde del púlpito desde el que lanzaba sus sermones. Era el suyo un objeto sencillo, creado a partir de dos bolas de cristal unidas con sebo. Al pasar la primera media hora, lo giraba con un gesto. El artilugio de Blanche para controlar el tiempo era más sofisticado que el de mi padre, pero vigilaba tan de cerca su reloj de arena como los feligreses de mi padre vigilaban el *suyo*.

En mi siguiente visita a La Mitra, sentí que estaba viviendo los sucesos narrados en *Otelo*. Fue como si Shakespeare estuviese escribiendo según mi proceder. Del mismo modo que la obra iba guiando mis sospechas sobre un manipulador oculto de los hechos, un Yago de la vida real, también iba guiándome en decisiones de menor importancia. De la misma manera que Cassio regala un pañuelo a Bianca, yo le regalé un pañuelo a Blanche. El pañuelo de Cassio procede, indirectamente, de Desdémona. El mío procedía de... ¿quién sabe de dónde procedía? Me lo había dado Ned Armitage en el taller de Three Cranes Lane, cuando pretexté que conocía a su propietario.

Hice el regalo de manera impulsiva. Lo saqué de mi bolsillo mientras me vestía, tras dar por terminada mi visita a La Mitra.

–Tengo un regalo para ti, Blanche.

–*Pour moi?* ¿Y queé es? Hásmelo veg.

–Debes cerrar los ojos.

Y eso hizo, aunque su pequeña habitación estaba tan oscura que daba lo mismo si tenía los ojos abiertos o cerrados. Lo mismo ocurría en el lecho de Nell en Holland's Leaguer. Ya fuese para disimular el rubor de la ramera (poco probable), o para realzar sus encantos (más probable), o para evitar que el cliente conociese su deshonra (aunque esto depende del cliente), Blanche era de esas a las que les gusta sumirse en la oscuridad.

Blanche tomó el pañuelo que deposité en su mano. Lo acercó a la única vela que había y examinó la magnífica pieza bordada y adornada con puntadas rojas. Solo por el tacto del material podía percibirse su calidad. Blanche olfateó el pañuelo.

–¿Pegteneció a una dama?

–Ahora sí.

Soltó una risita, como si hubiese entendido el cumplido, que era un tanto empalagoso. Es posible que así fuese. Me daba cuenta de que entendía más de lo que parecía.

– ¿Te dan muchas cosas los hombres, Blanche?

–De ves en cuando.

Miró sin poder evitarlo hacia la pared. Había una colección de objetos colgando de ganchos y clavos. Me había fijado en ellos antes. Me recordaban a trofeos, a premios ganados en combate. Entonces cogí la vela cercana a la cama y la pasé por delante. Algunos de ellos parecían estar fuera de lugar en un burdel (un crucifijo, por ejemplo, y un pequeño salterio digno de una dama de buena cuna), aunque he aprendido que no se puede ser más pío que una puta en lo referente a la liturgia. Otros artículos, tales como una cajita de porcelana con especias y un collar de plata, eran más predecibles. Obviamente, ella era la destinataria de bastantes regalos, que recibía con más frecuencia que *de ves en cuando*.

Me detuve delante de algunos de ellos y dije:

–¿Esto es un regalo? –y señalando otro–. ¿Esto también?

Blanche miró el objeto de reojo, asintió y alternó sus *síes* y sus *ouies* hasta que, algo irritada, dijo:

–¿Pog qué pgeguntaaas?

–No sé. Por curiosidad. Me alegra que seas tan popular.

–¿Tú no… no cgees que valgo la pena… como decís… a la lus de la vela, Nicholaas?

–Claro que sí –respondí, situando de nuevo la vela cerca de su cama como para demostrar que era muy cierto lo que decía. La luz se deslizó entre sus pechos. Había un lunar en la parte superior de su pecho derecho que no había visto antes (el lunar, quiero decir). También reparé en que, según el reloj de arena, mi tiempo había terminado. Era la primera vez que Blanche no lo mencionaba, y eso, en el fondo, me alegraba. Ajustamos cuentas y abandoné La Mitra.

En lugar de regresar de inmediato cruzando el Puente, merodeé por algunos de mis sitios preferidos con la esperanza de encontrar compañía, a ser posible, de las gentes de teatro. Pero no vi a nadie en El Caballero de la Alfombra, y las únicas personas a las que reconocí en la taberna La Cabra y el Mono fue a ese par de malhechores llamados Tony y Charity Thoroughgood, que habían intentado robar a las Buckle en el exterior del teatro Globe. Fingieron no conocerme, pero pillé a Tony dirigiéndome miradas furtivas y dándole un codazo a su mujer y susurrándole algo al oído. Lo más probable es que le dijese que allí estaba el insolente actor que les privó de un buen botín, aunque exiguo, en una bonita tarde del pasado abril. Habría preferido no quedarme en el viejo antro, pero si me iba solo porque *ellos* estaban allí, dándose codazos y cuchicheando, estaba perdido, así que pedí una pinta al señor Bly, el posadero, y me senté, algo malhumorado, en una esquina, mirando a los Thoroughgood.

Mientras tanto, se me ocurrió que debieron ser ellos los responsables de aquel asalto a orillas del río, del que me salvó John Ratchett. Allí había una mujer gritando "¡Pégale! ¡Pégale!", y bien podría haber sido Charity Thoroughgood con un sanguinario y poco refinado mal humor. Yo supuse que aquel asalto estaba ligado de alguna manera a las maquinaciones de Ratchett, pero puede que fuese fortuito y que, en realidad, me hubiese protegido de una paliza peor. Si se hubiesen despertado en mí sentimientos más sanguinarios, me habría enfrentado allí mismo con los Thoroughgood, pero todo lo que hice fue mirarles iracundo desde mi esquina antes de dirigir mis pensamientos hacia otra parte.

Pensé en la acogedora habitación del burdel La Mitra. Todos aquellos trofeos en la pared. Blanche había prosperado, sin duda. Debían apreciar su talento muchos hombres. Me preguntaba por qué los hombres regalamos cosas a las putas, además del pago necesario. ¿Será porque ellas (o nosotros) desean convertir una fría transacción en un intercambio algo más cálido, más humano?

No sabía la respuesta a esta pregunta, pero esta desembocó en otras muchas que se embrollaban en mi cabeza. Para empezar, había algo de la escena en el lecho de Blanche que me inquietaba, aunque no se me pasó por la cabeza hasta que estuve sentado en la esquina de La Cabra y el Mono. ¿Qué era? Rondaba por mi cabeza, pero no conseguía sacar nada en claro de todo aquello. Presentía que estaba relacionado de algún modo con los acontecimientos que rodeaban la muerte de sir Philip Blake, pero no tenía ningún sentido. ¿Cuál era el nexo entre un noble de Strand y una puta de La Mitra? La respuesta era obvia (de hecho, apenas podía considerarse una pregunta), pero esta no era en absoluto la respuesta que buscaba. Concluí que el nexo era simplemente un pañuelo, algo tan endeble como eso. El pañuelo que había pertenecido a un tipo de mujer y ahora pertenecía a otro.

¿Y por qué demonios había interrogado con esa insistencia a Blanche acerca de los regalos que recibía de sus clientes? *¿Es esto un regalo?* y *¿Esto también?* Semejante inquisición fue provocada por los celos, estaba seguro. Quisiera Dios que no me enamorase de una puta otra vez. Recordé entonces lo que sentí al perder mi corazón, o parte de él, por una mujer así. No es factible el sosiego, pues es imposible olvidar lo que era capaz de hacer por ganarse la vida. Además, es algo que no tiene futuro, ni para ellas ni para nosotros. En la mayoría de los casos, las putas caen en la depravación, y la sífilis se las acaba llevando a la tumba. Son pocas las que se convierten en madamas, como Bess Barton en Holland's Leaguer, y muchas menos las que se casan y se convierten en damas respetables. Puede que una o dos se casen con un noble. Pero rara vez escapan a su pasado. Si un cliente desposa a una mujer de la calle, se le aconseja con buen tino mudarse con ella a otra ciudad para escapar así de las lenguas viperinas.

Aunque no, si pensaba casarme, no lo haría con una puta. Una viuda, una joven y preciosa viuda, una como aquella con la que, como suponía Blanche, estaba compartiendo alojamiento, sería perfecta. La señora Buckle no podía describirse como joven o preciosa. Pero tampoco era vieja o huraña, aunque tiempo al tiempo. Y, con ella, la otra razón por la que desposaría a una viuda (es decir, el dinero), carecía de peso, pues era casi tan pobre como yo. Pero no podía casarme con ella (aún suponiendo que yo quisiera hacerlo realmente, aún suponiendo que ella lo deseara) porque todavía estaba obsesionada con su marido. Su celoso marido.

Los celos son un monstruo de ojos verdes, dice Yago. En cuanto los celos se apoderan de uno, convierten su vida en un tormento. Es mejor dormir en la ignorancia y creer que el lecho marital nunca ha sido profanado. De otro modo, el tormento durará de por vida. Y puede que incluso más allá. ¿Se pueden sentir celos después de la muerte? El marido de la señora Buckle la estaba atormentado desde las profundidades de su nicho. ¿Acaso sir Philip Blake, otro marido muerto, había sido celoso en vida? ¿Regresaría de su tumba para rondar a su amplia esposa una vez que ella contrajese matrimonio con el primo del campo?

La inminente boda y la prisa indecente con que se llevaría a cabo me hicieron pensar de nuevo en Gertrude, el personaje de *Hamlet*.

Y al hacerlo, mi mente se desató y voló abriendo nuevas rutas de razonamiento.

Dos preguntas más.

¿Por qué razón o razones un fantasma volvería entre los vivos?

¿Cuál es la mejor manera de desenmascarar a un asesino?

En lo tocante a desenmascarar al asesino, era obvio que no podría hacerlo solo. Ya que Abel Glaze planteó la idea de que había algo extraño en la muerte de Blake sin que yo se lo sugiriese, retomé esa conversación con él.

Escuchó atentamente. Su primera reacción fue dudar de lo que le estaba contando, lo que me hizo irritar.

–Pero si fuiste tú quien afirmó que se había cometido una injusticia, Abel. Me preguntaste qué íbamos a hacer al respecto. Qué *íbamos* a hacer.

–Y tu respuesta fue que *debíamos* pensar sobre ello. ¿Eres el único que puede permitirse el lujo de cambiar de opinión, Nick? Después de todo, puede que se tratase de un accidente.

–De acuerdo. Me ocuparé de ello yo solo.

–No, no lo harás –dijo Abel–. Por lo menos, no hasta que me hayas contado lo que estás tramando.

–Mejor que contártelo, te lo mostraré.

Abel y yo volvíamos a estar hablando en el Globe. Esta vez, durante la parte final de una representación de *Otelo* que había tenido bastante éxito. Hubo lágrimas por Desdémona, gritos y silbidos para Yago, y silencio absoluto para Otelo. Henry Condell hizo algún comentario elogioso sobre mi Roderigo, lo cual me alegró porque habíamos trabajado codo con codo. Nos habíamos desprendido de nuestros atuendos de escena y estábamos cansados, sudorosos y contentos. Abel también me felicitó, con su característica ironía, por mi interpretación de ingenuo. Dentro de este cordial ambiente, le aparté a un lado y le revelé mis nuevas sospechas acerca de los Blake, fundadas sobre todo en la noticia de que lady Jane estaba a punto de casarse de nuevo. Como dije antes, al principio se mostró escéptico, pero accedió a seguirme.

Tampoco podíamos ir muy lejos, al tejado del teatro como máximo. Había galerías y palcos privados en el último piso, cedidos a los mejores clientes y a aquellos que querían mantener su intimidad, que eran casi siempre los mismos. Los palcos estaban provistos de telones, supuestamente para proteger a sus ocupantes de la lluvia y el sol pero en realidad, servían para ocultar sus secretos de las miradas curiosas. Aunque sobre el escenario y entre bastidores se podían descubrir numerosos secretos, algunos de ellos relacionados directamente con el mundo del teatro. Aquí arriba, por ejemplo, se encontraba el "lanza–truenos", un artefacto de madera por el que descendía un objeto a modo de bola, que se lanzaba cuando se requería el sonido de un trueno en el escenario. Aquí arriba había un asta desde la que ondeaba nuestra bandera durante las representaciones, y era tradición que un músico, situado en la base de esta, tocase la trompeta cada tarde para anunciar el inicio de la representación.

El elemento más importante de este elevado mundo era un cobertizo o cabina donde se guardaban los aparatos utilizados para bajar, tanto personas como objetos, al escenario y en ocasiones, para volver a subirlos. En esencia, eran similares al artilugio utilizado por los Snell en la mascarada de la Casa Somerset, consistente en un montacargas y un cabrestante para controlar a la vez el montacargas y una silla fija para el dispositivo *deus ex machina*. Había telarañas enteras de cuerdas y cables dentro del cobertizo y, en el suelo, había una trampilla con bisagras que se abría a la bóveda o "cielo" pintado sobre el escenario.

Siempre había pensado que el cobertizo sería pequeño (y, a gran escala, lo era en comparación con el teatro), pero era lo bastante grande como para albergar a diez personas, aunque muy apretadas, así como todo el equipamiento utilizado para ascensos y descensos. Si el cobertizo hubiese podido despegar, salir volando y aterrizar en una granja en cualquier lugar, habría servido de casa, tan grande como para albergar a una o dos familias de campesinos. Tenía una entrada que daba a la puerta accesible desde el pasadizo de la galería superior. Tenía un tejado de paja y varias ventanas pequeñas y, en lo alto del tejado de paja, estaba la estatua de Hércules, emblema de nuestra compañía teatral. Hércules estaba ahí arriba porque la cima de ese tejado era el punto más alto de todo el teatro. Una cosa sostenía a la otra, empezando por el propio teatro. El Globe contenía el escenario, que estaba cubierto por la bóveda, que soportaba el cobertizo, que sustentaba el pequeño tejado de paja que sostenía a Hércules, que soportaba el peso del mundo sobre su espalda.

Había estado aquí arriba antes, pero nunca me había subido a la silla. Ni pretendía hacerlo ahora. Lo único que pretendía era que este lugar en la cima del Globe (en la cima del mundo, podría decirse) fuese el sitio desde el que desenmascarar a un asesino.

Alrededor del cobertizo había una amplia pasarela de madera, cubierta de esteras para evitar que los pasos hiciesen demasiado eco. Un poco más allá, el techo de la bóveda se convertía en paja y descendía levemente. Si te pusieses en horizontal y empezases a rodar como rueda un niño colina abajo, no habría nada que detuviese tu caída hacia la parte más cercana frente al escenario. Era una idea desconcertante, que solo se me ocurrió cuando me encontré ahí arriba, a decenas de metros del suelo.

Abel y yo permanecimos en la pasarela, frente al cobertizo, mirando la vista de todo Londres. En invierno, normalmente está oscurecido por el humo y el aire sucio pero, al final de un agradable día veraniego, no hay más que una calina que, en lugar de entorpecer la vista, la suaviza. Las lejanas torres y agujas de la distante colina, adquirían una dorada rareza que, como saben, no es realmente suya. A nuestra derecha se encontraba el Puente de Londres. Si hubiese aguzado la vista, habría distinguido las manchas, las cabezas de los traidores, expuestas en la zona sur. La distancia no les aportaba ningún encanto.

–¿Qué estamos haciendo aquí, Nick?

–Es aquí donde pienso traerlo.

–¿Traerlo?

–Traerlo. Traerla. A la persona responsable de la muerte de sir Philip Blake.

–¿Porque, sea quien sea, tiene miedo a las alturas?

–A mí no me gustan demasiado las alturas –confesé–. Pero la persona que mató a Blake no tiene miedo a las alturas, creo, porque estuvo manipulando las cuerdas en la galería de la Casa Somerset. No, en realidad espero que se asuste cuando lo delate.

–Como un delincuente ante una terrible citación –dijo Abel. Era una cita de *Hamlet.* Le habían dicho recientemente a Abel que era posible que le diesen el papel de Horacio en un próximo reestreno, por eso tenía la obra en mente. Aun así, tenía gracia comprobar cómo dicha obra seguía apareciéndose. El verso que había citado, describe cómo se asusta el fantasma con el canto de un gallo. Tenía gracia comprobar cómo los fantasmas seguían apareciéndose.

–Sí, es lo que hace Hamlet el danés –dije–. Intenta sonsacar un indicio de culpabilidad a un asesino. Le muestra a su tío Claudio un asesinato en una obra igual al que él cometió, esperando que su reacción le delate.

–Un viejo truco –dijo Abel.

–Quizá, pero a veces, los viejos trucos son lo mejor. De todos modos, no vamos a representar tanto una obra como una... situación.

–¿Cómo? ¿Qué situación?

–Te lo contaré.

Se lo conté.

Dijo que era un plan descabellado. ¿Significaba eso que no quería participar en él?, le pregunté. Me dijo que no, que, aún siendo así, participaría. No obstante, era un plan descabellado. Probablemente tenía razón.

Lo primero que debíamos hacer era conseguir el traje que Blake llevaba puesto cuando se precipitó hacia su muerte. La última vez que vi la "túnica de la Verdad", esta envolvía su cadáver en una antecámara de la Casa Somerset. No, esa debió ser la vez anterior a la última, pues Ben Jonson la llevaba en la representación actual. Por lo tanto, Bartholomew Ridd debió haberla recuperado y limpiado a tiempo para la mascarada. El hecho de que un hombre hubiese muerto con la túnica, y que a esta le hubiese salpicado su sangre era irrelevante.

Necesitábamos tomar prestado el traje, pero era imposible hacerlo abiertamente. Incluso preguntar acerca de los trajes era arriesgado, a menos que fuese con la excusa de una próxima representación, pues podíamos despertar sospechas en Ridd y hacer que este quisiese saber por qué preguntábamos. Abel y yo fuimos a visitar a Bartholomew a su posada, que disponía de un par de habitaciones pequeñas que conducían a la cubierta de la casa. Escogimos un momento tranquilo. Ridd estaba sentado en un taburete, examinando un jubón.

–Bartholomew –dije sin poder continuar. El hombre sujetó el jubón como si estuviese contaminado.

–¡Mirad esto! ¡Miradlo!

Lo miré y vi una mancha oscura en la parte delantera del jubón.

–¿Quién se habrá puesto esto? –preguntó Ridd.

–Yo no –respondí.

–Yo tampoco –dijo Abel.

–Era una pregunta retórica, meramente retórica –dijo Ridd–. Esta prenda del vestuario del Globe ha sido utilizada (bueno, qué importa quién la haya llevado) pero puedo deciros que el que la utilizó debería habérselo pensado mejor.

–¿Uno de los veteranos? –preguntó Abel esperanzado.

–Alguien que debería habérselo pensado mejor –repitió Bartholomew, dividido entre la indignación y la lealtad.

Abel intentó nuevamente apaciguar al hombre diciendo que la mancha del jubón parecía sangre de oveja. Ni siquiera Ridd pudo oponerse al uso de sangre de oveja (similar a la variante humana), pues sabía tan bien como nadie que si no se veía sangre con frecuencia en el escenario, el público del Globe se reduciría rápidamente. Pero la sugerencia de Abel fue rechazada por el hombre del vestuario.

–*Esto* no es sangre de oveja, maese Glaze –dijo–. Oledlo. Vamos, oledlo.

Llevó la parte del traje en cuestión a la alargada y afilada nariz de mi amigo. Abel la olió y se encogió de hombros.

–No estoy seguro –dijo.

–Bueno, pues yo sí –dijo Ridd–. Es bebida. Esta pieza, propiedad del Globe, apesta a taberna. Lo que significa que el señor no importa quién ha incumplido las normas y se ha llevado el traje a una taberna. Probablemente La Cabra y el Mono, que está llena de gente de los bajos fondos. O El Caballero de la Alfombra, lleno de gente de procedencia aún peor. ¿Cómo puede esperarse que jóvenes actores como vosotros cumplan las normas, si los veteranos y los accionistas las ignoran?

Renegamos y luego Abel negó con la cabeza mientras yo asentía con la mía. Lo único que Ridd quería era que hiciésemos un gesto para compartir su indignación. Me preguntaba acerca de la identidad del pícaro veterano que se había puesto el jubón de la casa para ir a la taberna. Me preguntaba si Ridd lo reprendería por ello. Probablemente lo hiciese. Aparte de todo lo que se pueda decir sobre Bartholomew, este no sentía un gran respeto por las personas.

Abel y yo ya llevábamos cinco minutos o más en la pequeña habitación y aún no habíamos mencionado el motivo de nuestra visita o, mejor dicho, el pretexto. Sin embargo, la mancha del jubón era un tema providencial para entrar en conversación.

–Bartholomew –empecé de nuevo–, Abel y yo hemos discutido sobre cuál es la mejor forma de limpiar la sangre de la ropa.

–La mejor forma es evitar absolutamente peleas y disputas. De esa manera no tendréis sangre que limpiar.

–Esta no es fruto de una pelea, sino de una hemorragia nasal en una elegante camisa de seda –dijo Abel. Al igual que la mayoría de los actores, era un experto mentiroso–. ¿Cómo puedo librarme de ella? Nick dice que en remojo con sosa cáustica, yo digo que como toda la vida, con agua y jabón.

Por cierto, yo no estaba muy al tanto de las propiedades del "remojo en sosa cáustica", pero había oído a mi madre hablar de ellas.

–Ambos estáis equivocados –dijo Bartholomew con el deleite de un experto–. La sosa cáustica es demasiado agresiva para las manchas de sangre. Sin embargo, el jabón y el agua no son suficientes.

–¿Qué usaríais vos? –pregunté.

–¿Que qué usaría? No soy una lavandera, Nicholas Revill. Aunque, desde luego, me interesan estas cosas. La forma más eficaz de limpiar la sangre es utilizar leche, o sal y agua, si la mancha ya tiene un tiempo. Pero si, por otro lado, la mancha es reciente…

–Seguid, seguid.

Casi estábamos interesados, a nuestro pesar.

–… entonces se puede escupir sobre ella. La saliva funciona.

Estaba a punto de abordar el tema de la "túnica de la Verdad" de la mascarada, pero Bartholomew Ridd me ahorró el apuro sacándolo él mismo.

–Le dije a la lavandera que utilizase leche y luego sal y agua para el traje del hombre que murió recientemente, el que se cayó de aquella estúpida silla… ¿cómo se llamaba?

–Sir Philip Blake.

–Quienquiera que fuese.

–¿Funcionó lo de la leche, o la sal y el agua? –pregunté.

–No, para nada, así que le dije que frotara con sal directamente sobre la mancha. Ahora está tan limpia como si fuese nueva. Debía estar lista para cuando se la pusiese maese Jonson. Vedla con vuestros propios ojos. Ahí está.

Asintió con la cabeza mirando hacia la otra habitación y luego giró su cabeza de nuevo hacia el jubón manchado, aspirando ruidosamente. Abel y yo fuimos a la puerta de al lado y fingimos examinar la túnica, que estaba tendida sobre la mesa. Ridd tenía razón, estaba tan limpia como una nueva. Nunca podría imaginarse que un hombre hubiese muerto llevándola puesta. No había ni rastro de sangre en ella. Los diminutos soles que la decoraban y que sugerían el deslumbrante poder de la Verdad, brillaban de nuevo. Todo había resultado más sencillo de lo que esperaba. Habíamos localizado la túnica. Pero, naturalmente, no podíamos sacarla de la habitación, al menos, todavía.

–¿Satisfechos? –dijo Ridd cuando nos marchábamos–. ¿Habéis retenido algún consejo sobre cómo lavar la ropa?

–Gracias, maese Ridd –dijo Abel.

–¿Qué se utiliza para las manchas de taberna? –dije, indicando el jubón.

–Pues, agua y jabón –respondió Ridd resignado–. Se irán quitando con el tiempo. El tiempo es un buen recurso, junto con la leche y la sal y todo lo demás. Sin embargo, en cuanto a este jubón sucio, no es tan importante la mancha como su origen.

–Decídselo a Dick Burbage –dijo Abel.

–¿Quién pensáis que lo llevaba puesto? –susurró Bartholomew Ridd.

Más tarde, Abel y yo discutimos acerca de quién debería formar parte de la pequeña escena que estábamos planeando representar.

–Todos y cada uno de ellos –dije–. Tampoco hay tantos. Están lady Jane y su dama de compañía Maria More. Está William Inman…

–A quien viste abrazando apasionadamente a la viuda.

–Sí, hay que invitarlo. Y Jonathan Snell padre.

–Pensaba que los habías oído discutir sobre el tema más inocente del mundo, Nick. Cañerías, cisternas y retretes. Inocente, aunque indecoroso.

Le había contado a Abel casi todo para convencerle de seguir adelante con lo que él había denominado "un plan descabellado". Esto incluía la discusión oída a escondidas en la mansión Blake, que, según me explicó Snell, se trataba de una conversación "reservada". Creí todo lo que me contó sobre dicha conversación, pero yo aún pensaba que debía haber algún tipo de acuerdo entre la mujer y el fontanero para deshacerse del marido. Por ejemplo, la manera de quitar importancia a que el hijo hubiese encontrado hebras cortadas. El hecho de que yo hubiese descubierto el cuerpo de John Ratchett en el suelo de su taller. Todo ello me llevaba a señalar al padre como principal sospechoso –y no al hijo, quien, en un principio, había conducido mi atención hacia las cuerdas, y cuya posterior negación de que algo malo estuviese sucediendo podía atribuirse a la influencia de Jonathan el mayor.

–Sí, definitivamente debemos incluir a maese Snell en la lista –dije–. También he estado preguntándome acerca de Martin Barton.

–Pero si es un poeta, un dramaturgo –dijo Abel, quien aún sentía un respeto quizás algo exagerado por dichas profesiones, a pesar de llevar ya un par de años en el teatro.

–También lo es Ben Jonson. Y mató a un hombre, aunque fuese en un duelo.

–¿Por qué querría Barton ver muerto a sir Philip?

–Él envidia a Ben Jonson, se alegraría de cualquier cosa que entorpeciese una producción de Ben.

–La muerte es un modo extremo de entorpecer –dijo Abel–. Y matar a un hombre solo porque no te guste el trabajo de otro hombre, me parece una forma muy rebuscada de hacer las cosas.

–Bueno, si lo miras así… –reconocí–. Pero sí que escuché a Barton hablar en la taberna La Línea y el Compás sobre la muerte de sir Philip, casi como si el pobre hombre hubiese merecido morir. Y ya sabemos cuánto desprecia Barton la vida de palacio…

–Es todo pose –dijo Abel–. Barton es de mejor cuna que cualquiera de nosotros. Su odio a Jonson se debe a que Jonson fue albañil en otro tiempo.

Abel había explicado tan perfectamente la actitud de Barton que no pude pensar en ninguna objeción, aunque todavía recordaba las palabras de Barton en la taberna: *Matar a un hombre es una minucia. Librarse del castigo es lo que cuenta.*

–Muy bien –dije–. Dejando a Barton a un lado, solo quedan cuatro. Que son: lady Blake y Maria More, Bill Inman y Jonathan Snell. Cada uno de ellos puede haber tenido alguna razón para desear la muerte de sir Philip o, al menos, ayudar a otro del grupo. Lady Jane, porque va tras un nuevo marido, o porque el último le descubrió alguna infidelidad. Maria More, porque siente devoción por su señora. Bill Inman, porque también parece sentir devoción por lady Blake.

–O porque la quiere para él solo.

–Parece ser muy deseada –dije.

–¿Y Jonathan Snell? ¿Cuál es su motivo?

–No sé. ¿Dinero? ¿El desafío que supone matar a un hombre y hacer que parezca un accidente?

Abel parecía dubitativo.

–Sigo pensando que es un plan descabellado, Nick.

–Entonces, ¿por qué sigues adelante?

–Por amistad. Y porque creo que no va a suceder nada.

–Si no sucede nada, zanjaré el asunto –dije–. Lady Jane podrá casarse tranquilamente con su primo del campo.
–Es un buen gesto por tu parte –dijo Abel.

VUESTRO MISTERIO, VUESTRO MISTERIO

Me agazapé en la creciente oscuridad del tejado del Globe para pensar; Abel tenía razón. Era un plan descabellado. El propio Abel estaba sentado a un par de metros de mí. Estábamos en la penumbra del cobertizo, encima del baldaquín del teatro. Mi compañero no decía nada en voz alta pero seguro que, interiormente, se castigaba por haberme prestado su ayuda. Su único consuelo podía ser que, una vez que nada hubiese sucedido y que ambos nos hubiésemos ido a casa, no sería él el único que parecería un auténtico idiota. Me puse de pie y empecé a pasear por la pasarela de madera forrada de esteras.

El plan, el descabellado plan, no había empezado del todo mal. Había sido algo tan sencillo como entrar en el teatro cuando estaba ya cerrado, pues, deliberadamente, no había echado el cerrojo de una ventana que daba a un corredor con vistas al callejón conocido como Brend's Rent. Yo entré primero (después de todo, esto era idea mía, y sería culpa mía si todo salía mal), con ayuda de un empujón de Abel, que se quedó afuera vigilando. Una vez dentro, eché el cerrojo a la ventana y esperé en el pasillo de detrás del escenario, atento a cualquier ruido. No había nadie. El lugar parecía estar vacío. Debía llevar vacío desde media tarde, pues toda la vida y la actividad del Globe se concentraba en los momentos de ensayos y representaciones. No obstante, siempre existía la posibilidad de que alguien (alguno de los veteranos, como Bartholomew Ridd o Geoffrey Allison, el librero) se quedase trabajando hasta tarde.

En este lúgubre pasillo, por el que había ido y venido innumerables veces durante los últimos cuatro años, me sentí como un intruso. Es un sentimiento estúpido, me dije a mí mismo. No puedes ser un intruso en tu lugar de trabajo. Pero eran mis actos, no mis sensaciones, los que resultaban verdaderamente estúpidos. Era una intrusión, pues no tenía nada que hacer allí, absolutamente nada. Si me descubriesen y me interrogaran, pensé, diría que había vuelto a por mi papel para la representación del día siguiente (que no era el *Otelo* de Shakespeare, sino *El hombre de la melancolía* de Barton). Al menos esto era cierto, pues había escondido el manuscrito en una oscura esquina de la sala. Casi deseé ser descubierto e interrogado. Así podría recoger mis líneas y regresar a mis aposentos sin causar ningún daño.

Pero no había quien me descubriese y me devolviese al buen camino. Anduve por el pasillo; extrañamente, mis pisadas resonaban más fuertemente dentro de mi cabeza que en cualquier otro sitio, y entré en el desnudo escenario. Estaría aquí mismo mañana por la tarde, interpretando nuevamente a Lussorio en *El hombre de la melancolía.* Lussorio era un asesino, pero dudaba que él se hubiese sentido tan culpable como yo en este momento. Abrí la boca para recitar algunas líneas de mi personaje pero no salió ningún sonido. No podía recordar absolutamente nada de lo que decía o hacía Lussorio. Mi mente estaba en blanco. Esto nos ocurre a los actores a veces. Lo único que se puede esperar es que no ocurra sobre el escenario, frente a un público que ha pagado su entrada. Después de todo, puede que sí necesitase recuperar la parte que había perdido de mi papel.

Me aclaré la garganta y volví a intentarlo. Surgieron algunas palabras, pero no eran de *El hombre de la melancolía.* Eran del Roderigo de *Otelo*:

No soy un devoto de las hazañas,
Aunque razones me sobren para actuar.
Solo es la vida de un hombre: estocada y muere.

Mi voz resonó entre las vacías galerías. El sol se puso bajo los tejados y el interior del teatro se volvió oscuro y sombrío cual valle en una noche de verano, a pesar de que el color del cielo era aún de un azul pálido. Tuve la escalofriante sensación de que alguien me observaba desde las vacías gradas de asientos. Curiosamente, esa sensación era mucho más fuerte que la que se tiene cuando se es observado por multitud de espectadores. ¿Por qué había escogido esas líneas de *Otelo* en particular? o, mejor dicho, ¿por qué se habían deslizado, espontáneamente, por mi cabeza? Debe ser porque Roderigo está esperando en una emboscada, tal y como dice, esperando para matar a Cassio. De la misma manera, Abel y yo estábamos esperando en una emboscada, pero no para matar, sino para encontrar al asesino...

Casi me había olvidado de Abel; corrí hacia la pequeña oficina donde Sam, el conserje principal y recaudador, guardaba sus llaves. Sam era un hombre pequeño y cojo que recorría las salidas y las cerraba, tanto las del público como las de los actores, una vez que todos habían abandonado el teatro. Su último acto era cerrar la puerta desde fuera e irse a casa (creo que vivía en algún lugar cerca del foso de osos de Southwark) con su manojo de llaves. Irónicamente, la única puerta que no podía cerrar era la de su propia oficina, pues la madera se había hinchado y no se cerraba bien. *Ya se lo he dicho a maese Burbage*, me dijo la mañana que yo estaba inspeccionando para asegurarme de que la puerta todavía no se había reparado. *No es segura. Un día de estos cualquier marica aprovechará la coyuntura y entrará.* Yo asentí, pensando en todo momento que ese marica sería yo, y sintiendo indigna cada parte de mi cuerpo. *Se gastan todo el dinero en engalanar el teatro por fuera, en engalanarlo para los maricas*, continuó Sam, *todo ese dinero para el escenario y demás, y no se molestan en hacer un trabajo tan sencillo como arreglar esta puerta. Es puro espectáculo. Ya se lo he dicho a maese Burbage.*

A continuación, abrí con cuidado la hinchada puerta de la oficina de Sam y puse los ojos en la colección de llaves colgadas en clavos de la pared. Estaban perfectamente etiquetadas, "puerta oeste", "sastrería", y así sucesivamente. Saqué esas dos llaves de sus clavos y me dirigí a la puerta oeste. Abel me estaba esperando.

–¿Por qué has tardado tanto?

–Lo siento.

Una vez Abel estuvo dentro, cerré la puerta exterior, pero sin llave. Abel parecía tan intranquilo como yo. Nos dirigimos a la sastrería y entramos en ella con la llave de Sam. No había demasiada luz, pero era suficiente para poder ver que la "túnica de la Verdad", que habían llevado en la mascarada sir Philip primero y Ben Jonson después, no estaba en la pequeña habitación anexa a la sastrería. Debíamos buscarla pero, debido a la escasez de luz y al gran número de trajes amontonados o colgados en esta habitación o plegados en baúles en otros sitios, las probabilidades de encontrarla eran mínimas.

Fui a hurgar a una esquina de la sastrería principal.

–No está el traje –dijo Abel.

–Ya lo sé. Pero no podemos buscarlo ahora. No hay tiempo.

–Entonces, ¿qué estás haciendo, Nick?

–Buscando mi papel para la obra de mañana. Aquí está.

Desenterré el manuscrito de *El hombre de la melancolía* del lugar donde lo había escondido antes. Abel no se molestó en preguntarme sobre este pequeño galimatías. Quizá haya perdido toda esperanza. Yo, en su lugar, habría perdido toda esperanza. A pesar de todo, me siguió sin decir palabra a la planta superior del teatro, desde donde salimos al tejado, donde estaban el cobertizo y las pasarelas.

Así que, sin el traje, la primera parte de mi plan había fracasado. Y ahora, en la cima del Globe, sentía en mis propias entrañas que todo el plan se vendría abajo, y me lo merecía. Había pretendido birlar la "túnica de la Verdad" y después enfrentarme a… alguien… y sorprenderlo (o sorprenderla) para conseguir una confesión o, al menos, una reacción culpable. Quizá el drama del escenario y la idea del traje habían corrompido mi mente. Me había asignado a mí mismo el papel de descubridor de la verdad. Una "verdad" que sería rescatada de su elevada posición en la cima del mundo, lugar del que desciende Dios para enderezar los devaneos de los mortales e imponer así la ley. Pero ahora, sumido en la atenuada luz de una noche de finales de verano, mi plan parecía arrogante a la vez que estúpido. ¿Quién me creía que era? ¿Un *deus ex machina* equipado con poderes sobrenaturales? No, era un simple actor que se encontraba ridículamente perdido.

Miré el vasto cielo. Las estrellas nocturnas brillaban por el este. La luna rondaba al otro lado, como retrasando su entrada hasta que la noche se hiciese del todo y pudiese así ser mayor su espectáculo. Conocía a algunos actores que eran así. Ojalá cayese pronto la noche. Entonces podría dar por fracasado el descabellado plan, y Abel y yo podríamos irnos a dormir. Hasta entonces, algo me retenía aquí: el miedo a parecer un tonto (que ya lo era), o la esperanza de que apareciese "alguien" (siendo aún más fuerte la contradictoria esperanza de que no apareciese nadie). Desde que llegué aquí, mi leal amigo Abel había estado conmigo, y ahora estaba sentado con las piernas extendidas y la espalda apoyada en la cabina que contenía la maquinaria para los ascensos. Me preguntaba si se habría quedado dormido. Pasara lo que pasara después, no era culpa suya. La culpa recaía única y exclusivamente en la persona de Nick Revill.

Había escrito cartas a los cuatro individuos, ya saben, sobre los que habíamos discutido Abel y yo: lady Jane Blake, Maria

More, William Inman y Jonathan Snell. Cuatro epístolas para cuatro personas diferentes pero con el mismo contenido. Cada carta tenía una acusación, falta de pruebas, que afirmaba que lady Blake (o Maria More, o William Inman, o Jonathan Snell) estaban implicados en la muerte de sir Philip Blake ocurrida durante un ensayo de *La Mascarada de la Paz* en la Casa Somerset. No especificaba nada más, excepto que, cuando acudiesen por las calumniosas acusaciones, las autoridades estarían distraídas. Las cartas eran anónimas, lo que demostraba cuán valeroso corresponsal era. Cada carta afirmaba que el secreto del culpable estaría a salvo conmigo (el escritor anónimo), siempre que él o ella acudiesen a un lugar determinado a una hora determinada para discutir los "acuerdos". Hice alusión al dinero y a tener los labios sellados.

El plan era sencillo. Si alguno de los cuatro respondía a las acusaciones, era, casi seguro, una señal de que él o ella eran culpables. Pues, si se es inocente, recibir una acusación anónima así, provocaría una reacción natural. Y esa reacción natural sería leer la carta con horror e incredulidad, sin poder entender nada. Rechazarla por tratarse de algo propio de un loco, o de un perverso, o las dos cosas a la vez. Romperla en pedacitos y tirarlos al retrete, quizás en uno de esos nuevos aparatos sobre los que lady Jane y Jonathan Snell habían estado intrigando. En resumen, intentar olvidarse de la existencia de dicha carta. Esta sería la reacción normal, natural, ante tal circunstancia. Así reaccionaría cualquiera de nosotros, ¿verdad?

La única persona que no reaccionaría así sería el asesino de sir Philip Blake. Dicho asesino se horrorizaría de haber sido acusado, especialmente de forma anónima, pero él o ella probablemente no romperían la carta para olvidarse de ella y todo lo demás. En lugar de eso, la persona culpable seguiría las instrucciones (o eso debería hacer, si todo marchaba según el plan) para ir a tal o cual sitio, a tal o cuál hora, con objeto de hacerme callar bien con dinero, bien con otro método más vinculante. Esta última posibilidad era una de las razones por las que quería que Abel me acompañase pues, era consciente de que, si lo que yo pensaba acerca de la muerte de Blake era cierto, tendría que tratar con un individuo que era despiadado además de astuto. Un individuo que probablemente era también el responsable de las muertes de John Ratchett y Giles Cass.

Cuando escribí las notas anónimas en mis aposentos, experimenté una excitación casi infantil. Ahora, a la luz de la fría noche, mis actos me parecían peligrosamente estúpidos. Había acusado a cuatro ciudadanos decentes de ser cómplices de un asesinato. Si al menos uno de ellos fuese culpable, mi acción estaría justificada. Pero ninguno de ellos *era* culpable. Cada vez estaba más convencido de ello y de mi estupidez, tanto como de que la luna iluminaba ya el cielo y que la brisa era más fresca.

Había sellado las cartas y se las había entregado a un chaval que encontré ganduleando en Chancery Lane. Ni lo conocía ni le pregunté su nombre. Absoluto anonimato. Tres de las cartas iban destinadas al mismo lugar, la mansión de los Blake en el Strand, no muy lejos de aquí. Le dije al chico que las entregase personalmente al portero, y prometí darle otro penique cuando regresase y me describiese al portero. No me hizo ninguna pregunta y salió corriendo. Lo esperé en la esquina de Chancery Lane, casi disfrutando del secretismo y la artimaña, y pensando que, después de todo, podía ser tomado por espía.

Entonces el chico regresó y me describió la peluda y larga verruga que el portero tenía en su mejilla. Como este era el único rasgo distintivo del portero de Blake, supe que realmente había entregado las cartas. Imaginaba las cartas pasando del portero al criado doméstico, uno de esos chicos de uniforme amarillo que estaban como pez en el agua, y, finalmente, llegando a sus destinatarios: lady Blake, Maria More, William Inman. Imaginé a cada uno de ellos rompiendo el sello, desplegando el papel (papel barato, claro, pues este escritor anónimo, no era más que un extorsionador barato) y leyendo sus calumniosas palabras. Y en ese momento, empezaron a asaltarme algunas dudas.

Pero era demasiado tarde para echarse atrás. No se puede recuperar una carta que ya ha sido enviada. El chico aún estaba esperando que le diese más recados, así que le di la última carta y otro penique, y le dije que la llevara al taller de los Snell en Three Cranes Lane, asegurándome de que la entregase a Snell padre. Le di instrucciones de que regresara con noticias acerca el color de la puerta. Echó a correr en dirección contraria. Volví a esperar y, conforme pasaban los minutos, las dudas se hacían cada vez mayores. Este recado llevó más tiempo que el primero, o eso me pareció a mí mientras paseaba arriba y abajo o me apoyaba en la pared. Recordé que se sospechaba que Ben Jonson había tenido algo que ver en la construcción de un muro en Chancery Lane, ¿o era en Lincoln's Inn? Finalmente, el chico regresó y me confirmó que la puerta del taller estaba pintada de verde (pues sería verde... yo no me acordaba) y que había entregado la carta a un hombre de pelo largo que había prometido dársela a maese Snell. Misión cumplida. Así que le di al mensajero el último penique.

Las cartas estaban echadas. Cuatro honestos ciudadanos habían recibido una carta que, más o menos, le acusaba de asesinato. Si reaccionaban ante esta escandalosa calumnia, o si sencillamente la ignoraban, era cosa suya. Una tercera posibilidad era que alguno de ellos avisara a un juez municipal y se dispusiera a encontrar al anónimo difamador. A decir verdad, este último parecía el desenlace menos probable. Sería demasiado... complicado. Para avisar al juez, primero habría que enseñarle la carta. Esto significaría arriesgarse a que se abriese una investigación sobre la muerte de sir Philip que, aunque no hubiese sido un asesinato, era un tanto enigmática.

Había establecido las ocho en punto de esta tarde y el techo del escario del Globe como fecha y lugar de la cita. Esperaba asustar al asesino o asesina haciéndole confesar su culpabilidad al mostrar la túnica de la Verdad y señalar con un dedo acusador a quien surgiese de la galería superior *como un delincuente ante una terrible citación.* Quizá resulte inverosímil el método de la túnica y de señalar con el dedo, pero lo único que puedo decir es que a Shakespeare le funcionó. Fue en una obra, claro, y quizá él fuese un poco más sutil.

Organizar una cita en este dramático emplazamiento, y dar indicaciones sobre cómo trepar al tejado del teatro podría sugerir, inevitablemente, que el anónimo difamador tuviese algún tipo de relación con el Globe. Pero había mucha gente relacionada con el Globe, no solo actores, sino también sastres y porteros y pintores y todo lo demás. No había ninguna razón en particular para que las cartas señalasen a Nick Revill. Incluso había intentado cambiar mi letra, pero me salieron unos garabatos tan sucios e irregulares que parecían hechos por un niño, así que utilicé mi propia letra.

Aún quedaba algo de luz en el cielo. Abel tenía los ojos cerrados. Me puse cómodo y apoyé la espalda en la pared de la cabina. Pensé que igual debía aprovechar este tiempo muerto antes de que llegase alguien, o nadie, así que busqué en mi bolsillo y saqué el manuscrito de mi papel en la representación del día siguiente, es decir, *El hombre de la melancolía* de Martin Barton. Momentos antes, sobre el escenario desnudo, había sido incapaz de recordar una sola palabra o acto de mi personaje, el sanguinario Lussorio, pero cuando conseguí distinguir mis líneas a media luz, aquel volvió a mí.

Barton había hecho algunos comentarios acerca de lo "poco realista" que era Shakespeare por utilizar un pañuelo como recurso en *Otelo*, así como por tomarse en serio temas como los cuernos y la infidelidad cuando solo debían provocar carcajadas.

Bueno, si hablamos de la falta de realismo, la obra de Barton se llevaba el primer premio. Nunca había visto o representado un batiburrillo tan absurdo como esta obra de Barton. Sangre, sátira, carcajadas, todo mezclado hasta quedar tan claro como el lodo. Pero al público, en el humor renovado después de la plaga, le gustaba, por eso volvía a estrenarse.

No os cansaré detallándoos la trama de *El hombre de la melancolía*. Basta decir que la historia trata de un duque (italiano, por supuesto) que escapa a un intento de asesinato tramado por el amante de su mujer. Como Lussorio, yo era uno de los asesinos que no consiguen liquidarle. El duque regresa disfrazado de ermitaño para revolotear por los alrededores de su corte y soltar incisivos y satíricos comentarios al grotesco cortejo que vive en ella. Nadie se da cuenta de que este peludo ermitaño es en realidad el duque hasta que se quita el disfraz al final del quinto acto y vuelve a arreglar el mundo. De la misma manera había planeado yo arreglar el mundo desde el tejado del Globe.

Es absurdo pensar que un duque pueda hacerse pasar por un ermitaño peludo en una obra. Pero no es tan absurdo como creerse capaz de actuar cual *deus ex machina* en la vida real. En el caso de Barton, el disfraz de ermitaño es una excusa, por supuesto, pues todo el mundo sabe que los sucios y viejos ermitaños son filósofos moralistas. Era una excusa del dramaturgo para derramar su bilis sobre las presuntuosas cortes. Todos formaban parte de la humeante putrefacción, todos serían pasto de las larvas. (Todos excepto los musculosos artesanos y los niños actores, por supuesto. Aunque Barton no lo dijese así exactamente). En mi caso, no tenía excusa para mi actuación como *deus ex machina*. Al menos, Barton se ganaba la vida honestamente. Y era muy probable que yo perdiese la mía si alguien descubría lo que había hecho, lo que estaba haciendo.

Estaba oscureciendo demasiado para leer, así que volví a meterme el manuscrito en el bolsillo. Aunque viniese alguien a la "cita", era muy probable que no pudiese verle bien. Apoyé la cabeza contra la dura pared de la cabina y cerré los ojos.

Varias figuras pasaron por mi mente. O quizá no fuesen figuras, sino una extraña mezcla de retratos e ideas que había adquirido cierta forma pictórica.

Una era la firma de la paz entre España e Inglaterra, a la que habíamos asistido unos días antes como camareros. No era la ceremonia lo que me preocupaba, sino el rey arrastrándose hacia la nave de la Capilla Real. Y luego pensé: *era puro espectáculo.* Lo mismo había ocurrido con el fulgor de Cecil y Howard y los demás que había sentados frente al condestable de Castilla y sus señores en la cámara del palacio de Whitehall, como si estuviesen esperando a que les hicieran un retrato. *Puro espectáculo.*

Debía desprenderse otra reflexión del hecho de que solo me hubiese fijado en *El hombre de la melancolía* de Barton o en mi papel como Lussorio en particular. Como yo, muchos habían fracasado en el intento de matar al duque, quien reaparece luego vestido de ermitaño peludo para compartir su incisiva inteligencia con todos. El duque seguía vivo, pero no en la persona del duque…

Entonces me vino una imagen no de una obra, sino de la vida real. Era del artesano y pintor Ned Armitage, al que había visto por primera vez en el taller de Three Cranes Lane con manchas de pintura roja en la cara. Había estado pintando un arca para una representación de la Worcester's Men en el teatro Curtain. ¿Qué (o quién) iba a esconderse en el arca? Yo había encontrado un cuerpo en la misma arca en mi segunda visita al taller, pero era un maniquí. Pero había otro cuerpo de verdad, aunque el de John Ratchett se desparramó por el suelo. A la mañana siguiente había desaparecido, como si nunca hubiese existido.

Siguiendo con las arcas: la señora Buckle tenía una en su habitación. ¿Era verde? No lo sabía, pues nunca había visto su habitación de día y nunca me había interesado por su mobiliario. Pero, ¿qué tenía que ver el arca de la señora Buckle con todo esto? Nada. Olvidémonos de su arca. Aunque me habría gustado volver al arca de la señora Buckle, en otro sentido, claro. Mi amiga (no, mi puta) Blanche tenía un lunar en su pecho derecho. Quizás la señora Buckle también tuviese un lunar. Eso tendría gracia, la mujer de un clérigo y una puta compartiendo lunares. Pero no sabía lo que tenía la señora Buckle en su pecho. No la había visto a plena luz del día, no de esa forma. *La oscuridad es más apropiada.*

Entonces pensé en maese Bartholomew Ridd y en lo que había dicho sobre la mejor forma de limpiar las manchas de sangre. En primer lugar, evitar las peleas. Pero si derramas sangre debes usar leche, o agua y sal para limpiarla. Si es reciente, debes escupir en la mancha. Escupir funciona. ¿Qué habría usado la lavandera para la "túnica de la Verdad" que se pusieron sir Philip Blake y Ben Jonson? Lo habría intentado con leche, pero no funcionaría. Ni la sal y el agua.

Cuando era pequeño tenía un juguete hecho de una especie de madera brillante. Estaba tallado en forma de una manzana y estaba ingeniosamente construido, pues podía separarse en segmentos. A mis infantiles dedos les era muy sencillo desmontar la manzana, pero a esos mismos dedos les era mucho más difícil volver a montarla. Pero lo conseguía. Había visto a mi padre montar la manzana un incontable número de veces cuando acudía a él con los ojos llorosos o con cara de enfado. Tenía mucha paciencia, al menos conmigo. *Ahí*, decía poniéndola en la palma de mi mano, *es muy sencillo.* Y era verdad, era muy sencillo cuando lo hacía él. Pero, cuando desmontaba yo la manzana, no había manera de que recordase como tenía que montarla. Entonces, un día conseguí desmontar la manzana *y* volver a montarla, así que la guardé en un cofre y no volví a sacarla.

Las ideas que flotaban en mi cabeza eran como las piezas de esa manzana. Debían encajar, debían encajar perfectamente, pero, por algún motivo, era incapaz de juntarlas.

Recordé las palabras de Giles Cass sobre sir Philip Blake. Dijo que había tenido suerte de morir cuando lo hizo, teniendo en cuenta que el sabueso ministro Cecil le estaba siguiendo la pista por conspirar contra la paz con España y, por lo tanto, estar de parte de Raleigh. Sir Walter Raleigh..., quien estuvo a punto de evitar el espantoso destino de ser colgado, destripado y descuartizado... ser colgado y, estando aún vivo (apenas) sentir unas manos sangrientas clavársele en las entrañas...

También pensé en las precipitadas segundas nupcias de lady Jane Blake con su primo del campo. Un hombre con suerte, quizás. Casarse rodeado de toda esa riqueza, lejos de la casa del campo y con una mansión en el Strand al alcance de la mano. Casarse con una mujer que era hija de un apotecario y que, recientemente, había interpretado la Abundancia en una mascarada real. Lady Blake había llegado a lo más alto, lo había hecho. Toda esa carne, era un dulce porvenir para alguno. Me preguntaba si llevarían al primo del campo a la ciudad para ver Londres, quizá por primera vez. A lo mejor ya conocía la ciudad...

Algunas piezas del misterio (algunas piezas de la manzana) parecían ir encajando en mi cabeza y, por un momento, pensé que ya lo tenía. Pero entonces se me escapó.

No me había dormido del todo aquí sentado en la cima del Globe cuando, de repente, oí un ruido salir de las profundidades del edificio. Abel también lo oyó, fue una especie de golpe sordo. Se estiró y se sentó. Esperamos otro sonido bajo la tenue luz, pero no oímos nada.

Después de un momento, Abel dijo:

–He estado pensando, Nick.

Me preparé para escuchar un comentario molesto o, al menos, uno crítico. Lo equivocado que estaba, o que todo esto era en vano.

–¿Crees que se construirá alguna vez otra aguja en St. Paul?

Abel gesticuló señalando el río. La inmensa catedral estaba casi enfrente de nosotros, un poco a nuestra izquierda. Su contorno destacaba, más grande e imponente que cualquier otro edificio en la distancia. Hace años, a principios del reinado de Isabel, St. Paul tuvo la aguja más alta de todas las iglesias de Londres. Pero la alcanzó un rayo y se quemó. Nunca se reemplazó, aunque se hablaba de ello de vez en cuando.

–No sé –dije.

–Estaría muy bien –dijo Abel.

–Muy bien –repetí.

Este parecía ser el final de una fútil noche. No tenía sentido quedarse aquí arriba, en el tejado del Globe por más tiempo. La brisa se estaba volviendo fría, algo más que anunciando la llegada del otoño. Ya no iba a venir nadie. Mi plan no había sido tan descabellado, simplemente estúpido. Era hora de salir del teatro, y regresar mañana correctamente para el ensayo matutino de *El hombre de la melancolía* de Barton. Regresar no como intrusos, sino como actores. No como arrogantes descubridores de la verdad, sino como humildes y modestos artesanos.

Abel se levantó y se estiró. Yo me alejé de la cabina, atravesando la pasarela en dirección a la puerta de la galería superior. Entonces lo oímos.

UNA EXTRAÑA VERDAD

Esta vez no había duda. Se oían pasos subir las escaleras de la galería. Eran más de una persona. Lo primero que pensé es que serían algunos de los veteranos. Habían descubierto mi plan y venían a por mí. Y me lo merecía. Había entrado sin permiso, había robado llaves (y habría robado también parte del vestuario si lo hubiese encontrado), había escrito cartas calumniosas, había inducido a un actor inocente a participar en un estúpido plan. Había desprestigiado a la King´s Men. Me pedirían que abandonase la compañía inmediatamente. Y me lo merecía.

Todo esto pasó por mi mente en un instante. Los pasos se acercaban. La puerta que daba a la galería superior del tejado se abriría en cualquier momento. Abel me agarró del brazo y me empujó. Sin decir nada, nos deslizamos hacia la parte más alejada del cobertizo, la que daba al río, y nos acurrucamos contra la pared. No nos vería nadie que inspeccionase rápidamente desde la entrada. Quizá aún pudiésemos salir de esta.

Oímos abrirse la puerta de la galería y los pasos de la gente (solo dos, por el sonido) que iba apareciendo. Estaba bastante oscuro. Veíamos la luz de una lámpara desde nuestro escondite. Esto significaba que quien fuera que estuviese aquí arriba en el tejado, no necesitaba ocultarse demasiado. Al contrario que nosotros, ellos estaban autorizados a venir aquí. Se habían cambiado las tornas. Habíamos intentado atrapar a un asesino. Y ahora éramos Abel y yo los que estábamos atrapados e intentábamos escondernos, muy probablemente de nuestros jefes. Esperé oír un grito, una llamada. Pero no habló nadie, nadie dijo nada, ni siquiera en voz baja.

Era extraño que nadie dijese absolutamente nada. Cuando había pasado ya una eternidad, hice un gesto a Abel para que se quedase donde estaba y me arrastré a gatas lentamente hasta llegar a la esquina del macizo muro del cobertizo. Y cual cautelosa tortuga, intenté ver algo desde allí. Había dos hombres al otro lado de la pasarela. Tenían un farol, pero estaba puesto sobre las esteras, por lo que solo pude verles los pies. Estaban de espaldas a mí y miraban hacia la puerta que daba al pasillo de la galería. La puerta aún estaba abierta.

Volví a resguardarme tras la pared y le indiqué a Abel que había un par de hombres. Él ahuecó sus manos y susurró en mi oído: *¿Burbage? ¿Shakespeare?* Negué con la cabeza. Al igual que yo, él suponía que nadie que estuviese en el tejado estaba aquí legítimamente y, a estas alturas de la noche, lo más probable es que fuesen los accionistas. Pero, las siluetas que había visto no eran ni de Dick Burbage ni de Shakespeare, ni de nadie que conociese de la King´s Men. Aún así, tenía cierta idea de quiénes eran esos dos.

Entonces oímos más pasos subiendo las escaleras de la galería. No de una o dos personas, sino de bastantes más. Y no eran los accionistas que venían a reprendernos, ni a echarme de la compañía. Esto era mucho más serio que la simple pérdida de mi trabajo. Mi corazón latía con fuerza y empecé a sudar, a pesar del frescor de la noche. De repente, comprendí que mi descabellado plan, lejos de haber fracasado, estaba a punto de ser todo un éxito. También comprendí algunas otras cosas. Las piezas de la manzana, que había luchado por unir, encajaron sin ningún esfuerzo mientras prestaba atención a algo muy diferente. *Es muy sencillo.* Vi dónde estaba el truco, más o menos.

También me di cuenta de que la vida de Abel y la mía estaban en grave peligro. Nuestra mejor, y única, posibilidad de sobrevivir era permanecer inmóviles y en absoluto silencio, y rezar para que nuestros visitantes se contentasen con las vistas del tejado. (Aunque no creo que lo hiciesen. Habían sido invitados aquí arriba por un idiota).

Entonces apareció en la pasarela mucha más gente procedente de la galería. Se oía el arrastrar de pies, algunos ligeros, otros pesados. Lo más raro de todo esto era que nadie había pronunciado aún ni una sola palabra. Abel volvió a agarrarme del brazo. Sentí su desconcierto y su miedo. Yo también estaba asustado, pero no desconcertado, no del todo. Puede que fuese una compensación muy pequeña, pero le podría contar lo que estaba pasando (o, al menos, le habría contado por qué estaba reuniendo este pequeño grupo en el tejado del Globe) si no fuese porque el hablar nos delataría.

Pero, aunque no nos habían visto, sabían de nuestra presencia. O, al menos, de la mía.

–Maese Revill –se oyó. Era Jonathan Snell, el padre, el hombre de la maquinaria.

–¿Estáis ahí, Nick?

Entonces reconocí la voz del hijo.

–Fue un error escogeros para el papel de la Ignorancia en la mascarada, sois mucho más ingenioso, Nicholas –dijo una mujer. Era Maria More.

–Escribisteis una carta –dijo el áspero tono de Bill Inman.

–Venid a hablar con nosotros, por favor, maese Revill –dijo otro hombre cuya voz también reconocí.

No tenía sentido seguir escondido. Inspeccionarían la galería que rodeaba el cobertizo en cualquier momento, y nos descubrirían a Abel y a mí, acurrucados, temiendo por nuestras vidas. Si saliese yo solo antes de que eso ocurriese, les distraería y Abel podría escapar.

Le indiqué otra vez a Abel que se quedase donde estaba, me levanté y giré la esquina.

–Aquí estoy –dije–. ¿Queréis hablar?

Había un grupo de individuos en la zona del tejado que está entre la puerta de la galería superior y la entrada del cobertizo.

Entre todos tenían por lo menos tres faroles, que arrojaban la suficiente luz como para permitirme identificarlos. De todos modos, ya sabía a quién iba a encontrar aquí arriba. Ahora lo sabía todo, más o menos.

Estaban los dos Snell, padre e hijo, este último con sus anteojos. Eran ellos los que habían llegado primero al tejado del teatro. Estaba lady Jane Blake, bien abrigada debido al frescor de la noche. A su lado estaba Maria More, aún más señora que su propia señora. Estaba el honesto y franco Bill Inman. Y a su lado estaba el igualmente honesto artesano Ned Armitage y el tipo de pelo largo del taller de Three Cranes Lane, Tom Turner. Siete individuos en total.

Yo había estado buscando a uno, como mucho dos. ¡Pero allí había siete!

–Bueno –dijo Jonathan Snell padre–. Nos habéis descubierto.

–Sí, lo he hecho –dije. Miré al cielo. La luna estaba al alcance de mi vista.

Alguien se estremeció al tomar aire. Creo que fue Maria More.

–Vamos a entrar –dije apuntando a mi espalda–. Es más... privado.

Cual anfitrión acomodando a los huéspedes en su casa, llevé a los invitados al interior del cobertizo. No era demasiado cómodo, pero nos resguardaba de la brisa nocturna. Había un par de utensilios aquí, además de la silla *deus ex machina.* Los aparatos para los ascensos surgieron de las sombras gracias a la luz de los faroles. Se repartieron los siete por la habitación. No había mucho espacio. Yo me quedé en la entrada, no sabía si para evitar que se marchase alguno de ellos o para tener la oportunidad de poder escaparme yo mismo. Podría llegar a la puerta de la galería y a medio camino de las escaleras antes de que ellos iniciasen la persecución. Tenía la ventaja de conocer las entradas y salidas del Globe. Pero tenía que dejar a Abel salir primero, se lo debía. Además, no sentía un peligro inminente. En realidad, eran estos siete individuos los que parecían estar esperando que yo hiciese algo.

–¿Qué es lo que queréis? –dijo Bill Inman–. ¿Dinero?

–No –respondí–. Eso fue solo una estratagema para traeros aquí, haceros pensar que lo que quería era dinero.

–¿Estáis solo? –dijo Snell padre.

–Bastante solo –dije un poco más fuerte de lo necesario para encubrir a Abel.

–¿No tenéis a un juez oculto aquí arriba? –dijo lady Jane.

–Ni juez, ni autoridad alguna, lo juro por mi vida –dije.

–Entonces, ¿qué queréis? –dijo Snell, repitiendo lo dicho por Inman pero con más énfasis.

–La verdad –respondí.

No hubo una respuesta inmediata a tal ambiciosa exigencia. Snell hijo dijo:

–Creo que Nick se merece eso al menos. No tenemos más que mostrársela.

Cuál fue mi sorpresa cuando Maria More asintió y Tom Turner dijo simplemente: Sí.

–Pero si ya sabéis la verdad –dijo Snell padre–. O eso creéis.

–¡Ah! Ya la sé –dije con más confianza de la que en realidad sentía–. El hecho de que estéis todos aquí demuestra que ya la sé.

No mencioné que había sabido la verdad hacía tan solo unos momentos. En su lugar dije:

–Pero dejadme que lo intente por si acaso. Podéis corregirme si me equivoco en los detalles.

Nadie habló. Tomé aire y empecé mi historia.

–Todo parece ser resultado de la muerte de sir Philip Blake, pero este extraño asunto comenzó antes de que eso sucediese.

Se suponía que esa muerte fue un accidente. Que es exactamente lo que se pretendía que pareciese, un terrible accidente. Fue un acontecimiento público, presenciado por decenas de espectadores en la Casa Somerset. Y así habría quedado, como un accidente, de no ser por la aguda vista de Jonathan Snell, o por sus agudos anteojos. Él se dio cuenta de que las cuerdas que sujetaban la silla en la que bajarían a sir Philip habían sido parcialmente cortadas, tanto que se romperían totalmente cuando la silla alcanzase un determinado punto durante el descenso. El hecho de que las cuerdas estuviesen tan bien cortadas, indicaba que quien lo había hecho, estaba familiarizado con los pesos, las tensiones y todo lo demás.

Hice una pausa y miré a Jonathan Snell, el ingeniero, que dijo:

–Eso ya lo dijo mi hijo en su momento.

–Pero luego lo negó –dije.

–Solo porque más tarde descubrí… ciertos hechos –dijo el hijo.

–Eso pensé yo –dije–. Estabas tan seguro previamente de que alguien había manipulado las cuerdas, incluso aunque tu padre intentase quitarle importancia que, cuando afirmaste que habías cambiado de opinión, llegué a la conclusión de que después habías descubierto algo que antes no sabías. Solo encajaba una posibilidad. Que ese algo implicase a… alguien cercano a ti.

–Es cierto –dijo el hijo.

–Tuvimos una discusión en la galería estos dos caballeros y yo, y dije que haría algunas preguntas acerca de la muerte de sir Philip e intentaría averiguar algo más.

–Me pregunto por qué os ofrecisteis a hacerlo –dijo Snell padre–. No queríamos que lo hicierais. No era necesario.

–Cierto, *vosotros* no queríais, pero yo sí, y tenía mis motivos para hacerlo –añadí–. Un hombre me había pedido que investigase el accidente de la Casa Somerset. Me tenía controlado.

Me pareció oportuno confesarles un pequeño asunto pues, a cambio, yo esperaba obtener bastantes confesiones, aunque fuese tácitamente.

–Pero no encontré nada. Y cuando Jonathan dijo que había cambiado de opinión respecto a la muerte de Blake y que *había sido* un accidente, me pareció que no había ninguna posibilidad de encontrar nada más.

–Entonces, ¿por qué nos habéis traído aquí, si no hay nada que investigar? –dijo lady Jane.

–Oí que estabais a punto de volveros a casar, mi señora.

–Así es.

Dijo esto en voz baja, sin excusarse pero sin inquietarse.

–¿Siendo tan reciente la muerte de vuestro primer marido?

–Exactamente.

–Me temo que eso fue suficiente para ponerme a pensar. Debería haberme hecho pensar positivamente. Debe perdonarme, lady Jane, por haber intuido motivos viles en sus intenciones... Pero no era solo eso. Un compañero que también participó en *La Mascarada de la Paz* me dijo que creía que sir Philip había sido drogado o envenenado antes de subirse a la silla.

–¿Cómo? ¡Imposible! ¿Cómo puede decir eso? –dijo Bill Inman verdaderamente perplejo.

–Había algo en la expresión de sir Philip. ¿Cómo lo describió mi amigo? Dijo que fue como ver a alguien que está teniendo una pesadilla de la que no puede despertar, creo que era eso. También tenía otra evidencia.

(No iba a contar que Abel se había apropiado de la petaca de sir Philip. En cualquier caso yo ya no creía que hubiese habido ningún tipo de droga o veneno en ella).

–Por eso me pareció que, a la luz de la nueva boda de lady Blake, y de la historia de mi amigo, existían bastantes posibilidades de que sir Philip hubiese sido asesinado. Pero solo había una manera de conseguir alguna prueba.

–Mandarnos cartas acusadoras a todos –dijo Maria More.

–Sí. Sabía que si venía alguien a esta cita esta persona tendría, al menos, algo que ocultar acerca de la muerte de sir Philip. Esperaba a una persona, como mucho dos. ¡Pero sois siete!

Casi me echo a reír. Los nervios, imagino. Me sentía como un pescador que regresa a casa tambaleándose porque ha pescado más de lo que puede cargar. Miré en derredor para ver sus caras, medio iluminadas, medio ensombrecidas por los faroles. Las únicas personas que no habían hablado todavía eran Ned Armitage y, aparte de su simple "sí", Tom Turner. Hace una hora, me habría sorprendido mucho su presencia. Pero ahora ya sabía por qué estaban allí.

–Eso no es suficiente para formular una acusación –dijo Snell padre, que parecía hablar en nombre del grupo–. Una historia que os contaron sobre la expresión del rostro de sir Philip Blake, y el hecho de que lady Blake quiera casarse de nuevo.

–No, quizá no sea suficiente. Pero si se añaden otros acontecimientos, otras muertes, entonces…

Conseguí que me prestasen toda su atención.

–Hace un momento mencioné a un hombre que me tenía controlado. Bueno, pues le sucedió algo, pero ahora no puedo probarlo, pues él ha muerto para el mundo y el mundo ha muerto para él. Y también está aquel hombre llamado Giles Cass, que hacía de Sospecha en la mascarada de Ben Jonson. Aparentemente, murió al caer al río tras golpearse la cabeza contra el suelo de la Casa Somerset. ¿Lo recuerdan? Seguro que sí, porque creo que estaban todos allí presentes.

"Pero no pensaba en la muerte de Cass. Es posible que dicha muerte fuese tan accidental como lo fue, supuestamente, la de sir Philip. Eso fue lo que me dijo Cass justo antes de morir. Me habló del ministro Cecil y de cómo el rey Jacobo lo llamaba su sabueso personal como estaba tras el rastro de sir Philip por traición... por formar parte de la conspiración tramada por sir Walter Raleigh...

Por algún motivo, Tom Turner, que se había sentado en la silla del *deus ex machina*, empezó, en ese momento, a moverse nerviosa e impacientemente.

–Aquello me dio que pensar, ya entrada la noche, mientras esperaba aquí arriba. Pensé en el castigo que se imponía por traición, ese horrible castigo. Ser ahorcado... y todo lo demás.

Maria More volvió a temblar, aunque el calor se hacía sofocante en este estrecho y cargado cobertizo.

–Y pensé que, si yo fuese un noble y me acusaran de traición, haría casi cualquier cosa para librarme de ese horrible castigo. Claro que, si me acusaran realmente de traición, ya sería demasiado tarde. Iría a la Torre, sería juzgado y después iría al patíbulo y sentiría las sangrientas manos del verdugo. Demasiado tarde. Así que, si pretendía eludir la acusación de traición, tendría que tomar medidas antes de que dicha acusación fuese formulada. Podría escapar al extranjero, pero no quiero dejar a mi mujer, pues soy un hombre casado, felizmente casado. Tengo inmensas posesiones en el campo y una casa en Londres. Y no quiero renunciar a ninguna de esas cosas. Pero debo renunciar a ellas por un tiempo si quiero sobrevivir. Sobrevivir hasta que mis enemigos, como Cecil, hubiesen muerto.

–Cecil es inmortal –dijo Tom Turner–. Vivirá más que todos nosotros.

Esta observación fue muy sorprendente para provenir de un artesano taciturno.

–Cuando visité por primera vez el taller de maese Snell –continué, tomándome mi tiempo pues, aunque resultase extraño, estaba empezando a divertirme– cuando fui al taller de Three Cranes Lane, vi un maniquí sentado sobre un montón de lonas. Por un instante, pensé que era de verdad. Pero no era de verdad, era simplemente una figura hecha de lino y rellena de algún material.

–De trapos, plomo y arena –dijo Snell padre–. El peso de la figura debe hacerse cuidadosamente.

–Por supuesto –dije–. Todo lo relacionado con este asunto debía hacerse cuidadosamente. Más tarde, investigando más a fondo el taller de Three Cranes, encontré a Ned Armitage. Estaba dormido pero… qué estupidez… como tenía manchas de pintura roja por toda la cara, por un segundo pensé que estaba muerto. Entonces me di cuenta de lo fácil que era hacerse pasar por muerto accidentalmente. Por supuesto, yo debía saberlo, pues soy actor.

Ned Armitage parecía estar ligeramente avergonzado. Quizá no le había gustado que lo encontrasen durmiendo en su lugar de trabajo. ¡Como si no hubiese pecados peores!–. Hice una pausa y miré a Jonathan Snell padre.

–Un cuerpo es solo un cuerpo, aunque no sea real. Por eso la expresión de sir Philip cuando cayó al vacío era extraña, distante. No era real. No era de extrañar que pareciese estar sufriendo una pesadilla de la que no podía despertar… ni que pareciese ausente, como fuera de este mundo. Se simuló el horror con una enorme boca abierta y el blanco de la cara. Además contabais con la luz artificial y con el hecho de que lo que realmente se ve sobre el escenario es lo que se quiere ver. O no lo que se quiere ver, exactamente, sino lo que se espera ver. De todos modos, nadie iba a tener la oportunidad de examinar a un hombre que estaba cayendo al vacío.

Se hizo el silencio. Y rápidamente le dije a Snell padre:

–¿De qué estaba hecha la cabeza?

–De cera, con una estructura de madera… y otro material para rellenarla que al romperse sonaría como si fuese de verdad. Fue un reto artístico.

Había orgullo en el tono de Snell padre. Entonces empecé a entender por que, tanto él como los de su taller, estuviesen involucrados en esta peligrosa farsa.

–Por esa razón casi todos los que estaban involucrados se acercaron a la tarima para echar un vistazo, era una obra de arte, claro. La viva imagen de sir Philip Blake.

No necesitaba que asintiesen o sonriesen a medias para confirmarlo.

–Señoras, una de vosotras se dejó su pañuelo aquí arriba.

–Fui yo, Nicholas –dijo Maria More.

–Se lo di yo, era muy refinado –dijo lady Jane.

–Pero yo no quise quedármelo porque me preocupaba que hicieseis preguntas –dijo Maria.

–De todos modos, lo del pañuelo no tiene la menor importancia –dije, consciente de que ahora estaba en manos de una puta francesa de La Mitra–. Solo sirvió para probar que una mujer había estado en la galería. Y luego resulta que todos habían estado en la galería, no faltó ni el apuntador.

–Todos teníamos curiosidad. Todos sabíamos el secreto.

–Todos menos vuestro hijo, maese Snell.

–Mi padre dice que soy incapaz de guardar un secreto –dijo Jonathan.

No hubo amargura en su tono, simplemente fue una clara exposición de los hechos. Me incliné a pensar que el padre tenía razón. Pero, de todas formas, no les dije que habría sido mejor contárselo todo a Jonathan desde el principio, para evitar que luego formulase su teoría sobre un asesinato. ¿Habría confiado el padre en que la miopía de su hijo le impediría darse cuenta de que iban a sustituir al verdadero sir Philip por un maniquí? No, eso no habría sido suficiente, debió buscarle alguna tarea que lo mantuviese alejado en el otro lado de la galería.

–¿Utilizasteis el maniquí que había en vuestro taller? ¿El que yo vi? –dije.

–Dios me libre –dijo Snell padre–. Eso era solo un boceto. Construimos una figura especial para la mascarada, perfeccionada y con más detalles.

–Y la buena suerte hizo que el manto que llevaba puesto el maniquí le tapase la cabeza al caer. Eso evitó que alguien pudiese mirar de cerca la cabeza destrozada.

–La cabeza habría parecido suficientemente real, durante un momento y con poca luz. Además ¿quién iba a querer mirar más que por un momento un espectáculo tan horrible? Os confieso, Nicholas, que casi me apenó que nadie hubiese tenido la oportunidad de examinar nuestra obra.

Recuerdo ver la sangre salir de debajo del manto y oír a alguien gritar tras el público y ver a lady Jane caer desvanecida, como moribunda, y luego a Jonathan Snell adelantarse apresurado para ser el primero en el escenario. Recuerdo el sonido que hicieron sus rodillas al golpearse contra las tablas para acercarse a la figura envuelta. Ya no me sorprende que se apresurase tanto.

–Pero, ¿por qué utilizasteis pintura roja? –pregunté–. La sangre de oveja es mejor. Los actores utilizamos sangre de oveja en el escenario para simular una herida. Y se limpia más fácilmente, solo necesitas leche o sal y agua… o escupir. La pintura roja es más difícil de quitar.

–Utilizamos lo que teníamos más a mano –dijo Snell–. En el taller tenemos mucha pintura roja, pero sangre de oveja no tenemos tanta. Necesitábamos una considerable cantidad de sangre tanto para horrorizar a la gente como para convencerla. Y resultó convincente, Nicholas. Tenéis que admitirlo. Los engañamos… no sé a cuánta gente exactamente.

–Engañasteis a todo el mundo –dije–. Todo el mundo ajeno a vuestro pequeño círculo cree que sir Philip está muerto.

–Excepto una persona –dijo Bill Inman.

"Excepto uno", resonaba en mi cabeza. Esperaba fervientemente que Abel Glaze ya hubiese escapado, pero también temía que no lo hubiese hecho.

Tom Turner se levantó de la silla del *deus ex machina*. Vi a lady Jane agarrarle del brazo.

–Perdonadme –dijo– si no me quito este disfraz. Me he acostumbrado a él y con él me siento más seguro.

Dio un tirón del largo pelo que, más o menos, ocultaba su rostro. Una especie de escalofrío me recorrió la espalda. Estaba mirando a un hombre muerto, no a un fantasma. Cuando hablé, me alegró que no me temblase la voz.

–¿Y qué disfraz utilizaréis para el primo del campo?

–El de mi extrañamente erizado pelo y la gangosidad ocasional de mi voz.

Casi sonrío, muy a mi pesar. Ben Jonson estaba algo equivocado acerca de sir Philip Blake. Era un buen actor, el mejor de todos, pues nadie habría sospechado que estuviese actuando en absoluto. Su actual disfraz era algo secundario, aunque esa larga peluca le permitía ocultar sus prominentes orejas y la incipiente barba de su mentón reemplazaba la cuidada y apuntada barba de cortesano que solía llevar. Además, Blake era capaz de interpretar varios papeles. Había hecho de sí mismo, y yo lo había tomado por un noble amable, no demasiado inteligente, con su vago comportamiento y la repetición de "muy bien" tras cada comentario. Luego había interpretado su propia muerte, mejor dicho, había dejado a un maniquí que lo hiciese por él. Después, había hecho de simple artesano. Y ahora estaba a punto de hacer de flamante marido. Pero el papel de artesano era el que más me interesaba.

– ¿Por qué lo hicisteis? –pregunté–. Esperar disfrazado, trabajar en el taller, permanecer entre bastidores durante la mascarada…

–Sentía curiosidad por ver como iba a ser recibida mi muerte. ¿Por qué actuáis, maese Revill? ¿No es emocionante engañar a la gente? Nadie se fija en un simple obrero. Así que nadie me descubrió.

–Hasta ahora –dije

–Hasta ahora –repitió.

–¿Y por qué elegisteis una forma tan complicada de morir? El riesgo era enorme.

–El miedo al castigo también lo era –dijo sir Philip. Se refería al castigo por traición, aquel que no podía sacar de mi mente hacía unos momentos.

–Pero podíais haberos ahogado en el río, o haberos caído del caballo, o haber muerto de miles de formas diferentes.

–Pero si me hubiese caído del caballo o me hubiese ahogado, tendría que haber aparecido el cuerpo. Un cuerpo real. Yo necesitaba testigos, cuantos más mejor, pero debían estar allí espontáneamente y debían creer que me estaban viendo a mí. De ese modo nadie, ni siquiera el ministro Cecil, dudaría de que estaba muerto. Vos mismo dijisteis, maese Revill, que mi muerte había sido un acontecimiento público. Fue visto por decenas de personas en las más dramáticas circunstancias. ¿Quién pensaría que había sido todo un engaño tratándose de un teatro, de un sitio en el que el engaño se da por hecho?

–Sir Philip me contó el plan –dijo Jonathan Snell–. Era todo un reto hacer creer a todo el mundo que estaba realmente muerto.

–¿Qué vais a hacer ahora? –me preguntó lady Blake interrumpiendo a Snell. A ella no le interesaban ni los retos ni la artesanía.

–En realidad se trata de qué vais a hacer *vos* ahora, señora. De qué van a hacer vuestras mercedes. Tienen ventaja, son muchos más. Quizá, no sé, quizá me tiren al vacío desde aquí arriba, o me sienten en la silla y luego corten las cuerdas.

Dije esto bastante seguro de mí mismo, seguro de que no harían ninguna de las dos cosas.

–No somos asesinos, caballero –dijo Tom Turner… o sir Philip Blake.

–¿Y qué hay de Giles Cass? ¿Qué hicisteis con él? Fue él quien me dijo que os estaban investigando por traición.

–Esa acusación es absurda, a no ser que todo aquel que haya hecho un comentario en contra de España deba ser llevado ante el juez Popham –dijo Blake ignorando la pregunta sobre Cass y concentrándose en la traición–. A pesar de que casi todo lo que se ha dicho sobre mí es falso, habría deshonrado a mi familia. En efecto, Cecil es el sabueso del rey. Una vez que la presa está entre sus fauces, no la deja escapar. Le gusta llevar trofeos a su nuevo amo. Más o menos, eso fue lo que me dijo el día que llegaron los españoles a Londres…

Entonces recordé haber visto a Blake hablar seriamente con Cecil a orillas del río, fue la primera vez que lo vi.

–… estuve a punto de ser sacrificado en el altar sobre el que se firmó la nueva paz con España. Raleigh había sido perseguido por las mismas razones. A él le habían perdonado la vida para siempre, pero yo no correría la misma suerte.

Su mujer le puso la mano en el hombro, como para advertirle de que, incluso aunque estuviesen en la cima del Globe rodeados de sus compañeros de conspiración, era peligroso hablar demasiado. Pero él no pareció darse cuenta.

–No importa lo que diga –continuó–. Estoy muerto, en cualquier caso. Sir Philip Blake está tan muerto como el mundo cree que lo está, y si se os ocurre resucitarme, maese Revill, sin duda me condenareis a una muerte real. Cecil no volverá a dejarme escapar.

–Yo no voy a condenar a nadie, y mucho menos a una muerte por traición. Pero, como recompensa, debéis hablarme de Giles Cass.

Miré nuevamente sus caras. Hubo un silencio hasta que Bill Inman dijo:

–Ninguno de nosotros tuvo nada que ver en la muerte de Cass, maese Revill. Al igual que todos, creyó que sir Philip estaba muerto. No teníamos razones para actuar en su contra. Juro por mi honor que lo único que sé es que se ahogó.

–Pero primero le golpearon en la cabeza –dije.

–Pues no fue ninguno de nosotros –dijo Inman.

–Creo que pudo tropezar y caerse –dije–. Había sangre en los escalones que conducían al río.

Por la expresión de sus caras allí arriba en el cobertizo, parecía que lo que les estaba contando era nuevo para ellos. Puede que Cass muriese tal y como yo había supuesto al principio, tal y como declaró el juez. No todas las apariencias engañan. Pero todavía quedaba una muerte por desenmascarar.

–Murió alguien más –dije–. Fui al taller de Three Cranes Lane por segunda vez porque alguien me indicó que debía hacerlo.

Miré a Jonathan Snell hijo, quien, un tanto incómodo, negó con la cabeza.

–Yo solo quería contaros lo que estaba pasando, Nick. Pensé que podía hacerlo, pero no en público.

(Sí, el padre tenía razón: Jonathan era incapaz de guardar un secreto).

–Cuando estuve allí, vi a un hombre muerto, un hombre muerto de verdad, no un maniquí, ni alguien con pintura roja por toda la cara. Y ese muerto se llamaba John Ratchett. Estaba tendido en el suelo, lo asesinaron tirándolo por una trampilla ¿O van a decirme que se tiró él solo?

No me estaba dirigiendo a nadie en particular, así que esperé a ver quién asumía la acusación.

–Yo puedo responder a eso, maese Revill.

Era Ned Armitage. Esas fueron sus primeras palabras.

–Ese caballero al que os referís… ¿cómo decís que se llamaba?

–Ratchett.

–Vino a husmear y fisgonear al taller. Dudé de sus intenciones y… y tuvimos un desacuerdo… llegamos a las manos.

–Yo también fui al taller a husmear y fisgonear, maese Armitage, pero no dudasteis de mis intenciones. Fuisteis amable y atento. Estabais pintando un cofre de rojo.

–Está bien, Ned, no tenéis por qué cargar con las culpas solo –dijo sir Philip (o Tom Turner), dándole una palmadita en el hombro. Seguía resultando un tanto inquietante oír el refinado tono de Blake salir de alguien que iba vestido de artesano.

–Ned no estaba solo cuando llegó Ratchett. Yo también estaba allí. Ratchett me reconoció. Entonces no iba vestido así –se tiró del pelo–, por eso me reconoció. Yo también lo reconocí a él. Había trabajado para el ministro Cecil.

–¿Para Cecil? Yo pensaba que trabajaba para el embajador francés –dije.

–Ratchett trabajaba para el mejor postor –dijo Blake–. Fue uno de los más destacados en preparar información falsa sobre mí para luego llevársela a Robert Cecil. Era un hombre sin escrúpulos. Era un gusano. Pero no queríamos matarle, al menos al principio. Él me había visto, sabía que seguía vivo. Intentamos detenerlo para que no escapase. Como Ned dijo antes, hubo un forcejeo. Naturalmente, no fue una pelea justa, éramos dos contra uno. Pero os doy mi palabra, maese Revill, de que no lo matamos. Ni siquiera lo pensamos. Yo sería capaz de acabar con mi propia vida, pero no con la vida de otro.

–Y entonces murió –dije.

–Como ya he dicho, estuvimos forcejeando –continuó Blake–. Ratchett cayó sobre la trampilla, se golpeó y resultó herido. Ned y yo retrocedimos sin saber qué hacer. Yo pensaba que estaba inconsciente, pero solo estaba aturdido. Intentó levantarse, pero como no sabía lo que hacía, se agarró a la palanca que abría la trampilla y cayó por ella dándose un golpe espantoso contra el suelo. Corrimos para socorrerle, pero estaba muerto. Resultaba irónico, yo había simulado una muerte como esa y ahora sucedía de verdad.

–¿Irónico?

–Sí. No voy a fingir una tristeza que no sentí.

–Y lo dejasteis ahí –dije.

–Fuimos a buscar a Jonathan –dijo Blake–. Esa misma noche un poco más tarde, volvimos a recoger el cadáver.

–Todos ayudamos –dijo Inman como reacio a quedar fuera de este horrible acontecimiento.

Se refería a los hombres: él, Blake y los dos Snell. Eso explicaría el pánico de Snell hijo cuando pensó que yo había ido al taller la noche anterior. Cuando llegué a nuestra supuesta cita a las nueve *de la mañana*, las cosas habían cambiado. Puede que Snell hijo me hubiese contado el plan (ese plan casi inofensivo gracias al cual un hombre honesto se había salvado de la muerte reservada a un traidor) pero ahora había otro muerto de verdad. Sin duda, Snell pretendía convencerme de que se había equivocado para que no le hiciese más preguntas.

–Pero yo lo vi en el periodo de tiempo que pasó desde su caída hasta que volvisteis a por él –dije–. Ratchett ya no estaba al día siguiente ¿Qué hicisteis con el cuerpo?

–Lo llevamos a nuestra casa de campo –dijo lady Blake–. Necesitábamos un cuerpo.

Claro, los conspiradores necesitaban un cadáver para el panteón familiar, pues el auténtico ocupante del panteón, estaba aún vivito y coleando. Ratchett sería enterrado lejos de Londres y con mucha más categoría de la que tuvo en vida. Supe por la inmutable mirada de lady Jane que esta no se arrepentía de lo ocurrido. Si tenía que morir un hombre para que se salvara su marido, ella lo aceptaría, especialmente si ese hombre era enemigo de su marido. Mientras sir Philip describía la muerte de Ratchett, Maria More parecía inquieta, miraba al suelo y movía los pies sin parar. Pero ella nunca traicionaría a su señora.

Todos estaban implicados: sir Philip y lady Blake, Maria More y William Inman, los Snell y Ned Armitage… todos y cada uno de ellos. Yo había intentado encontrar a uno o dos culpables, pero había encontrado a siete. La pregunta ya no era ¿Quién lo hizo?, sino ¿quién no lo hizo?

Pero, ¿quién no hizo qué exactamente? sir Philip Blake no había muerto, ni accidentalmente ni por asesinato, estaba frente a mí. Si fuese un crimen simular una muerte, los actores seríamos culpables todos los días de la semana. En cuanto a Giles Cass, se había ahogado en el Támesis. Era lo más normal del mundo. Hombres, mujeres y niños se caen al río todos los días. Algunos salen de él. Otros no lo hacen. Respecto a la otra muerte, yo me había creído el relato de Blake acerca del fallecimiento de John Ratchett. Este hombre empujó la palanca que lo lanzó sin remedio a su propia muerte. Fue un accidente. Y si la muerte de Ratchett favorecía a Blake y a los demás, yo no podía negar que a mí también me favorecía. El espía ya no estaba aquí para engañarme y sobornarme, ya trabajase para Cecil, para el embajador francés o para el hombre de la luna.

Entonces ¿cuál era el delito? Ninguno (o casi ninguno). *Todo era puro espectáculo.*

–Bueno, maese Revill, ya sabéis toda la historia –dijo Blake–. Y sois libre de hacer lo que queráis con ella. Nosotros no hemos matado a nadie, pero estamos todos implicados en una especie de crimen y yo soy el principal responsable.

–Habéis cometido, al menos, un asesinato –le dije–. Os habéis asesinado a vos mismo, como bien habéis dicho.

–Si hubiese algún asesinato digno de ser justificado o considerado honorable, supongo que sería este –dijo sir Philip Blake.

–En lo que a mi respecta estáis muerto –dije–. Así que lo mejor será que nos vayamos todos a casa a dormir y nos olvidemos de esta conversación.

–En ese caso –dijo Blake–, en breve me reencarnaré en Robert Blake, el desconocido primo del campo que tendrá la buena suerte de casarse con la viuda de sir Philip.

Se giró y sonrió a su mujer. Y ella lo abrazó con fuerza.

–Enhorabuena –dije.

ME SENTARÁ BIEN UN PASEO

Esperé a que saliesen todos del cobertizo, cruzasen el tejado y bajasen las escaleras de la galería. Se llevaron solo dos faroles, y fue de agradecer que me dejasen el tercero a mí para encontrar la salida. Esperé hasta que dejó de oírse el último paso y luego dije:

–Todo ha salido bien, Abel, ya puedes salir.

Mi compañero vino hacia la entrada del cobertizo. Estiró las piernas y se agachó para masajearse las pantorrillas.

–Esto empezaba a resultar un tanto incómodo. No me atrevía a moverme.

–Tenías que haberte escapado.

–¿Y dejarte aquí solo?

–No iban a hacerme nada. Tienes que haberlo visto o, al menos, oído. Sir Philip Blake es un hombre honorable, no un asesino. Se puso en mis manos –dije.

–Así que, después de todo, va a resultar que eres un juez, con poder para dar y quitar la vida.

–Solo soy un pobre actor. Nunca debí haberme metido en esto. Nada sería diferente, nada habría cambiado si no me hubiese involucrado.

–Se ha resuelto un misterio.

–Sí, pero solo para satisfacer nuestra curiosidad.

–No, también se ha hecho justicia. Sir Philip Blake se ha librado de una acusación falsa por traición. Podrá empezar una nueva vida con su mujer y sus posesiones.

Me di cuenta de que a Abel le fascinaba la idea de empezar una nueva vida con una nueva identidad. En realidad, él hizo algo parecido cuando se unió a la King´s Men.

–¿Crees que le saldrá bien?

–Si tiene cuidado, sí. Puede casarse... de nuevo con lady Jane, en la intimidad del campo y sin volver a Londres en unos meses. Así volverá a crecerle la barba, aunque de forma más asilvestrada y podrá cortarse el pelo de otra manera. Y cualquier parecido con sir Philip puede explicarse por el hecho de que es su primo. En uno o dos años nadie se acordará de sir Philip. Y, a pesar de lo que dijo, el ministro Cecil no vivirá siempre.

–Creo que deberíamos irnos de aquí, Nick.

Aún estábamos en el cobertizo, encima del escenario. La tenue luz del farol iluminó la maquinaria del montacargas y la vacía silla *deus ex machina*. La luna pálida, testigo de la extraña cita, brillaba sobre nuestras cabezas.

Abel y yo deshicimos el recorrido que habíamos iniciado unas horas antes, volvimos a echar los cerrojos de las puertas del teatro y dejamos las llaves en su sitio. Salimos por la ventana que daba al Brend´s Rents Alley y me propuse volver a revisarlo todo por la mañana antes de que nadie sospechara algo. En lugar de cruzar el Puente y volver por la Thames Street, acompañé a Abel a su hospedaje en la Kentish Street. Era lo mínimo que podía hacer, pues él había arriesgado su vida para acompañarme en esta empresa medio ridícula medio fascinante. Nos cruzamos con uno o dos serenos y con otros viandantes de peor reputación, pero todo estaba muy tranquilo y no parecía haber ningún peligro para un par de actores con pinta de indigentes.

Abel estaba ansioso por hablar de todo lo que había visto y oído aquella noche. Lo tenía muy reciente y aún estaba impactado... yo también, aunque había descubierto la verdad tan solo minutos antes de que los "visitantes" llegasen al tejado del Globe. Los dos necesitábamos hablar.

–Ha sido una empresa muy peligrosa para los Snell –dijo.

–Yo creo que para el padre fue como un reto a su arte y su destreza. En realidad, no estaba haciendo nada malo. Solo había simulado la muerte de un hombre. Su único error fue no contarle el secreto a su hijo desde el principio, porque Jonathan quiso contármelo todo, hasta sus sospechas. Solo cerró el pico cuando alguien, Ratchett, murió de verdad. Pero si el padre le hubiese contado la verdad desde el principio, se habría evitado todo esto, pues no habría habido indicios de complot o asesinato, ni nada que hubiese despertado mi imaginación.

–Pero ese tal Ratchett habría muerto de todos modos.

–Tuvo la mala suerte de ir al taller de Three Cranes Lane en el peor momento. Si no hubiese visto a sir Philip cuando lo hizo…

–¿Mala suerte? Nick, está claro que no quieres culpar a nadie de lo ocurrido.

–Supongo que no, no son asesinos. ¿Te creíste eso de que la muerte de Ratchett no fue intencionada?

Abel se quedó callado un momento. Estábamos llegando al campo abierto que está muy cerca de los límites de Southwark. Solo nos guiaban la luna y los conocimientos de Abel sobre el camino.

–Si hubiese escuchado esa historia en una obra, no la habría creído–dijo, pero tal y como la contó sir Philip, no parecía estar encubriendo nada. Parecía hablar con sinceridad. A un hombre menos honorable se le habría trabado la lengua y habría intentado irse por las ramas. Pero él asumió su responsabilidad en lo ocurrido.

–Eso mismo me pareció a mí –dije.

–Además, no pareció afectarte demasiado la muerte de Ratchett, Nick.

–Ese hombre era un gusano –dije intentando imitar el tono despectivo de sir Philip–. Esa fue otra de las razones por las que no hice nada. La muerte de Ratchett me beneficiaba tanto a mí como a ellos.

Dejé mis pensamientos volar a la luz de la luna.

–¿Cómo descubriste la verdad, Nick? Parecía que ya lo sabías todo antes de que hablase nadie.

–Supongo que fue gracias a ciertas ideas extrañas que me rondaban por la cabeza. Como la idea de que algunos acontecimientos se representan como un espectáculo. No tienen ningún significado, al menos, ninguno real.

–¿Qué clase de acontecimientos?

–El juramento de paz entre Inglaterra y España. La ceremonia de la Capilla Real tuvo tanto teatro como *La Mascarada de la Paz* de Ben. Gente disfrazada interpretando los papeles que les habían asignado. Nosotros decíamos lo que Ben nos había dicho que dijéramos. Y el rey decía lo que Cecil le había dicho que dijera.

–Pero de ahí a representar una muerte…

–Bueno, Martin Barton también es culpable. Estuve estudiando mis líneas para la representación de mañana de su *Hombre de la melancolía*, y recordé que la historia trata de un duque al que todos dan por muerto tras un intento de asesinato…

–Y luego regresa a la corte disfrazado de ermitaño para ver qué tal va todo sin él –dijo Abel, quien, al igual que yo, tenía un papel secundario en la obra de Barton.

–Exacto.

–Es casi imposible.

–A Martin Barton no le gustaría oírte decir eso. Él piensa que Shakespeare es poco realista porque la obra del moro gira en torno a un pañuelo. En fin, se me ocurrió que a sir Philip Blake le podía venir muy bien simular su muerte, pues había oído decir que Cecil andaba tras él. Entonces todo empezó a encajar. La lavandera de Bartholomew Ridd no pudo limpiar la "túnica de la Verdad" ni con leche ni con agua y sal. No era de extrañar que no pudiese limpiar la sangre, pues no era sangre, sino pintura roja. Y yo había visto pintura roja como esa en el taller de Three Cranes, el viejo Ned Armitage tenía toda la cara manchada. Una cosa llevó a la otra y…

–Blake es un buen actor, hizo muy bien de artesano Yo nunca lo habría reconocido.

–Ya, pero tampoco tuvo que hablar demasiado, se escondió tras una mata de pelo. Seguramente se divirtió tanto como nos habríamos divertido nosotros si hubiésemos hecho de nobles durante una semana.

–Mejor durante un año.

–Pero lo más difícil lo hicieron las demás personas implicadas en la farsa. Lady Blake se desmayó cuando su marido supuestamente murió en el escenario. Yo pensé que lo había hecho para distraernos y que no descubriésemos el truco, pero puede que su desmayo fuese real.

–Real como la farsa misma.

–Eso cuéntaselo a Shakespeare, que le encantan esa clase de chistes.

–Te da rabia porque no se te ha ocurrido a ti. Venga, sigue con tu explicación.

–¿Dónde me había quedado?

–Con lady Blake.

–Pero la vi más tarde y, unas veces estaba alegre y animada y otras tensa y cansada. Tal comportamiento podía ser propio de una viuda, pero encajaba más con una mujer que se alegraba de que su marido hubiese salvado la vida pero que estaba constantemente angustiada por si alguien lo descubría. Lo mismo ocurría con Maria More, quien aseguró no tener nada que ver con el pañuelo, aunque fuese algo totalmente irrelevante. Todos temían ser descubiertos. Incluso Bill Inman, por muy tranquilo y alegre que se mostrase. Lo vi abrazando a lady Jane justo después de la muerte de su marido, pero me pregunto quién estaría tranquilizando a quién.

–Así que eso es todo –dijo Abel–. Te aseguro que me llevé un susto de muerte al oír la voz de sir Philip. La voz de un hombre muerto. Bueno, de un fantasma.

–Lo mismo me pasó a mí, aunque ya sabía quién era en realidad. Mejor dicho, quién era Tom Turner en realidad.

–Si viese a un fantasma, debería dejar salir al Horacio que llevo dentro –dijo Abel–. ¿Te he dicho que es probable que me den el papel de Horacio en Hamlet?

–Más de cien de veces.

Abel se detuvo y, bañado por la luz de la luna, empezó a declamar:

Si emites sonidos o puedes usar la voz,
Háblame.
Si existe una buena obra por hacer,
Que a ti asegure la paz y a mí, el bien,
Háblame.
O si en vida fuiste condenado por
Robar tesoros del seno de la tierra,
Causa, dicen, de que existáis las almas en pena,
Cuéntamelo.

Iluminado por la luna, adquirió un tono plateado. A esas horas de la noche mi entusiasmo y mi agotamiento eran tales que no me habría sorprendido demasiado ver pasar a un fantasma acechándonos y haciendo de las suyas bajo el fulgor de la luna. Si Abel hubiese podido hacerle aparecer con el poder de su serio tono de voz, lo habría hecho.

Pero no vino ningún fantasma. Así que llegamos ilesos a los aposentos de Abel de la Kentish Street. Se ofreció a compartir su cama conmigo esa noche y, con toda la inocencia del mundo, acepté, entonces, con toda la inocencia del mundo, la compartimos.

FIN DEL VIAJE

No regresé a mis aposentos de la Thames Street hasta la mañana siguiente. Abel y yo salimos de su habitación por la mañana temprano. Se sentía en el aire el primer atisbo del otoño, como si fuese un perro que corretea entre tus piernas de un modo poco amistoso. La bruma aún cubría el río cuando llegamos al teatro, pero el sol acabó con ella rápidamente.

Por la mañana había ensayo de *El hombre de la melancolía* en el Globe y, por la tarde, representación de una obra de un dramaturgo diferente (era *El Triunfo del Amor*, de William Hordle, por si os interesa). Era reconfortante volver a nuestro teatro, recientemente reformado… o, "engalanado para los maricas", como diría Sam el portero. Era reconfortante actuar según nuestro propio horario en lugar de estar siempre a disposición de la corte para interpretar papeles que no nos correspondían realmente, como los de camareros. Aparte de cualquier otra consideración, no se nos había pagado bien por nuestro trabajo como ayudantes de la misión española en Londres, pues recibimos un total de veintiuna libras y doce chelines por trabajar más de diez días. Parece mucho, pero la mayor parte del dinero se fue en gastos de primera necesidad como la barbería, la lavandería y la comida, pues la exquisita corte no se dignó en pensar que el resto de la humanidad también tenía que lavarse, afeitarse y alimentarse, especialmente si teníamos que mostrar lo mejor de nosotros. Y la King´s Men no nos dió ni el uniforme que debíamos llevar.

Así que volver a nuestro propio oficio, plagado de asesinatos, romances, caos, comedias, intrigas y engaños, era un verdadero alivio. Mientras ensayaba el no demasiado difícil papel de Lussorio de *El hombre de la melancolía*, pensé en lo curioso que resultaba que Martin Barton me hubiese ayudado, sin darse cuenta, a resolver el misterioso "asesinato" de sir Philip Blake mostrándome cómo podía volver un hombre a la vida bajo una apariencia diferente. El propio dramaturgo, con ese refinado sombrero azul sobre su roja tez, estaba presente en el ensayo de la mañana, aunque no fuese necesario, y se habría salido con la suya si Burbage no le hubiese abofeteado de vez en cuando. Yo creo que los actores necesitan abofetearse de vez en cuando. Aún así, Barton soltó sus líneas y gesticuló, yendo de un sitio a otro. Yo aún estaba esperando a que se le cayese el sombrero.

Entonces recordé que se me había olvidado cerrar con llave la ventana por la que Abel y yo salimos del teatro la noche anterior. De repente, en medio del ensayo, me di cuenta de que aún estaría abierta. Así que, en una escena en la que no me necesitaban, salí corriendo para cerrarla. Debí haberla dejado como estaba pues, justo cuando echaban el pestillo, pasó William Shakespeare.

–Solo la estaba cerrando, Will.

Creo que fui algo escandaloso al echar el pestillo tan concienzudamente, cosa que, naturalmente, no habría ocurrido si lo hubiese hecho sin pensar.

W.S. se paró.

–Para empezar, no debería estar abierta –dijo.

Yo me encogí de hombros, pero me pasó lo mismo que al cerrar la ventana, fue un gesto demasiado premeditado, o eso me pareció a mí.

–Se lo comentaré a Sam –dijo Shakespeare.

–Claro, claro –dije.

–De hecho, acabo de hablar con él.

–¿Sí?

Menos mal que la galería estaba poco iluminada. Esta galería nunca lo estaba.

–A Sam le preocupa mucho que la puerta no se cierre bien. Me dijo que tú también estabas preocupado cuando habló contigo ayer por la tarde, Nicholas.

Primero pensé en "olvidar" la conversación que había tenido con Sam, pero lo pensé mejor. Confesarlo a medias era más seguro.

–Tampoco hablamos tanto sobre esa puerta –dije.

–Qué raro, porque yo creía que el único tema de vuestra conversación fue que esa puerta no se cerraba bien. No es habitual que a un actor le preocupen tanto los asuntos *domésticos*.

–Lo dijo una o dos veces, sí. *Puta antigualla*... la puerta, quiero decir. Así la llamaba Sam.

Cometí el error de intentar imitar la forma de hablar de Sam. Y a William Shakespeare no pareció gustarle demasiado mi incursión en la vulgaridad. Tenía algo más que decir.

–Pero no solo quería hablarme de que la puerta que no se cerraba tenía que arreglarse. Lo que le disgustaba a Sam era que alguien había estado jugando con sus llaves. No estaban donde debían. Él es muy metódico, ya lo conoces.

–Etiquetas y todo eso –dije

–Eso es –dijo W.S..

–A lo mejor fue él quien las cambió de sitio ayer.

–¿Cómo que fue *él*?

–Bueno, él es el encargado...

–Ya, y luego dirás, Nicholas, que está viejo, que está perdiendo la vista y todo lo demás.

–Pero es cierto que está...

–Y a pesar de ello, nosotros le confiamos nuestro dinero ¿no es así? Él es nuestro recaudador, es responsable de todos los ingresos del teatro. Así que supongo que podemos confiarle el cuidado de sus propias llaves.

–Claro que podemos –dije.

Yo iba vestido de Lussorio, pues aún estábamos en mitad del ensayo. Pero bajo esas ropas estaba sudando como un cerdo.

–He estado echando un vistazo y comprobando que todo estuviese en su sitio, por si hubiese entrado alguien durante la noche. He inspeccionado el teatro de arriba a abajo. De punta a punta, como diríais vos. He llegado hasta el cobertizo que hay en el tejado del escenario. Hay una buena vista desde el tejado ahora que ya no hay niebla.

–Tendré que comprobarlo un día de estos.

–Las esteras de la pasarela que rodea el cobertizo tienen marcas de pisadas... aunque no hemos utilizado ni el cobertizo ni el montacargas esta temporada.

–Habrán sido los visitantes –sugerí–. Hay una buena vista desde ahí arriba, o eso dijisteis vos.

–*¿Visitantes?*

–Bueno, no sé.

–Pero todo parece estar en orden –dijo tras una larga pausa.

–Pues mejor –dije.

–No ha habido ningún daño, Nicholas.

Había una especie de indirecta en ese comentario, algo que se desprendía de sus palabras.

–No ha habido ningún daño, William.

–Entonces tendremos que aceptar que debió ser un fantasma quien jugueteó con las llaves de Sam. Y también debieron ser fantasmas quienes, ya que parecían haber sido más de dos, estuvieron en el tejado.

–Eso es, fantasmas.

–Los teatros están plagados de fantasmas, dentro y fuera del escenario.

Y tras estas palabras, W.S. siguió su camino. Yo me quedé allí durante, al menos, un minuto, tomé aire y pensé que había tenido suerte de salir de esta (aunque, en realidad, no había salido de ningún sitio). Recordé que, la noche anterior, Abel y yo tuvimos que volver a cerrar las puertas y dejar las llaves en su sitio muy rápidamente. Así que no es de extrañar que no las dejase donde debía. Sam debía tener mejor vista de lo que yo pensaba.

Entonces recordé que el ensayo seguía su curso y que si no hacía mi entrada a tiempo, Dick Burbage me daría una buena reprimenda, mucho más dura que la que me acababa de dar Shakespeare. Volví corriendo al escenario sudando y distraído. Tenía que representar una escena en la que confesaba mi culpabilidad por haber permitido que el duque saliese ileso del intento de asesinato –hasta los asesinos se sienten mal si hacen mal su trabajo o si no lo hacen en absoluto. Esta vez no tuve que fingir el sentimiento de culpabilidad.

El comentario de Shakespeare acerca de los fantasmas que habitan los teatros me recordó la noche anterior, cuando Abel y yo volvíamos a sus aposentos. Él recitó unas líneas de Horacio en las que reta al fantasma a reafirmarse en su propósito de volver a la tierra.

Cuando volvía a casa de la señora Buckle en la Thames Street, tenía algo en mente.

La viuda estaba esperándome. Imaginaba que me preguntaría dónde me había metido la noche anterior. Imaginaba que me diría, una vez más, que había visto el espectro de su marido. Pero estaba sonriente y me rodeó con sus brazos de forma espontánea.

–Oh Nicholas–dijo.

–Oh señora Buckle–dije.

–Ha ocurrido algo extraordinario. No os lo podéis imaginar –continuó.

–¿Os habéis encontrado algo?

–Sí, ¿Cómo lo sabéis?

La besé como repuesta. No quería estropearle la historia, aunque tenía una idea muy aproximada de lo que se había encontrado.

Continuó con su narración. Estaba preparando la mudanza, pues era imposible demorarla por más tiempo. Había empezado a organizar los muebles y demás artilugios que Lizzie y ella habían traído de la parroquia. No habían tenido fuerzas para hacerlo cuando se cambiaron de casa al morir su marido. Pero ahora ya podía decidir qué quería quedarse y qué quería vender, pues su hija y ella debían mirar al futuro y sopesar todas las maneras posibles de conseguir dinero. Incluso había pensado en deshacerse de algunas piezas que habían pertenecido a la familia de su marido durante generaciones. Como el arcón que había en su dormitorio.

Tras abrir el arcón por primera vez desde la muerte del reverendo Buckle para examinar detenidamente su contenido, empezó a rebuscar entre los objetos potencialmente vendibles como la mantelería de encaje, un salero de plata que estaba envuelto en un paño (y que estaba escondido a buen recaudo) y un broche que ella creía que había pertenecido a su suegra.

–Entonces, tuve una sensación muy extraña, Nicholas. Fue como si Hugh estuviese detrás de mí guiando mis actos y animándome a buscar más, como si pensara que lo que había encontrado no era suficiente y tuviese que seguir buscando. Saqué todo lo que había en el arcón y lo esparcí por el suelo. Pero aún sentía que mi marido me daba ánimo para que no me rindiese. Llegué al fondo del arcón, pero estaba totalmente vacío. Me senté sin saber qué hacer. Entonces me di cuenta de que había bastante espacio entre el fondo del interior del arcón y la superficie sobre la que se apoyaba en el suelo. Golpeé el fondo del arcón y sonó como hueco. Yo no sabía qué hacer, pero Hugh me dijo que fuese a la cocina y cogiese un atizador. Lo utilicé para levantar la tabla del fondo del arcón y debajo encontré... ¿qué creéis que encontré?... ¡un montón de dinero! Más y más monedas de oro, y más aún. No pude terminar de contarlas, no podía salir de mi asombro.

Entonces pensé en las palabras de Horacio sobre las razones por las que se aparecen los fantasmas. Regresan para vengarse, regresan porque están inquietos, pero también regresan por la más mundana de las razones. Por el dinero. Pero este era un fantasma generoso. El reverendo Buckle no quería el dinero para él: ¿para que iba a querer un clérigo dinero en el cielo (o en la tierra, o en lo que hay entre ambos)?, sino para su mujer.

–¿No os sorprende, Nicholas? –dijo la señora Buckle.

–No me sorprende demasiado, pero me alegro mucho por vos, y por Lizzie –dije.

–Y ¿qué debemos hacer con todo ese dinero?

–Es vuestro, señora Buckle. Vuestro y de vuestra hija. Debió pertenecer a vuestro marido o a su familia. Estoy convencido de que su espíritu os ayudó a encontrarlo. Quizá sea esa la razón por la que lo habéis visto tan a menudo. Ese dinero os corresponde por derecho y por ley.

–Supongo.

–No hay nada que suponer. Además, quien lo encuentra se lo queda, ¿no?

–Ahora sí que podemos mudarnos.

–Claro que sí.

–¿Y dónde podemos ir?

–¿Qué tal al campo?

–Lizzie dice que le gusta la ciudad, incluso la zona sur del río. Pero yo creo que es demasiado dura para ella.

–Es demasiado dura para las dos, señora Buckle.

–Nicholas, podéis veniros con nosotras, si queréis. Grace va a venir, no podría irme sin ella.

–Tenéis un gran corazón, señora Buckle. Pero no creo que pueda irme con vos.

–Vamos, no seáis…

Iba a decir "tímido" o algo por el estilo, pero era demasiado tímida para hacerlo.

–No es eso. Es que no creo que pueda vivir con vos y con Lizzie en un futuro, ya sea en el campo o en la ciudad.

–Ah.

–No es por vos, señora Buckle. Guardo conmigo los más dulces recuerdos.

Se le iluminó la cara y dijo:

–Yo también. Pero Nicholas, es mucho dinero. No pude contarlo todo.

–Creo que no deberíais contarle a nadie lo del dinero.

–Sois el único que lo sabe.

–¿Y Lizzie?

–Ha salido –dijo.

–Ah, hoy también. Bueno, pues no digáis nada, os lo ruego. Esconded bien el dinero. Puede que este lado del Támesis sea más seguro que Southwark, pero en todas partes hay maleantes y embusteros. La gente no es como parece.

Decidí ir al burdel La Mitra por última vez. Pero antes me pasé por La Cabra y el Mono (a por el valor necesario para enfrentarme a lo que iba a hacer) y fue en esa mal afamada taberna donde tuve la mala suerte de volver a encontrarme a la mal afamada pareja formada por Tony y Charity Thoroughgood. No esperé a que empezasen a hacerse señas y me señalasen y cuchicheasen, sino que me dirigí a ellos y les dije a la cara que sabía que habían sido ellos los que hace poco me atacaron a orillas del Támesis, cerca de la taberna del Barquero Puro. Les dije que había reconocido la voz de Charity y que, además, tenía testigos que podían corroborarlo (pero no mencioné que el respetable testigo, John Ratchett, estaba muerto). Tenían suerte de que no hubiese utilizado la violencia. Pero lo haría si me causasen problemas en el futuro. Es más, lo haría si volvía a verlos merodeando por el Globe.

–¿Pero qué es lo que dices? –dijo Charity–. ¿De qué me estás hablando?

Lo había conseguido. Tony parecía incómodo y pude ver la culpa reflejada en sus ojos. Él no era un hombre de naturaleza violenta. Seguro que fue su mujer la que lo animó a agredirme para vengarse de mí por haberles impedido que atracasen a las Buckle, madre e hija. Aún la oigo chillar: "¡Pégale, pégale!

Me alejé de aquella pareja sintiéndome muy crecido, pues no había tenido que recurrir a la fuerza. Seguramente muy pronto volverían a las andadas, pero puede que mis palabras les obligasen a tomarse un descanso. Teniendo en cuenta todo lo que había ocurrido recientemente, lo de Tony y Charity era algo trivial. Al igual que los malhablados barqueros, y los guardas de los manicomios y las putas de los burdeles, los cazadores de conejos también formaban parte de la vida de Southwark. Y hablando de putas y de burdeles, aún me quedaba algo que hacer. Solo había un par de minutos andando desde de la taberna La Cabra y el Mono al burdel de La Mitra.

Nada más llegar pregunté por mi chica favorita, la francesa de nombre Blanche. Tuve la suerte de que no estuviese ocupada aunque, si lo hubiese estado, habría esperado. Me dirigí a su cuartucho. La habitación estaba tan oscura como siempre, con el candelabro al lado de la cama como única iluminación y el reloj de arena. De la pared colgaban sus trofeos, el salterio y el crucifijo, el collar y el botecito de porcelana. Me preguntaba qué habría hecho con el pañuelo que perteneció a lady Jane Blake.

–Oh, Nicholaaas… egues tú –dijo– ¿Qué quiegues, *mon chéri*?

–A ti –respondí.

Y acto seguido retiró la sábana que la cubría. Estaba desnuda. Lo primero que vi, bueno, casi lo primero, fue el pequeño lunar que tenía en la parte superior de su pecho derecho. Y vacilé.

–¿No le das la vuelta? –dije señalando el reloj de arena–. Normalmente lo haces antes de empezar.

–Pego hoy no.

Me metí en su cama y estuvimos media hora, más o menos, felizmente ocupados. Ella no habló casi nada, y lo poco que habló fue en un francés casi incomprensible. Yo tampoco hablé mucho, mi inglés también era casi incomprensible. Sin embargo, Blanche y yo nos entendimos bastante bien.

Cuando acabamos y se acomodó entre mis brazos, le dije:

–Ya no tendrás que volver a hacer esto.

–¿Haseg qué? No te entiendo.

–Quiero decir que ya no tendrás que volver a trabajar en La Mitra, pues tu madre ha encontrado mucho dinero, ¿lo sabías? El dinero que había escondido en el arcón de tu padre, el que está en su dormitorio.

Blanche se estremeció entre mis brazos, pero no se movió. Reconozco que tuvo mucha entereza. Yo en su lugar no habría podido controlarme. No le chocó lo que le dije. Quizá se lo esperaba. Cuando volvió a hablar, su acento francés había desaparecido por completo, y utilizó un perfecto inglés.

–¿Desde cuándo lo sabes, Nicholas?

–Prefiero que me llames Nicholaaas. El inglés es más seductor cuando está lleno de imperfecciones.

–Entonces, ¿desde cuando lo sabes, Nicholaaas? – dijo Elizabeth Buckle, la hija de mi casera, que trabajaba en secreto en el burdel La Mitra.

–Esa poma de porcelana que cuelga de la pared es la que casi te roban los Thoroughgood a la salida del teatro en primavera. Me resultaba familiar. La última vez que estuve aquí lo vi y, casi de inmediato, me crucé a Tony y Charity Thoroughgood en La Cabra y el Mono, y eso me dio qué pensar… aunque al principio no vi la relación… pero, entonces, pensé en ti y en la poma. Es un objeto muy bonito, con magníficos grabados. Es lógico que Charity intentase birlártelo.

–Se pueden robar muchos objetos como este. Hay muchas falsificaciones.

–Es verdad, pero cuando relacioné la poma con… otras cosas…

–¿Qué otgas cosas, Nicholaas?

–Por ejemplo, que nunca estuvieses en casa y que cada vez que me veías salías corriendo como un cervatillo asustado. Casi nunca me mirabas.

–Eso tuvo que dolerte, Nicholas, que no te mirasen.

La ignoré y añadí:

–Recuerdo que la primera vez que nos vimos, no hace mucho, tú te escondías bajo un enorme sombrero. Y luego, hace un par de semanas, volvimos a vernos; tu madre se despertó con una de sus pesadillas y tú la agarraste del brazo intentando llevarla de vuelta a la cama.

–Yo también lo recuerdo.

–Hubo algo en tus gestos, en la forma en que la abrazabas y la sujetabas, que me recordó a ti, es decir, a la Blanche de La Mitra. En aquel momento no me di cuenta, pero eras tú.

–*Oui, c'est moi.*

–¿Por qué francesa, Elizabeth? ¿O eres Lizzie?

–Para mi madre soy Lizzie. Aquí soy Blanche, *mon chéri.* Hace un momento dijiste que es más seductor el inglés imperfecto. Lo mismo les sucede a otros hombres. Pagarían más por poseer a una francesa. Y como yo quería alejarme lo más posible de quien soy en realidad, me inventé otra yo. Ya no sería la hija de un clérigo, sino una misteriosa chica de Burdeos. De esa manera no tendría que hablar sobre mí. No tendría que hablar de casi nada. ¿Te parece eso tan raro?

–Bastante –respondí.

–Pero si tú eres hijo de un clérigo, Nicholaas. Nadie mejor que tú podría entender…

–Dime por qué.

–¿Por qué cambié de nombre? Difícilmente podría trabajar aquí con mi verdadero nombre.

–No me refiero a eso. Me refiero a por qué elegiste trabajar en esto, en La Mitra, un lugar cuyo nombre es preferible no entender porque esconde un sucio significado.

–¿Mitga...tiene otgo significado? –se rió, pero sin la inocencia y el encanto que antes tenía para mí. Entonces dijo–. ¿Por qué trabajar aquí cuando podría estar haciendo algo saludable, algo respetable?

–Eso es.

Esta conversación me recordó a la que había tenido con sir Philip Blake. ¿Por qué motivo un noble se mete en la piel de un simple artesano? Por lo excitante que resulta engañar, había respondido, más o menos.

–Por la excitación, la curiosidad y el dinero –respondió de inmediato Blanche-Elizabeth, como si se hubiese preparado la respuesta–. Dinero, sobre todo.

–Ya tienes dinero. Tu madre ha encontrado mucho dinero en el arcón de tu padre.

–Ya.

No parecía sorprenderle demasiado el descubrimiento.

–¿Entonces?

–No se trata solo de dinero. Mi madre se ha pasado toda la vida protegiéndome. Y yo quería ver si el mundo era tan peligroso como ella decía.

–¿Y lo es?

–A veces, pero he aprendido mucho. Ahora que yo he respondido a todas tus preguntas, Nicholaas, tú tienes que responderme una a mí. ¿Has intimado con mi madre?

Esperaba cualquier pregunta menos esa. No sabía qué contestar.

–Por tu silencio, yo diría que sí –dijo–, yo diguía que sí.

–Su secreto está a salvo conmigo –dije–, igual que el tuyo. No se lo contaré a ninguna otra mujer.

Miró al reloj de arena. Yo cogí la indirecta, salí de la cama y empecé a vestirme mirándola de vez en cuando. Ahora que lo sabía, el parecido con su madre era considerable. No en sus rasgos, sino en la forma en que movían los brazos o giraban la cabeza.

–¿Volverás?

–No –respondí.

–¿Nunca?

–Si vuelvo a La Mitra, no preguntaré por Blanche.

–Entonces Blanche no te cobrará esta vez –dijo.

–¿Así que vas a seguir con todo esto?

–Depende.

–Pero si ya no lo necesitas. Tu madre tiene dinero. Es cierto, lo encontró en el arcón de su dormitorio. Debió ser de tu padre.

–Me pregunto de dónde habrá salido –dijo. Pero seguía sin parecer sorprendida.

–Es un misterio.

–¿Y cuál es la respuesta?

–No todos los misterios tienen respuesta –dije.

ÍNDICE

OTROS TÍTULOS

DE LA SAGA DE NICK REVILL

El sueño de la muerte

La muerte de los reyes

La compañera pálida

Almas para el olvido

La máscara de la noche